巴金文学院

BAJIN WENXUEYUAN

伊拉克的石头

羌人六　著

四川文艺出版社

图书在版编目（CIP）数据

伊拉克的石头 / 羌人六著. — 2版. — 成都：四
川文艺出版社，2019.4
ISBN 978-7-5411-5288-7

Ⅰ.①伊… Ⅱ.①羌… Ⅲ.①中篇小说—小说集—中
国—当代②短篇小说—小说集—中国—当代 Ⅳ.
①I247.7

中国版本图书馆CIP数据核字（2019）第038269号

YILAKE DE SHITOU

伊拉克的石头

羌人六　著

责任编辑　孙学良
封面设计　叶　茂
内文设计　史小燕
责任校对　蓝　海

出版发行　四川文艺出版社（成都市槐树街2号）
网　　址　www.scwys.com
电　　话　028-86259285（发行部）　028-86259303（编辑部）
传　　真　028-86259306

邮购地址　成都市槐树街2号四川文艺出版社邮购部　610031
印　　刷　三河市华东印刷有限公司
成品尺寸　145mm×210mm　　开　本　32开
印　　张　10　　字　数　230千
版　　次　2019年4月第二版　　印　次　2020年4月第二次印刷
书　　号　ISBN 978-7-5411-5288-7
定　　价　45.00元

我想着在我心里昂扬的玫瑰，
想着无用的灵魂像一个筛孔。
但是拥有者询问着：
谁会得势占上风？

——赫塔·米勒

剩下的都尚未成形

（序）

　　我的出生地位于四川盆地西北部平武县境内一个四面环山的小镇。白天黑夜，缤纷的季节，一代又一代面朝黄土背朝天的乡亲父老，犹如闹钟上的指针，在此循环往复，生生不息。我的童年和少年时期，就在这片地方度过。

　　美不美家乡水，亲不亲故乡人。我热爱我的出生地。同时，精神上也有一种憋在心里异常真实，但一说出来就显得夸大其词的恐惧：出生地地处四川龙门山断裂带，系地震活跃频发地。时有地震发生，大多震级小，脚下"闪"两下就没事了。天天在它的摇篮里生活，和死神共舞差不多。地震在你身上涂下阴影，脚板就像开关，没准儿，一脚刚踩下去，就地震了。

　　我从小长大的平武县平通镇，以及我现在工作的南坝镇，同属2008年地震极重灾区。迄今为止，我对"极重灾区"这个概念本身，依然无法作出形象的阐释和描绘。我没兴趣去认真了解了解这个被痛苦、鲜血和破碎包裹的词汇，因为它和地震的担忧一样如影随形，一直都在我的生命周围，没法一笔勾销，或者挪开半步。

　　事实上，2008年地震之前，我对地震并不存在任何恐惧。

　　我小时候，就经常听人们讲述1976年的松（潘）平（武）地震。不过，他们的语言或者说讲述方式，并没有唤起我的恐惧，隔着岁月的栅栏，在亲历者的语言中重生的灾难被抹上了虚幻的色彩和光环，好像是，他们压根儿就没有冲你讲述一件不幸的事情，倒像是在跟你分享一粒糖果，一本好书，一次不可多得的旅行或者奇遇。所以，那会儿，每每听他们说起，懵懂的我都无比憧憬地震长到自己眼皮子底下来，好一睹真容。

我记得，大概读小学五六年级的样子，有天清晨，天麻麻亮，家住一个院子的堂哥，忽然跑到我家里来告诉我夜里地震了，地震把碗柜里的碗啊盘子啊铁勺啊摇得哗哗响，屋顶上的瓦也落下来摔烂不少。此外，他还夸张地告诉我他自己也差点被地震簸得从床上滚到地上。至于感觉嘛，他说，比坐船还安逸。

比坐船还安逸。堂哥就是这么说的，这句如今回味起来颇有些毛骨悚然的话，却在那个瞬间点燃了我的嫉妒与好奇，地震已经长到眼皮子底下来了。可是，我自己不争气，夜里睡得太死，"错失良机"。望着眉飞色舞的堂哥，我恨不得立马回到床上等着，等着时间回到夜里地震那一刻，亲自体验体验地震的滋味，看看它究竟长什么样子。时至今日，堂哥彼时激动不已的神情，依然鲜活无比地活在我的记忆中。如今，我时常忆起这件事，也许它没有任何价值；也许，它仅仅是地震的一小块影子。

和人们常说的松平地震一样，堂哥的这次讲述，阉割了灾难本身的残酷和血腥，给心智尚未真正成熟的我制造出某种幻觉——地震并不可怕。这种肤浅脆弱的认知，一直持续到2008年地震。彼时，我在成都读大学，地震来临那会儿，我在学校打印室里打印完诗稿，跟藏族同学欧珠多吉走在回寝室的路上。走着走着，世界猛然摇晃起来。望着成都平原的天空，我以为飞机掉下来了呢！欧珠多吉告诉我，地震了。地震！这个既熟悉又陌生的字眼，瞬间令我头皮发麻，心惊肉跳！那会儿，我压根儿不知道我的家乡，已经在这眨眼的工夫里沦为废墟，面目全非了。这天下午，我用老式的诺基亚手机一遍遍拨打着家人的电话，但一个也没打通。后来，有同学手机终于能上网了，得到的消息却是北川县山洪一样猛涨的伤亡数字，这些冷漠无情的伤亡数字，不断刷新着我的不安——老家平通镇和北川县桂溪镇相邻，却毫无音信。直到那时候，我才知道，家乡地处龙门山断裂带，属地震活跃、频发区域。地震几天之后，我赶回老家，只是，老家已经沦为废墟、面目全非了，镇上伤亡惨重。

在这场巨大的灾难之中，我的亲朋大多幸免于难，可是，我也没能高兴得起来。面对猛扑而来的生死和无常，我沉默了，虽然，我也很想为此写点什么，并且是带着某种使命。想归想，我却始终没有动笔。地震后那几年，国内关于地震题材的作品可谓多如牛毛，可心急吃不了热豆腐，没有积淀的文字注定不会长寿，我相信，不管怎样，早晚我都会拿起笔，为那些逝去赋形，甚至再次赋予他们生命和活力。

2011年，大学毕业以后，我先是在地震重灾区北川工作了大概一年时间。2013年，我回到老家，在县文化馆担任文学创作辅导员。也就是这一年，我找到了去呈现内心世界、支撑写作的框架，这个框架，就是"断裂带"。

土耳其作家奥尔罕·帕慕克在其第一部长篇历史小说《白色城堡》中写过这样一段话："在生命的某一段时期，当他们回头审视，发现多年来被视为巧合的事，其实是不可避免的。"我的写作，我笔下的"断裂带"，何尝不是如此？

在断裂带上工作、生活，我接触了太多的地震幸存者，目睹、了解了许许多多和地震有关的故事和际遇。实话实说，我不是个喜欢煽情的写作者。生活就在眼皮子底下，看得见摸得着。对此，我更喜欢去冷静的观察和打量世界。

写作，是生活的另一条退路，是为了挖掘那个特定的自我，也是为了释放骨子里的悲悯。毫无疑问，我总是自惭形秽，不敢轻易动用"悲悯"这样神圣的字眼，怕招惹笑话。也许，这些都无关紧要，我必须心无旁骛的事情，就是认真去写内心体味到的那些苍凉、疼痛、孤独。

现如今，我的小说几乎都是以"断裂带"为框架，为版图，为背景。可以这样说："断裂带，是我写作的分水岭。"因为"断裂带"，我感到我的写作终于有了方向和使命感。

维·苏·奈保尔在其诺贝尔文学奖受奖词中写道："我最有价值的一切都在我的书里，剩下的都尚未成形。"

在没有路标的道路上，激情与岁月并驾齐驱，我亦将继续在纸上种植梦幻，种植苍茫。因为，剩下的都尚未成形。

目录

无止境

如果你能看，就要看见；

如果你能看见，就要仔细观察。

——《箴言书》

　　断裂带，柳珍家房背后有棵皂荚树，树心空得可以住人，真是老得掉牙，老得没信号，老得可以给所有的树当爷爷了。皂荚树似一把大大的太阳伞，撑在柳珍家的房背后。要是下雨，也跟难产似的，绕了一大截路似的，至少要比别的地方慢上半个钟头，才会落下来。间或有黑鞘鞘的树皮脱落，掉在地上，柳珍就捡回家当柴烧，炒菜，煮饭，烧水，绰绰有余。老一辈人时常说起清朝道光年间皂荚树上盘了条大蟒蛇，后来化成龙，飞上天去了。也没下文，整个故事就是这样的，没有悬念，简洁易懂，又好像什么都不是，一句话就讲完了。

　　皂荚树宛如来自远古的神兵，孤苦伶仃的幸存者，置身家园却发现自己是早已举目无亲的游子，面对日新月异的断裂带，显得格外落寞。时间把它给活生生地冻住了，它不得不留在这里，就像那些不得不留在断裂带耗尽生命的乡亲父老。

　　柳珍的儿子小名叫果果，今年刚上小学一年级，脑瓜子不简单，已经懂得用拼音写字条跟班上的女同学互动，增进友谊。果果经常把皂荚树扯出来跟班上同学炫耀："我们屋后面的皂荚树可高了,高得可以爬到天上去摘星星、月亮,还可以吃云!"

高得可以爬到天上吃云的皂荚树在柳珍如今的家房子背后,不是原来的家。

现在的家和原来的家各是各,用擀面杖也擀不到一块儿。做人不能忘本,自己又不是从石头缝里钻出来的。柳珍觉得,原来的家虽然成了娘家,但自己毕竟是从那儿生的根,发的芽,长的叶子,开的花。人心都是肉长的,牵盼在所难免。刚过门那会儿,柳珍总是心欠欠的,脚底抹了油似的,三天两头往娘家跑。

"你回去取草帽子?"

有时候,柳珍跟男人肖虎说想回娘家,男人就会用"取草帽子"这样酸溜溜的话来质疑她,揶揄她不顾家。柳珍知道男人话里有刀子,就没了回娘家的兴致。想想也有道理,毕竟是嫁出去的人,泼出去的水。肖虎的话起了作用,柳珍的脚不爱往娘家抬了。不过,有时,她也对自己的变化感到郁闷、颓丧,自从跨入婚姻这座围城,自己好像被灌了迷魂汤似的,竟然越来越身不由己。话说回来,人的事儿一般都不怎么说得清,柳珍觉得,婚姻就是一副手铐,要么就是这种为了某种延续而诞生的枷锁把世界缩小了,让人寸步难移,但凡已婚的女人,差不多都是这个样子,而且随着时间的脚步,她们会对这种身不由己产生依赖,抹着强力胶似的信任,她们把婚姻带给她们的相夫教子、永远做不完的家务活……视为理所当然,并以此为乐。每个人有每个人的造化。

像埃及的金字塔,法国的埃菲尔铁塔,北京的天安门,西藏的布达拉宫,柳珍家背后这棵看似老态龙钟却也枝繁叶茂的皂荚树，无疑成了整个断裂带的骄傲和重要标志。皂荚树足有千岁，就算差点儿，也八九不离十，六个小孩手拉手才能围上一圈。皂荚树撑到这把年纪，也算得上老祖宗了。经常有人虔诚无比地跪在树下烧些香蜡纸钱，絮絮叨叨半天，好像皂荚树真的善解人意，真能保佑他们富贵平安似的。

"心诚则灵。"

柳珍的妈妈经常这样说。虽然这几个字听起来并不适合她，因为她的行为让这句话失去了某些看似积极的善意，甚至让人觉得贪婪。老人家晚年生活简单但不乏味，除了正常的吃饭睡觉，其余时间基本泡在麻将桌上。每天出门必在财神爷那儿打个招呼，保佑自己手红。她总想赢，好像其他人打麻将都是为了输钱为了消磨时间似的。事实呢，她总是输，而且越输越多，存了多年的私房钱的屁股上跟长了一个洞似的，直往外流。赌博似乎也有慈悲的一面，能输钱的人牌友往往越多，赌馆里的人愿意和老人打麻将，她也乐在其中，走到哪儿都能凑上一桌，好像自己真能呼风唤雨似的。当然，输钱也并不是坏事，至少，老人家的体重确实轻了，血压确实降了。

地震后，断裂带的乡亲父老们麻将都快打疯了。青梅街大大小小的麻将馆如雨后春笋，比之前翻了好几番，以前打一块两块，地震后打五块十块，甚至二十。输赢上千上万，早已不是新鲜事。柳珍的男人肖虎本打算在青梅街开个赌馆，被柳珍拦了下来，赌馆盈利固然客观，善良的柳珍却很反感，她觉得，赌博害人害己，家里就算穷得掉渣，也不能干这种缺德事儿。

无情的灾难让断裂带这些习惯了苦日子穷日子的老百姓人生观、价值观、世界观有了翻天覆地的变化，老百姓看开了，想开了，反正，钱留在手上又不会生娃娃。地震后，修楼房几乎成了断裂带的一道风景。柳珍家原来的房子，也在地震中塌成了一堆瓦砾。旧的不去，新的不来。地震过后，柳珍和自家男人本打算卖了屋基在青梅街买一套援建房。思来想去，又觉得不合适。最终两人拿出积蓄，领了政府的补贴，补贴按人头算，每人六千，又从信用社贷了笔款，在原来屋基上盖了栋楼房。

以前断裂带几乎是清一色的青瓦房，地震后，断裂带却一窝蜂地盖起了楼房，两层，三层，也有五六层的。

"青瓦房都站不稳，还敢修楼房，真想在地震的脑袋上跳舞啊？"

个别人对断裂带忽然盖了那么多楼房感到担心。又如何呢，盖好的楼房不能拆了吧，花出去的钱总不能再要回来吧。人，总该好好活着，好好活着，就是把事情往好处想，就得像余华的小说《活着》里的主人公福贵那样乐观，成为存在的英雄，意志的化身。

地震过去三年了，断裂带的老百姓几乎家家住上了楼房，有的家庭还买了车。好日子刚开头，大多数人又不踏实了，因为只免两年利息的贷款开始收利息了，肩上的担子一下子沉了起来，沉得像是整个世界都压在了自个儿肩上。先是争先恐后地盖楼房，现在又是争先恐后地挣钱还债。也许，地震仅仅是灾难的序曲，地震后的生活，才是真正的灾难。柳珍从她身边的乡亲父老们身上感受到了这个恐怖的事实，而且更糟糕的是，她隐隐感到，断裂带的每个家庭都无一例外陷入了这个不幸的战壕，包括她自己的家庭。因此，她丝毫没有因为自己这个独到的见解而欢欣鼓舞，一种莫名的压抑笼罩着她。

债是赖不掉的，迟早得还，早还早轻松。这两年，为了早些还清债务，断裂带越来越多的人开始出门打工，打工虽然累点苦点，但能挣到钱，能挣到钱，累点苦点也是无所谓的。

今年春节过后，信用社的工作人员在断裂带刷了不少宣传标语："自己贷款自己还，不给子孙留负担"；"有借有还，再借不难"……标语是用黑漆刷的。庄重、尖锐、醒目，含蓄而不失粗暴，还有着无法探究的恶意。

柳珍每次看见这些标语，就像老鼠遇见猫，就像兔子碰到猎人，恨不得拔腿就跑。

春节刚过，柳珍的男人肖虎就出门到东北修隧道去了。坐火车去的。东北远着呢，临走的时候，肖虎让柳珍在青梅街买了一件方便面，一件康师傅矿泉水，说是可以省点钱给孩子买文具。去打工的不止柳珍的男人。村里总共去了差不多十个人，闺密沈美的男人也去了。这样好，相互有个照应，柳珍宽了不少心。

柳珍记得，男人们出门的那天，沈美唉声叹气地跟柳珍说："姐，这下我们这些剩斗士的日子不好过啦！"

"该怎么过，就怎么过。忍忍呗。等还了债，天下就太平了，日子就舒坦了。"柳珍安慰沈美。

"忍？圣人啊，感觉你每天都在读《圣经》似的，哈哈，剩经，神经！"

沈美讥讽道，脸上透着得意，好像自己说的话很有营养很有文化似的。

《圣经》，事实上，沈美仅仅是在高中读书那会儿接触过这本书，学校图书馆吧，就瞟了一眼名字，没读过，只是觉得书很神秘，透着一股引人向善的力量。引用书名，纯粹是出于炫耀，或者是虚荣，好像说出点新鲜事，就能把可怕的无知与自卑抹掉似的。这一点，乡下人和城里人完全不同，城里人总是生怕让你知道点什么似的，欲言又止，装模作样；乡下人则生怕不能让你知道点什么似的，每句话，都希望能够闹出点动静来，至少，不能让人把自己看扁。沈美和柳珍之所以成为闺密，也有这方面的原因，再普通的交流在她们眼底也不普通了，她们格外注意聊天的质量，并享受这种方式所衍生的快乐——与众不同的快乐。比起大多数只关心昨天和当下的断裂带人，她们更在乎远方和未来。

"那你就学学人家包法利夫人，找个情人。"

柳珍有心开沈美玩笑，法国作家福楼拜的《包法利夫人》可是世界名著呢。不过，包法利夫人是谁，其实一点也不重要，重点是后面那个字眼：情人。哦，让人想起来就觉得脸红心跳，像某种快乐的源头，虽然含蓄，却也不乏冒险，隐隐泛着性的火光。

"你以为我不敢？"沈美没说完，脸就红了，弱弱地说，"最毒莫过妇人心，今天算是把你看白了。你这乌鸦嘴，还真指望我遗臭万年？不过，我还真不敢，要是男人知道了，非把我的皮剥了不可。"

"这就对了。"柳珍拍了拍沈美肩膀。

"只能这样了。"沈美叹了口气。

同为女人，柳珍自然明白沈美的苦。或许，每个女人的身体里都藏着一个包法利夫人，渴望浪漫、美好而又坚固的爱情。也难怪，沈美结婚没几年，性的缺席就如同庄稼地没了阳光雨露的滋润。男人不在家，女人身上的地就荒了。但是，女人苦，男人就不苦？柳珍想到自己男人肖虎，心里就跟下过雨了似的，湿湿的，不是个滋味。男人出门跟她下的死命令："各人把腿夹紧点！"

而她却有意激他："耗子要打洞，你能拦着？你能拦得住？"

除了性子有点急有点倔，除了没钱，柳珍觉得自家男人其实挺好的，心比蚕丝还细，会疼人，平时自己要是感冒了或者做事不小心弄出点皮外伤，肖虎都会急得如同热锅上的蚂蚁，好像自己就是他身上的一片肉似的。

地震无情。柳珍时常在想，如果没有地震，断裂带的变化不会如此惊人，如此令人眼花缭乱，灾难的额头下面，每个人都被多多少少地孤立起来了，每个人都是一片荒原。

肖虎出门打工有半年多了吧。半年多时间，肖虎给家里汇了两万块钱，都拿到信用社还债了，柳珍身上没留一分。她舍不得花男人辛辛苦苦挣来的血汗钱，她只是想尽快还掉家里的债，然后，让过去那种平静、舒缓，也没有忧愁的日子，重新展开翅膀。

立秋后的一天夜晚，柳珍从自己比兔子尾巴还短的尖叫声中惊醒过来。

她紧张兮兮地抱着胸口，好像它们刚刚被别的男人摸过似的，柳珍又惊又怕，她大口喘着气，如同一个可怜巴巴的刚被救出河面的溺水者，或者是海明威在小说《老人与海》里写到的那条咬了鱼钩最后被吃得只剩一副骨架的大灰鲭鲨。她忽然竭力挣扎起来，手在黑暗中狼狈地挥舞着，好像在跟人进行着一场不是你死就是我活的自由搏击，又好像仅仅是为了把自己从威胁的血盆大口中挖出来，跟恐惧划清界限。

有那么短短一瞬间，柳珍想起2008年地震的情形，恍如一场突如其来的狂欢，整个断裂带都在抽筋，在战栗，在发抖，在跳舞，家里的房子眨眼就塌了，她也被稀里糊涂地埋在瓦砾断墙下面。玛雅人预言的世界末日提前了，毫发无损的柳珍沿着这条思路很快就走到了绝望的死角，她毫不怀疑自己就要死了，眼泪便唰唰流了出来，好像要把自己哭干似的。不过柳珍不想死，她一边呼救，一边用手寻找出口，希望自己能逃出去。现在回头想想，那真是一场噩梦。喊天天不应，叫地地不灵，恐怕只有在死神的眼皮子底下走过一回才能真正理解这种滋味。好在命不薄，柳珍被匆匆赶回来的肖虎用手刨了出来。患难见真情，为了救柳珍，肖虎的两只手都挖出了血，手心起了血泡，右手的大拇指指甲盖也翻了。其余的事好像不值一提。柳珍还记得，就是那天晚上，余震不断的断裂带下雨了，在临时搭好的帐篷里，柳珍跪在男人面前真心实意地帮男人吸了一回。以前，她不喜欢这个，把男人尿尿的地方含在嘴里，想起来就觉得恶心。她之所以如此主动，纯粹是为了让肖虎高兴，也算是对他在灾难面前不离不弃的肯定与报答。

几分钟过去了，几分钟足有几个世纪那么漫长，柳珍仍然惊魂未定，眼睛睁得大大的，她意识到自己做了噩梦，但她还是像夺食的小鸡那样急急忙忙用手摸了摸各人每天晚上都要擦点宝宝霜的脸蛋，以及胸前那对饱满而又寂寞的乳房，两条比星星还要闪的腿，仿佛噩梦还会伸出手来把她抓回去似的。嗯，没有缺胳膊少腿，柳珍渐渐平静下来，放了心，松了气。

刚才的噩梦真是太可怕了，一条足有七八斤重好几米长的大王蛇死死缠住她的脖子，那妖娆、血红，像是带了电的蛇芯子，在她面前放肆晃荡。想到这儿，柳珍不敢往下想了，她这辈子最怕的就是蛇，就是看到盘作一团的绳索，她也会不由自主哆嗦两三下。睡屋黑漆漆的，仿佛夜晚全躲屋里来了，搁在化妆台的充电器忧郁地亮着，像一只孤独的眼睛。倒是窗外亮亮堂堂，好像天并没有黑。

　　女娲河潺潺流淌的声音如泣如诉，好像肚子里装满了心事。断裂带静默的群山之上，繁星如织。"夜空是一只由眼睛组成的怪兽"，柳珍经常想起这句诗，她觉得，断裂带的夜空也是一只由眼睛组成的怪兽。多么神奇的想象和比喻啊，简直就是神来之笔，一句诗，能顶一万句话呢！柳珍经常在手机上百度一些诗歌来读。有段时间，她也想过写诗，不过最终放弃了，写诗比种地难得多，种地就是让庄稼怀孕，种子是现成的，写诗就不一样了，完全是无中生有。以前在县上念高中的时候，柳珍是校文学社的成员，热爱外国文学，尤其是诗歌，她没事儿就爱往图书馆跑，虽说没在校刊发表任何作品，但依然乐此不疲。除了肖虎，很少有人知道她那段历史。其实，这段历史的后面还粘着一个白马王子，她暗恋过校文学社一个写诗的男生，那个男生简直把图书馆当家了，柳珍当然不会告诉肖虎这个，她不想因为这点不了了之的小秘密搅乱她的家庭。人永远去不了的地方就是过去，所以，现在，柳珍觉得自己不过是断裂带上一个普普通通的农民，附庸风雅，会被人耻笑。

　　柳珍没有开灯，生怕把自己渐渐平息的恐惧重新照亮似的，她摸起搁在枕边的手机看了看时间，十一点四十五分。枕头下面放着一把关键时刻用来自卫的剪刀。柳珍希望它最好不要有什么用处。

肖虎有几天没给家里打过电话了。出门头两个月，肖虎的电话来得比什么都勤，平均下来，没有七八个，也有四五个。柳珍经常跟肖虎开玩笑，说："你的电话肾虚啊，可惜我这儿不是厕所！"本来就思念柳珍的肖虎内心那仅有的含蓄便荡然无存了："我肾不肾虚，你能不知道？我不给你打电话，给谁打？一个萝卜一个坑，你就是我那根萝卜的坑啊！"柳珍的脸就红了，浑身软绵绵的，像一张亟待钢笔写下答案的试卷。总的来说，夫妻两人之间，这样的玩笑往往被控制在"偶尔"的范围之内，不经常出现，也能在关键时刻刹车，绝不能让欲望失去控制。在柳珍看来，性更像是飞机着陆，像他们现在这种情况，很有必要减少谈话中和性息息相关的敏感词，因为那种遥不可及的满足感并不会真正如愿以偿。所以每次肖虎打来电话，柳珍都会有意识地把话题转移、渗透到生活的旁枝末节中去，以此避开对性的渴盼。

现在倒好，肖虎打给家里的电话越来越少。柳珍对自己突然意识到的这种变化有点吃惊，有点生气，有点失落。虽然，她相信肖虎不会背叛她，自己也不会给他戴绿帽子。

断裂带出门打工的人被贴上了一个颇为稀奇古怪的标签：远征军。柳珍觉得，自从肖虎出门打工，成了远征军，自己就实实在在地成了"看门狗"，累活脏活重活从来不用自己伸手的日子就结束了，里里外外，柳珍都得像吃饭喝水那样亲力亲为。忙得要死。想到这些，柳珍心头不由得一阵委屈，忍不住拿起手机给自家男人发了条短信："睡了？"

短信刚显示"发送成功"，柳珍才发现收信人并非肖虎，或许是注意力不够集中，或许是被内心的那点委屈冲昏了头，本该发给肖虎的短信发到闺密沈美那儿去了，真是牛头对了马嘴。好在短信内容并不敏感，甚至有点乏味，有点无话可说的意思。

沈美很快回了条短信："姐，半夜三更的，吃错药了，还不睡？"

"我刚刚下凡，不睡觉的。"柳珍意识到自己走了岔路，机智地回复。

"原来你是仙女？脸先着的地吧，哈哈！"沈美存心跟柳珍过不去。

柳珍立马回了条短信："我这儿还有几袋肤痒颗粒，你要不要，我现在给你拿过来？"

前段时间，柳珍患了一次急性荨麻疹。瘙痒像风一样在身上刮来刮去，根本停不下来。医生告诉柳珍，荨麻疹又叫"风团"，是由于皮肤、黏膜小血管扩张及渗透性增加而出现的一种局限性水肿反应，通常在二至二十四小时内消退。但是，发作的时候千万不能用手去挠痒痒，手上的细菌可能造成感染。

过了很长时间，沈美才回了条短信："我又没得荨麻疹！我困了，神仙姐姐，睡吧！"

"金嗓子，晚安！"柳珍匆匆回过短信，搁下手机，缩回了被窝。

沈美歌唱得好，是断裂带出了名的金嗓子。不过，她不太喜欢流行歌曲，倒是对老歌情有独钟。台湾柔情派歌手韩宝仪的歌几乎是她的拿手菜，《粉红色的回忆》《无言的温柔》《错误的爱》《春风吻上我的脸》《我有一段情》……沈美不但会唱，她还能唱出自己的风格、自己的味道。物以类聚，人以群分，柳珍也喜欢老歌，但是，她不像沈美口味那样专一，死缠烂打，孟庭苇的《风中有朵雨做的云》，童安格的《一世情缘》，邓丽君的《恰似你的温柔》，她都喜欢，唱得一般，硕果仅存的优点就是歌词绝对不会错一个字。

柳珍有些天没见到沈美了。立秋以后，大家都忙，围着庄稼地忙，围着庄稼地转，就如同闹钟上的时针、分针、秒针，不停绕着圈，却对终点一无所知。

不过，对大多数断裂带的人而言，这种状况也许并不会持续多久，如同房事过度的人对性失去了兴趣，他们更愿意选择出门打工挣钱把地荒着，而不是待在家里老老实实地放弃出门打工挣钱的机会。断裂带原有的生活也在"断裂"，在迅速地朝着现代的也更为功利的生活积极靠拢。柳珍和沈美家的庄稼地没有荒。因此，秋收这个节骨眼上，她们压根儿就没时间聚在一起说长道短，分享各自的喜怒哀乐。

柳珍又迷迷糊糊睡着了。

她梦见了生机勃勃的玉米地，梦见了把玉米须用糨糊粘在下巴上装老爷爷的童年。

沈美家出事了。准确点说，是遭了贼。

沈美的公公汪德远大清早起床后远远望见自家鸡舍的门出人意料地敞开着，心头不由"咯噔"一跳。以前，天才麻麻亮，关在鸡舍里的鸡早就吵翻天了，给人一种朝气，一种蓬勃的景象。鸡，就是断裂带上的活闹钟啊！若没有它们折腾点动静出来，这一天就没法开始，好像它们的喉咙就是通往黎明的一道缝，一条坎，一个坡。汪德远扭了扭脖子，想把残留在体内的那点困意完全摆脱似的，他清清楚楚记得昨天晚上自己亲自锁的鸡舍，钥匙在裤兜里，完事儿以后还坐在鸡舍旁边的一根水捞柴上面吸了支烟。而眼前的情形，有些蹊跷，汪德远憋了一晚上的尿也来不及屙，便匆匆走上前欲看个究竟。不看不知道，一看吓一跳，外观颇像个城堡的鸡舍空空如也，家里的三十九只鸡，公鸡、母鸡、大鸡、小鸡，全没了影儿。用细铁链拴在鸡圈旁边那棵石榴树下用来看家护院的狗，也离奇死亡了，躺在地上，如同熟睡的婴儿。

汪德远瞬间惊得下巴都快掉地上了。他两眼一黑，几乎要晕过去。眼下，秋收已经忙得人头晕脑涨，贼又来了，存心要趁火打劫似的。真是一波未平，一波又起。汪德远稍稍缓了口气，然后急切地揉了揉他那早已熟悉人间冷暖的眼睛，以为自己看错了，也希望自己看错了，但他没有看错，家里确实遭贼了，鸡确实就像一阵风那样没了踪影，狗确实死了。侥幸已经破灭，铁打的事实已经摆在面前，一切不可能再缩回去。汪德远感觉脑袋嗡嗡作响，好像自己的脑袋被人用铁锤敲了个洞。身子骨沉甸甸的，仿佛坠着沙袋。

庄稼人就是地里少了一包玉米也会心疼半天。汪德远心急火燎地点了支烟，希望借此缓解内心的不安，并思考自己接下来该如何应对这场考验。他从不缺乏勇气和冷静，尤其是大场面、大事情。汪德远从来都不觉得自己仅仅是个其貌不扬的庄稼汉，只是，投错了胎，生在了断裂带，英雄没了用武之地，鸟儿没了翅膀。他喜欢麦家小说改编的电视剧《暗算》《风声》《风语》《刀尖》《地下的天空》。也喜欢枪，自己动手做的木头枪，要是再上点漆，精致的程度可以乱真。

烟快抽完了，汪德远内心的不安丝毫没有弥散。

望着炊烟正袅袅升起的断裂带，他突然觉得这一切竟然如此陌生，陌生得让人想哭。委屈好像已经把他整个儿膨胀起来了，好在，他忍住了，男儿有泪不轻弹，他的大半生，也是踩着这句话走过来的。人生苦短，坡坡坎坎。不过，话说回来，地震那么大的灾难面前汪德远也没有如此难受过，作为幸存者，他心头有个秘密，并且是永远不会跟任何人说起的秘密。地震那天，他被埋在一堆从山顶垮下来的土方下面，反正不知道为什么，在他意识到自己可能遇到了大麻烦之后，他甚至还有些庆幸和激动——长年卧病在床的妻子，不懂事的儿子，让他活得太累了，不如给自己一个解脱；而且，他觉得，自己被人发现的概率几乎为零。汪德远不知道自己在土方下面困了多长时间，也不知道究竟困得有多深，反正待得有些无聊了，人无聊的时候总喜欢给自己找事儿做，汪德远就跟自己打赌，一个赌自己肯定能活，一个则赌自己必死无疑。既然是赌，就不能无动于衷，于是，他试着挖开身边的泥土，给自己寻找退路。当汪德远从土方下面爬出来望见满目疮痍的断裂带时，他流泪了，他觉得，自己完完全全就不该跟自己打赌，不该从土方下面爬出来。然而，世上没有后悔药。

在狼藉的鸡舍前，汪德远突然破口大骂起来，他双手叉腰，犹如一头怒气冲天的雄狮。

咒骂解决不了问题，改变不了事实。汪德远不是不明白这个道理，这么做，自然有他的目的，他觉得自己有义务尽快让儿媳沈美知道这件事。仅仅是没有更好的办法把这个坏消息传到儿媳的耳朵里罢了。虽然他打心眼里拿沈美当女儿对待，但是毕竟不是亲生的，毕竟是儿媳，距离该保持的还是要保持。人心隔肚皮呢，自从儿子出门打工，家里就他、常年卧病在床的老伴，还有儿媳沈美三人相依相伴。断裂带的人嘴尖，一只蚂蚁能说成大象，一件小事也能被添油加醋地搞成惊天动地的大事。汪德远知道流言的力量，流言就如同早年的女娲河，能淹死人呢。汪德远跟儿媳沈美中间隔着几块石头。

当然，这几块石头并不是什么象征，而是事实。前段时间，他把儿媳沈美从女娲河捡回来的几块锈石送人了。锈石在女娲河并不少见，但也不是特别多，既可以摆在自家小院当观赏石，也可以在上面种些小花小草，算作怡情。石头夹在人和人中间，就不一样了，怎么个不一样，汪德远也说不清。具体是哪天也说不清，村委书记刘大福前来调查家庭经济情况，说是为贫苦群众解决低保问题。完全是脱了裤子放屁，多此一举嘛！村上哪家人过得宽裕，哪家过得紧巴，刘大福能不清楚？汪德远明白，见了女人眼睛就亮得像是电灯泡的村委书记如此费尽周折不过是为了饱饱眼福，跟村里那些留守妇女套套近乎，说几句隔靴搔痒的风流话。脚刚进院子，刘大福就被摆在院里的几块锈石头吸引了，又想起自家院里空荡荡的花坛，心头便有了讨要的念头。刘大福跟汪德远说："老汪，我那个花坛啊，就缺点赏心悦目的东西，我看，这几块锈石不错！"汪德远自然明白刘大福的意思，心想：不就是几块石头吗，又不能当饭吃，你刘大福既然想要，我就送给你，只要能吃上低保，投其所好送几块石头，也是理所当然啊。东西送了，低保自然吃上了。汪德远却没有料到自己擅作主张惹得儿媳沈美很不高兴，这种不高兴，当然不是说出来的，是他看出来的——沈美虽然没有就此事发表任何意见，但是从她平日里的态度和行为，汪德远知道，儿媳生气了。

汪德远想到这些曲折和委屈，就骂得越发起劲。他骂得难听，好像那些咒骂真能把贼娃子撕成碎片似的。没有起床的沈美，永远起不了床的老伴，还有周围的邻居，都听到了汪德远的骂声。

消息很快随着汪德远的骂声在断裂带流传开了。人们排山倒海地冲着沈美家拥来。断裂带好多年没有这么热闹过了，老老少少，赶集似的聚在汪德远家那个巴掌点大的院里。

有眼尖的人在鸡舍旁边发现了一串并不十分明显，但形迹可疑的脚印。那脚印不是汪德远的，也不是沈美的，是贼娃子留下来的罪证。不过，很快，那一串脚印就不见了，前来的人中大多都莫名其妙地把脚烙在上面，身正不怕影子歪，好像都有心证明自己清白似的。汪德远想到保留罪证的时候，发现那一串脚印已经不知不觉间被他们踩成了一串浅坑。

被贼娃子偷走的鸡现在不过是个空洞的数字而已。人是眼睛动物，群众雪亮的眼睛只好集中在沈美家那只死去多时的狗身上，并且，不时发出哀叹，好像狗早已枯萎的生命能够沿着同情的脚步重新活过来似的。前来帮忙的人都说死亡是会有声音的，但这只狗完全没有，这就奇怪了，沈美家的狗平日里凶得很，要是有人来，老远就咬起来了。

于是院里有人痛斥世风日下，人心不古，连狗这样忠诚的人类伙伴都不放过，简直是铁石心肠，猪狗不如；有人甚至回忆起某年某月某日差点被狗咬伤的情形，表情中透出几分遗憾，几分失落，好像真希望被狗咬上一口似的。

"各位亲朋好友，你们这两天遇到什么形迹可疑的人没有？"

汪德远一边给那些认识的人发烟，一边大声询问，希望有人向他提供线索。显然，问话没有他想象的那么顺利，听到的人，有的摇头，有的无动于衷，有的则埋头若有所思，仿佛心就像断裂带的夜晚一般黑咕隆咚的贼娃子刚刚从他们胯下逃过去似的。汪德远将空了的烟盒揉成一团，扔在地上，吐了口浓痰，一只大蚂蚁急急忙忙跑过去，结果被胶着的浓痰生生粘住了。活该，算你倒霉，汪德远心想。

沈美走到院里的时候公公汪德远已经忙活好一阵子了。沈美没有跟他说话，就是天塌下来，她也不想跟他说话。院里突然来这么多人，沈美有种无法言说的压抑，她望着黑压压的人群，想到家里的损失，既心疼又无可奈何，浑身上下像是被鱼钩钩住了一般，生生的疼，像是被什么狠狠推了一把的眼泪便不由自主落下来。沈美不好意思当着众人的面哭，转身躲进屋里，她哭光了半袋心心相印牌面巾纸，这种牌子的面巾纸五块钱一袋，沈美一边哭，一边想，自己哭了两块五了……

沈美家遭贼这天，恰巧是星期五，学生放假的日子。

几天不见果果，柳珍觉得自己真有点想儿子呢。儿子是自个儿身上掉下来的肉，当妈的心里儿子比整个世界的分量还重，好像自己是儿子身上掉下来的一片肉似的。不得不说，每周一送果果到学校读书，对柳珍来说是非常残酷的考验，她觉得自己就像出卖耶稣的犹大，罪大恶极，亲手把儿子送到监狱里去了似的。

星期五是柳珍的"好望角"，因为她终于可以跟儿子碰头了。

现在断裂带的孩子读书跟柳珍读书那会儿不一样。芝麻开花节节高，国家政策确实越来越好，学费什么的都免了，交些生活费就可以了，唯一不太人性化的地方，就是无论远近，学生必须住校。也就是说，星期一到星期五，果果必须待在学校，不能出校门半步，家长一般情况下也不能到学校看孩子。

儿子是妈妈的心头肉啊，心疼果果的柳珍嘴上倒是不说什么，心里却堵得很，她老是担心果果在学校里吃不吃得饱穿不穿得暖，有没有被人欺负，快不快乐。至于具体的学习情况，倒无关紧要。这是真的，以前成绩既是娃儿的命，也是爸妈的面子，高分就是天堂，低分就是地狱。地震过后，父母对儿女的宠爱变本加厉，成绩的意义却一落千丈，大打折扣，在经历了灾难的洗礼，经历了失去和生离死别之后，大多父母对儿女的成绩变得理性、宽容了，都觉得孩子健康快乐平安是最重要的。现在，学生犯了错误老师话说重了不行，甚至，象征性地惩罚一下也成了罪过。上周，柳珍在小学教语文的堂姐就因为用教鞭拍了几下一个上课开小差的学生的屁股，结果捅了马蜂窝。那个感到自己受了委屈的学生哭哭啼啼跑回家告了状，孩子爸爸竟气势汹汹跑到学校，二话不说，当着堂姐全班学生的面，将正在上课的堂姐打得头破血流，进了医院。柳珍提着水果去探望的时候，堂姐还躺在床上，鼻青脸肿，眼泪花花，看上去怪可怜的。"上辈子杀人，这辈子教语文。"堂姐的话犹在柳珍耳畔回荡。

果果终于放学了。柳珍牵着果果，急急忙忙朝沈美家赶去。上午就知道沈美家里遭贼了，柳珍没去，主要是因为家里还有半亩多玉米没掰完，家里就自己这么一双手，玉米没掰完，她心里不踏实，好像再不掰，玉米就要被风吹跑了似的。再说，下午还得到学校接果果放学回家。忙死忙活，也得把明后天空出来，陪儿子。上午掰了玉米，下午接了儿子，柳珍心底就空旷了，平静了，她觉得自己该去沈美家看看，出了那样的事，人多多少少都会有点想不开。可是，想不开能如何，生活就是这样，匆匆忙忙，鸡毛蒜皮，愁泉泪谷，万花筒似的。

天气不错，金色的阳光普照大地。瓦蓝的天空，蓝得没有一丝裂缝。几朵白云，缓缓移动。女娲河，闪闪发光。巍峨的群山，总是让人想起聂鲁达那首《马楚·比楚高峰》的巍巍群山，在午后的阳光和风里，格外迷人，引人注目。有一刻，柳珍觉得，断裂带就像作家胡安·鲁尔福为墨西哥农村拍摄的照片那样，淳朴而悲伤。她记得，那些照片就夹在胡安·鲁尔福的短篇小说集《燃烧的原野》里面，在高中的校图书馆。

柳珍边走边和果果聊天，问他这几天在学校过得开不开心，有没有被人欺负。没有，没有。果果回答的方式简单快捷，柳珍没有意识到自己那一堆固执、公式化的问题，果果压根儿没什么兴趣。

远远的，娘俩看见几只乌鸦在柏油路上鬼鬼祟祟地盘旋着，仿佛正在寻找猎物。

断裂带上的这条柏油路是去九寨沟的必经之路，平时旅游车较多，开得也快，你追我赶，超车不断，好像慢下来会死似的。乌鸦一般不会在柏油路上盘旋。一辆白色的豪华大巴车忽然冲了过来，那些乌鸦便飞远了。距离渐渐缩小，柳珍总算看清了，两只小狗正在柏油路上打得不可开交。怪不得呢。不怕死的畜生！柳珍心里骂了一句。不过，她很快意识到，自己搞错了。两只长得奶乖奶乖的小狗并不是在打架，而是一只小狗的腿被车碾断了，根本走不了，趴在那里，可怜巴巴的。另一只正努力把它从路中间往路边挪。可能是伤口太疼，那只小狗不时惨叫，而另一只，也不时汪汪叫着，好像在说话似的。柳珍被这突如其来的一幕打动了，她仿佛听见两只小狗正在那儿说话，一个在说，兄弟不要碰我，我疼死了。而另一个则在安慰受了伤的伙伴，再疼也要忍着，公路上多危险啊，我必须把你转移到安全地带。

果果问柳珍："妈妈，它们为啥打架？"

柳珍说："它们没有打架。那只狗正在救它的伙伴，它的小伙伴受伤了。"

见有人来，那只正在竭力营救伙伴的小狗像是被吓到了，惊慌地朝路边的草丛跑去，它跑得很慢，边跑边回头，好像逼不得已似的。留下的小狗趴在地上，呜咽着，撕心裂肺。它们都太小了。

果果说："我们帮帮它们吧！"

柳珍点点头。她打算把这只小狗带回家。然而，她犹豫了一下，怜悯就消失了，褪成了枯草。小狗被放在草丛里。

娘俩继续往前走。

"它们好可怜哦。"果果说。

柳珍走得更快了，生怕后面有什么麻烦跟上来似的。她不爱多管闲事。

沈美家快到了。

"到沈美阿姨家，不许乱碰东西，嘴巴甜点。"柳珍专门嘱咐果果。

果果说："妈妈，那你给我颗棒棒糖吧！我都好久没吃糖了。"

沈美六神无主地坐在堂屋里，见柳珍领着果果进了屋，又忍不住伤心难过起来。从早上到现在，除了去厕所，她都坐在堂屋里，她感觉自己整个人就像是被胶布缠了一圈又一圈，透不过气，动不了，也不想动。

"果果，快喊人。"柳珍拍了拍果果的肩膀。

"沈美阿姨好！"果果冲着沈美甜甜地招呼了一声。

沈美的嘴角勉强挤出一丝笑意，脸色转眼又暗了下去。

"事情出都出了，你这样哭，还能把损失哭回来？"柳珍指了指地上快堆成小山的面巾纸问沈美。

"姐，我能不哭吗？那么多鸡被偷了不说，狗也叫毒死了。可恶的贼娃子，要是让我逮住了，我非把他碎尸万段！"沈美气吼吼地说。

"你瞧你，眼睛都哭肿了，也不撒个尿照照，比东施还东施，好丑！"柳珍希望用玩笑话抹平沈美的伤痛。

"我是东施，你就是西施。西施，我的命怎么这么苦哇！"沈美说，"苦瓜也没我这么苦。"

"你呀，真是个大苦瓜。"柳珍并不急着安慰沈美。她了解沈美，此时此刻，没有比调侃更好的方式来冲淡沈美心头的阴霾了。安慰有时更容易让人伤怀。

"你这个心眼儿比砒霜还毒的西施，诚心来看我笑话，是不？"柳珍的话激起了沈美的斗志。

"儿子，你出去跟你汪爷爷耍，妈妈在这儿跟你沈美阿姨聊会儿天。"

柳珍理理头发，命令果果。她看见汪德远热锅上的蚂蚁一样在院里走来走去。果果懂事地点点头，一蹦一跳，小青蛙似的出去了。果果一走开，柳珍就有些后悔了，不知为什么，她突然觉得让儿子跟汪德远耍，就像让喜羊羊和灰太狼做朋友，就像把一小块冰扔进火堆，令她不安、惶恐。乡下人不会逗孩子。当然，孩子超强的模仿和学习能力，也是不可轻视的重要因素。说是逗孩子，还不如说是阴谋，没安好心，让孩子学坏。前段时间，汪德远就让果果学了个不好的习惯，说话总要莫名其妙带上脏字。因为这个，柳珍没少教训果果。可能，也没什么，但柳珍心里总觉得怪怪的，尤其是果果告诉她是汪爷爷教他的时候。她觉得汪德远好扯淡，平时，人也挺对的，一个长辈怎么能这么教孩子这些乱七八糟的东西？对汪德远，柳珍不由得有些讨厌了。这种事，又不能明说，说了也等于放屁，倒好像自己斤斤计较、小肚鸡肠似的。

　　自沈美家遭贼了之后，断裂带又发生了几起类似的盗窃案。

　　不得了了，贼上瘾了。

　　不得了了，断裂带成了贼出没的地方，成了老鼠窝了。

　　一时间，断裂带人心惶惶，又束手无策。大多数青壮年出门打工去了，捉贼，也是巧妇难为无米之炊。都说，要是挖个坑，贼自己掉进去，就好了。说得贼跟傻瓜似的。遭过贼的人家经过短暂的怨愤之后，就彻底释然了，放心了，该偷的已经被偷走，贼来了也是竹篮打水一场空。没有遭过贼的人家反而有了思想包袱，整日提心吊胆，愁眉苦脸，好像灾难马上就轮到他们。

　　断裂带民风淳朴，虽然存在顺手牵羊的事情，但不过是女娲河里神出鬼没的娃娃鱼，并不常见。说到贼，就像看见鸟儿身上长了鱼儿的尾巴，而鱼儿的身上长了鸟儿的翅膀一样，会让断裂带的人觉得奇怪，感觉不真实、突兀。

　　说起来，贼频频现身断裂带，是地震后这几年的事，地震把断裂带摇穷了，人心也变了，不如以往那样淳朴。每年，尤其在接近年终这段时间，可以说是遭贼的高峰期。

"贼也是人，有家有室，要过年了，总要弄点钱买年货。太他妈讨厌了！"

汪德远就是这么跟村委书记刘大福说的，他跷着二郎腿坐在院里，手上的烟燃了半截，烟灰稳稳当当地停在烟上，舍不得搬家似的。他分析，贼就是本地人，只有本地人能如此轻车熟路，如鱼得水。话刚说完，一个响屁便兴冲冲地在空气里挖了个洞。所有声音都是在空气中挖洞。

汪德远难为情地看了看坐在一旁的书记刘大福，见他泰然自若，心头便安定了。

要知道，坐在身边的，是村里的官。县官不如现管，刘大福虽然连个芝麻官也算不上，但是在这个村上，他就是一把手，是近百户人家精神上的路标，生活上的帮手。虽说是村委书记，刘大福从来不摆架子，好烟孬烟，只要是人家递过来的，他都接。他从不给人发烟，包括镇上的领导，也从不买烟。烟品看人品，汪德远很是欣赏书记的为人处世，平易近人的官不多。刘大福正抽着汪德远递来的烟，时不时哼几句刀郎的《西海情歌》，还有童安格的《一世情缘》。他对汪德远的婆婆妈妈不以为然。

秋天一来，花草树木就开始害羞了，断裂带变得五彩斑斓。水泥院里落了不少银杏树叶。立秋有段时间了，天气却不见得冷，刘大福穿得少，一件灰棕色夹克，里面套了件黑色T恤，浅蓝色的牛仔裤已经洗得泛白。大头皮鞋刚刚下过地似的，裹了不少泥巴。平时他都这副打扮，怕麻烦，不太讲究穿着。反正人和衣服一样，早晚变旧。

水泥院子右手边的角落里有株比人高的仙人掌，那是汪德远年轻时栽下的，仙人掌生命力强，长得快，每年梅雨时节，不太忙的时候，汪德远都会专门花半天时间为仙人掌瘦瘦身，美美容。

刘大福的目光雪一样款款落在院子外缘的晾衣绳上。正滴着水的晾衣绳，一头是电线杆，一头是棵枇杷树。因为天气不错，沈美把她这段时间没来得及洗的衣物统统洗了。晾衣绳上晾着的，全是沈美的衣物，内衣、内裤、袜子、裙子，还有几件看上去十分洋气的外套，花花绿绿，给人一种暧昧、鲜活、灿烂的感觉。刘大福有点魂不守舍。人是眼睛动物。那个疯婆子，即便当着外人，刘大福也这样称呼他的老婆，冷漠，不屑一顾，能让人瞬间洞悉其中的沧桑，几十年下来，浓情蜜意渐渐枯萎，该潮湿的自然是潮湿了，该发霉的自然发霉了，该腐烂的也早就腐烂了，欲望蛇一样缩回洞里，再也没有最初鹰击长空鱼翔浅底的乐此不疲。那个疯婆子人老珠黄，自然没法跟年轻、浑身上下都淌着朝气的沈美相比。于是刘大福狠狠吸了口烟。

沈美找柳珍去了，她昨天下午染了个头发。发型师是她小学同学梅燕，打了不少折。梅燕还给沈美送了几张传单，她男人最近在青梅街开了家KTV，唱歌每小时三十块钱，啤酒一百块钱一打。贵得咬人。

沈美不在家，刘大福心里有点空。

"贼是那碗里的汤圆，早晚要露馅儿。真相没有浮出水面，就不要捕风捉影。"刘大福漫不经心瞟了汪德远一眼，又说，"现在不比以往，现在断裂带交通方便，万一贼是开车来作案的呢？所以，只有抓到了贼，才算掌握了证据。当然，你说的有道理，偷了那么多家，足以说明贼对我们村情况很熟悉。"

汪德远看得出来，村委书记有点心不在焉。不过，他还是礼貌、客气地点了点头。

刘大福到汪德远家来，其实并不是为了调查他们家遭贼的事，而是为了收新农合的钱。新农合是新型农村合作医疗的简称，是由政府组织、引导、支持，农民自愿参加，个人、集体和政府多方筹资，以大病统筹为主的农民医疗互助共济制度。按人头算，一人一百，买了这个，吃药住院都能报销，人要是有个三长两短，还能得到一笔补偿款。去年，村上的泥巴匠王兴权打核桃从树上摔下来，死了，死之前在医院抢救花了大笔钱，就因为没买新农合，落个人财两空，教训是深刻的。多说无益，木已成舟，前车之鉴，后事之师，以前买新农合不太积极的老百姓，一下子变得主动起来，热情高涨。没人吃亏，怎晓得上当了呢。王兴权的死很自然地成了一道伤疤，成了老百姓再穷也要买新农合的警钟。买新农合当然是好事。很多东西是眼睛看不见的，王兴权家的情况，村委书记刘大福心知肚明，他并不是不想交，那几天，信用社利息催得紧，家里没钱。一百块钱不多，王兴权家里老老少少八口人，八百块，不是小数目。乡下人爱面子，地震后贷款建房这种无可奈何的事情就不说了，王兴权舍不得张嘴跟人借钱，贷款和利息已经吃不消了，再借钱，不是把自己的脸往地上扔吗？王兴权就没买。

汪德远把四百块钱整整齐齐捋好，递给刘大福。汪德远交了钱，有些心疼，有点怅然若失，钱是他平日帮人做零工攒出来的，每一张都是汗水泡出来的，不容易啊。家里开支沈美说了算，钱在她手上，她是管家。儿子每月往家里汇钱，汪德远从未过问，抽烟得自己买，家里有四万块钱贷款没还，他希望儿媳把那些钱拿去还债。新农合的钱本该让沈美交。交这个钱，汪德远有他的个人目的，希望能够得到儿媳原谅，家和万事兴嘛，他清楚沈美一直在为自己贸然把她捡回来的几块锈石送人耿耿于怀。剪不断理还乱的家庭背后，屁大个事，往往也有可能爆发出惊人的力量。汪德远暗暗发誓，以后把自己的手管紧点，划清界限，不该碰的东西坚决不碰。这四百块钱一交，汪德远手上就没什么钱了，这年头，钱不好挣，用钱倒比坐飞机还快。钱不会说话，没长眼睛，人总该是活的是温热的吧，汪德远心想儿媳这下该不会那么生气了，甚至，应该对他的慷慨无私表示感激。

刘大福接过钱，看也没看，塞进荷包里。"我走了，"他说，"后头有好多家正等着交呢。"生怕汪德远留他似的。说完，他朝汪德远比了个抽烟的姿势，汪德远自然明白书记的意思，他利索地从烟盒里取了支烟，恭敬地递过去。

果果趴在院里，盯着那块用棒棒糖跟同学换来的放大镜，眼睛眨也不眨，下面，一只被他从皂荚树旁边的草丛里捉来的绿色毛毛虫被一群饥饿的小蚂蚁围着。毕竟，弱小的生命更值得怜悯，为给小蚂蚁们加油助威，果果在旁边吐了泡口水，解决它们的水源问题。毛毛虫当然不愿成为小蚂蚁们的食物，它顽强反抗，每当快要突出重围，果果就借着放大镜的神力让它慢下来，让它痛得只求一死。

柳珍和沈美在亮堂堂的灶屋里一边烧水，一边聊天。灶台上，两个白色玻璃杯里的可比可速溶咖啡香气弥漫。咖啡是从青梅街的超市里买回来的。灶孔里的火苗不时把舌头伸出来，又仿佛在探头倾听外面的世界。

靠在碗柜旁边的背篓吸引了沈美的目光。她最近一直想买个好点的背篓。平时若没事，可以到地里扯点猪草。今年家里喂了三条猪：两条卖，一条留着吃。游戏规则，要卖的饲料猪和不卖的粮食猪在猪圈里是隔开的。游戏规则，要卖的猪喂的饲料和专门的催肥剂，不卖的喂的则是纯粮食。这种做法在断裂带几乎司空见惯，并且合乎情理，总不能用饲料去填自己的胃吧。以前的人怕瘦，现在的人则担心自己胖。家里的饲料猪已经长得圆圆滚滚，粮食猪好像还看不出什么动静，眼看就过年了，沈美琢磨着把家里的粮食猪再喂肥点。扯猪草，家里的背篓要么太大，要么太小，沈美想买个合适的。

"这个背篓真漂亮。谁那儿买的？"沈美问。

"我叔叔柳鸿儒卖给我的，都好几年了。"柳珍回答。

"还有吗？我想买。"沈美说。

"他现在哪还有心思编背篓！都富得流油了。"柳珍说。

富得流油。柳珍说她叔叔柳鸿儒富得流油。沈美知道这个人，穷得叮当响，四十多岁的人了吧，老婆也没找到，胡子拉碴，头发长得没钱理发似的，地震时腿又落了残疾。三十年河东三十年河西，柳鸿儒现在富得流油。柳珍说，人只要有钱，就什么都有了，最近，有人给她叔叔介绍了一个二十多岁年轻女娃子，可能过年要办酒席。柳鸿儒家在山上，早年一穷二白。地震后，山上打了水泥公路，让人没想到的是，这条公路竟然让他富了起来。因为山上有很多梅树，一二月份，梅花盛开的时候，很多城里人喜欢开车到山上看风景。柳鸿儒逮着这个机会开起了农家乐，生意火爆。人怕出名猪怕壮，柳鸿儒有了钱，就有人背后编小故事攻击他，说他坏话，这个故事，沈美以前没听说。故事大概说的是有次一个城里的倒霉游客把柳鸿儒的一只鸡碾死了，柳鸿儒就让人家赔钱，一只鸡五百块，因为这只鸡是鸡妈妈，强龙斗不过地头蛇，城里人只好自认倒霉赔了钱。不过，事情没完，城里人刚要走，柳鸿儒又提了只鸡让人家赔，哭着说这只鸡是刚才被碾死那只鸡的老公，还得赔五百。故事就是这样的，荒诞，带着无法原谅和清空的野蛮。

柳珍说完，沈美笑出了眼泪。柳珍给沈美递了张卫生纸。无论是看《还珠格格》，还是面对生活的悲喜剧，沈美总有惊人的表现，她的眼泪伴随着她的喜怒哀乐，如同翅膀伴随着鸟儿的飞行，腿伴随着行走。

"不过，我敢说，这纯粹是造谣诽谤，纯粹是出于嫉妒。"柳珍曾专门把这个故事转述给柳鸿儒，问他是不是真的。柳鸿儒听后，气得整个人都快爆了。当然不是真的。即使是真的，他也不会承认。

地震确实把很多人震穷了，个别的，确实富了，富得流油。断裂带每个人都渴望富得流油。沈美其实不怎么关心这件事的真假，她跟柳珍说："这年头，钱就是爹，是娘，只要能挣钱，谁还在乎过去那些老掉牙的清白、淳朴、道德？"

柳珍不说话了。她觉得，沈美的话如同一把锋利无比的杀猪刀，淋漓尽致地捅到了当下断裂带普通人真实的心境——庸俗，并且执迷不悟。

锅里的水还没烧开，柳珍忽然听到果果在院里喊她。儿子的声音就是圣旨，柳珍立马从板凳上弹起来，冲了出去。沈美跟在后面，仿佛柳珍的影子。

"怎么了，儿子？"

柳珍迅速将果果浑身上下检视一番，见儿子并无异样，松了口气。很多时候，果果的召唤都会让她手忙脚乱。就这么一个宝贝儿子，她不想有任何闪失。

"妈，你看河里，有好多人哦！"

脸脏得如同小花猫的果果，跟柳珍指了指近在咫尺的女娲河，声音像余震微微颤抖。只见挖沙挖得千疮百孔的女娲河如同一张粘蝇纸，到处都是人，男女老少。

这么冷的天，断裂带的人跑到女娲河，如同乞丐突然从荷包掏出百元大钞，让人觉得不可思议。女娲河的水，冰凉刺骨，没人傻到这种鬼天气到河里洗衣服。柳珍和沈美望着女娲河那些手里不是拿着脸盆就是提着水桶的乡亲父老，瞬间恍然大悟：有人闹鱼了！闹鱼这种事断裂带以前发生过，那些丧尽天良的人，生孩子没屁眼的人，才会干出这种缺德事。虽然这样毫无道德和环保意识的人是少数，却也算得上一颗老鼠屎坏掉一锅汤。

往日闹鱼的情形同时在两人的脑海浮现：被人投毒的女娲河一路破碎。那些鱼儿就是她的碎片。眨眼之间，满河的鱼儿统统遭了殃，或死掉或苟延残喘。命稍微大点的，身上还有些力气的鱼儿往往会疯了一般朝河边游，有的孤注一掷直接跳到岸上，反正都是个死，待在水里不如死于岸上。

地震前的每年夏天，女娲河总是热闹的，游泳，捉鱼，钓鱼。地震后，被重建毁掉了的女娲河里的鱼儿，也没有早年那么多，那么大。"鱼儿小得还不够塞牙缝"，那些偶尔去河里钓鱼的人回来说。

柳珍嘱咐果果好好待在家里，然后，转身回屋提了两个空桶，给了沈美一个。两人一前一后朝女娲河飞去。不管捡不捡得到鱼，凑个闹热总可以吧。跑到半路，柳珍心想自己应该换双拖鞋。她穿的是休闲鞋。

下了三道坎，拐了四个弯，两人来到女娲河，准确点说，是古老、宽阔而又沧桑的河床。河床，生命的摇篮，让人惊讶于岁月和大自然的馈赠与变化。奇形怪状的鹅卵石让她们走起路来颇为艰难，好像稍不注意，就会把前面的虚空撞坏似的。河床巨大，河流瘦小，女娲河卑微地蜷缩在河床的中央，已经看不出河的样貌，夸张点说，更像一条伸腿就能踩断的小溪，随便扔块石头都会把水炸干。

女娲河没有破碎。也没有碎片。她早已经死了。

通过打探，柳珍和沈美知道今天确实有人闹鱼了。不过，女娲河现在确实没什么鱼可闹了，除了极个别运气好的老乡捡了几条大得还不够塞牙缝的飞马鱼和白片子。大多人一无所获。

柳珍和沈美失望地望着潺潺流淌的女娲河，仿佛所有的话都跟水流走了似的。呼吸。沉默。

有成群的乌鸦在女娲河上空盘旋，仿佛在告诉所有的人这是它们的地盘。确实是它们的地盘。地震过后，这些乌鸦就在女娲河定居了，开始是一小群，后来是一大群，现在估计有上千只了。白天，这些乌鸦就在女娲河边扎堆，发出难听的叫声，好像死亡的种子就是从它们的叫声里面扇出来似的。

秋天的女娲河真是太薄了，夏天水要厚一些。水已经记不清她从前的样子了。

冰冷的河风，敲击着每个人的心脏。乌鸦的叫声，勾勒着模糊的过往。

"呜哇呜哇，叫得难听死了。"沈美仰着脸，望了望那些黑鸟。

"确实不好听。但是我们的声音在它们耳朵里可能也未必动听。我想，我们的所作所为也是一种声音，一种糟糕、荒唐而且堕落的声音。但是，沈美，你有没有发现，乌鸦的声音是那样独特，充满了教诲。"

柳珍对沈美这句充满谴责意味的牢骚并不感冒，她突发感慨，像个敏锐的诗人。

"乌鸦的声音是那样独特，充满了教诲。"

沈美重复着柳珍的话，仿佛要把这句话在嘴巴里嚼细，吞到肚里去似的。

"人要是能回到过去就好了。"

柳珍指着眼皮子底下仿佛伸腿就能踩断的女娲河说道。

"别做梦了。"

沈美竭力让自己的思维跟上柳珍的频道，却力不从心，插不上话。沈美插不上话也没有关系，柳珍沉浸在自己晨雾般模糊的感伤之中，她说："断裂带生在我们脚下，地震活在我们心上。如果没有地震，这一切恐怕还没有现在这么恐怖、野蛮，垃圾、粪便、臭熏熏的动物尸体，就像一把看不见的刀子，让女娲河活得生不如死，也让我们活得生不如死。"

死，这个字眼从柳珍嘴里冒出来如同石头开花，她忌讳这个字眼，仿佛那个神秘的按钮就隐藏在身体的某个位置。虽然，地震死了那么多人，让它本身的意味变得有些麻木。

人生苦短，透明的死就像空气和呼吸，始终都在生命周围盘旋，在每个人的生命周围盘旋，压迫着每个人的神经，焦虑和恐惧从它的裂缝里长出来，并悄然改变着生活的形状，改变着所有人的命运。

断裂带生在我们脚下，地震活在我们心上。沈美有时无法理解柳珍那些玄奥又不乏深刻的思想来自何处，但她从来不把自己的这个闺密看作怪人，柳珍不是那种戴着面具生活的人。也许，每个人的身体里都藏着另外一个世界，有的人能够诉说，有的人只能当哑巴。

不用闭眼，柳珍就能忆起那些遥远的夏日，太阳似超级灯泡，挂在蔚蓝之中，对着大地猛舔。清澈见底的女娲河如同一把剪刀，把炎热剪碎。缤纷的断裂带是那么安宁祥和，仿佛每一片树叶，每一棵草，每一块鹅卵石，都能吸掉尘世的喧嚣，愈合生活在人内心深处留下的擦伤与疼痛。如今，一切远去，变成了感伤，疲倦，怀念，变成了淡淡的、浅浅的回忆。

来女娲河捡鱼的人渐渐散去，被惊散的乌鸦开始慢慢飞回河床，在水边嬉戏。

河风凉飕飕的，仿佛能把人吹干似的。

空气中弥漫着一股腥臭味，味道每个人都熟悉，像死鱼的味道。整个断裂带都是这种死鱼的味道。枯黄的草丛深处，蛐蛐寂寞地叫着。那叫声也是枯黄的，透着几分悲凉。

柳珍和沈美走在回去的路上，提着的桶不时碰痛膝盖。像柳珍家房背后那棵老皂荚树的树心，两人都觉得心头空荡荡的。

转眼，春节将至，断裂带角角落落洋溢着浓浓的年味儿。

果果已经放了寒假，期末考试考得不错，语文九十六，数学满分。

肖虎来电话跟柳珍说回家的火车票已经买好，能赶上年夜饭。

平时周末果果在家，家里必然会乱成一锅粥，现在一放寒假，家里更是一片狼藉。琳琅满目的物品被随意地扔在它们失去魅力的地方，玻璃珠、不倒翁、铁环、小人书、游戏机、汽车模型、智力拼图、电视机遥控板、水彩笔……从堂屋一直延伸到院里。野人闯进来了似的。柳珍从不批评果果在玩这方面的任性和麻烦，她那打麻将打得天昏地暗的妈妈以前总是对她管这管那，让她不胜其烦，所以她很小的时候就给自己虚拟了一个充满包容、舒适，不乏理想色彩的意识框架：以后我决不像我的父母那样对待我的孩子，甚至整个家庭。当然，如果父母经常吵架，那么可能还要加上一条，以后决不将成人间的纠葛所带来的负面影响抛给儿女。在岁月里，在血液中，在精神上，好像永远有着一种模糊而善意，引导人走向美好的神秘力量。现在机会终于来了，已为人母的柳珍坚定地捍卫着自己小时候那个模糊的意识框架。好像古往今来的亲情和关爱都浓缩到了她身上，她必须通过精神传输把它们安装到果果身上，否则就会蒸发掉，就会失传，就会被人遗忘。后果不堪设想。

星期六下午，果果闹着想吃火锅。他可怜巴巴地跟柳珍说："妈妈，今天我特别想吃火锅，想得心都空了。"柳珍明知果果故意跟自己撒娇，心头却还是忍不住飘起了酸雨。自肖虎出门打工，家里就剩下娘俩相依为命。柳珍虽然从未在生活方面委屈过儿子，但她还是觉得自己对果果爱得不够。父爱的缺席让果果变得沉默寡言，不如以前活泼。果果懂事，在家里从来不跟柳珍说自己想爸爸，他知道爸爸要挣钱养家。每个周末，果果都会捧着肖虎的照片看上半天。这一切，自然逃不过柳珍的眼睛。

"没问题。"

柳珍答应满足果果的愿望，也许只有这样，沉重的生活和愧疚才会稍稍减轻。虽然累了一天，柳珍还是毅然打起精神。她上街买了火锅料、鸡脚、鱼豆腐、虾饺、蟹肉。当然，还有果果喜欢的土豆和脆皮肠。

万事俱备，只欠东风。

柳珍本想打个电话给沈美，要她过来一起吃的。想了想，又决定算了。

最近，沈美心情不好，还是因为那件事。

有些苦，有些难，外人插手，是猫哭耗子假慈悲，不如让当事人自己去熬，去消化。柳珍不知道如何安慰沈美，也不知跟她待一块儿时如何提起这个话题。前段时间，沈美的男人在工地附近按摩房寻花问柳，没想到因为一点小事跟服务的小妹发生口角，还跟店里的保安打起来了，人家报了警，沈美男人就被抓进派出所了。不过，事情也没闹大，交了点罚款，放出来了。电话里肖虎跟沈美说过这事儿，他们在一个工地，肖虎只轻描淡写地说沈美男人可能是因为酒喝多了才跟人打架的，酒是罪魁祸首，把人胆子胀大了。喝酒之前，都说自己是四川的，喝酒之后，都说四川是自己的。真把自己当回事了。肖虎没怎么提寻花问柳的事，毕竟柳珍和沈美感情好，弄不好容易火上浇油。

只是，没想到工地上某个嘴长的人唯恐天下不乱，就把这个事从外面捅了回来。

一块石头扔在水里也会荡起层层涟漪，何况是人的事，何况是这种事，所以事情很快就在断裂带传开了。最后，沈美也知道了，这个爆炸性的消息释放出来的寒意如同冬风，冻得她瑟瑟发抖。其实在柳珍看来，这件事真是情有可原，并非无路可退。怪啥呢？什么都可以怪。最该怪的，恐怕还是地震，地震把断裂带震穷了，为了还债，为了养家糊口，为了满足五彩缤纷又无止境的生活需求，人不得不出门打工挣钱。

吃完火锅，柳珍就和果果早早躺下睡觉了。

天太冷，果果说他冻得耳朵和鼻子快掉地上去了，躲在被子里舒服些。

下午那会儿，成群的乌鸦在断裂带上空呜哇呜哇叫着，柳珍觉得有些晦气，心神不宁的。按老人们的说法，断裂带要死人了。没睡着那会儿，她决定明日早饭过后，到沈美家看看，劝她消消气，想开点。

黎明的眉梢上，快要翻过夜晚的天空，仍然很像一只由眼睛组成的怪兽。

断裂带，一片死寂。死寂中，窗外忽然响起刺耳的警笛声。

柳珍被惊醒了，她想，警察大概是抓到什么人了呢。过了一会儿，声音消失了。正准备合眼继续睡会儿，汪德远的电话打了过来，柳珍也不记得自己的手机号怎么跑到他那儿去了。汪德远喘着粗气，好像刚从废墟里逃出来似的，惊魂未定，过了几秒钟，他才用一种透着惊恐和无奈地语气告诉柳珍："沈美，喝'百草枯'，死了。"

汪德远说完，拝了电话。他好像忘了给柳珍打电话的目的。

死了。淡得像杯白开水泡了两根茶叶。

柳珍立马想到沈美，想到刚才的警笛声可能是救护车传来的。瞬间，她感觉自己整个人从脑袋冰到脚尖。不会的，不会的，不可能，沈美怎么可以这样傻呢？柳珍从床上跳起来，急急忙忙穿衣服，口中念念有词。之前，她想最坏的结果就是离婚，没想到，沈美竟然喝"百草枯"自杀。

开了门，柳珍才知道，昨晚断裂带下雪了。冬天的第一场雪，是2008年地震以来的第一场雪。雪很厚，把断裂带缝了个严严实实，银装素裹，一片苍茫。

柳珍已没有叫果果起来堆雪人、打雪仗的兴致了。她锁好门，头也不回朝沈美家跑去。跑着跑着，她就不跑了，木已成舟，再快也追不上沈美的音容笑貌，奇怪的是，她并不恐惧，更像在履行某种神圣的义务，平静而从容。慢下来的柳珍发现，空气中死鱼的味道没有了，只有雪那耀眼的银光，在空茫中伸展着。

商量过了似的，短短一夜，断裂带的梅花前赴后继地开了。缕缕清香环绕着柳珍的呼吸。鼻孔透出的雾气轻轻撞在脸上，让她看不清前面的路长什么样子。

铁器时代

在生命的某一段时期，当他们回头审视，发现多年来被视为巧合的事，其实是不可避免的。

——［土耳其］奥尔罕·帕慕克《白色城堡》

所有悲剧都长着一颗坚硬无比的脑袋。悲剧没有嘴，所以它不会把自己说出来；悲剧没有腿，但总是如影随形。它苔藓一样隐秘地依靠依附在生命的某些角落，直至尘封，或者烟消云散。悲剧的脑袋可能是一段不堪的记忆，可能是一条河的源头，看似其貌不扬，细细品味，又觉得惊心动魄。悲剧其实并不可怕，可怕的是隐蔽在它后面的迷惘、愧疚和疼痛，这些，都是时间难以消化的苦果，也是生命所不能轻易超越的部分。关键是，我该怎样将盘旋在自己头上的悲剧击碎？伟大的遗忘是不可能的。它似乎从来就没有惜疼过我，不愿意帮我把身上的痛苦就地正法，取出悲剧那颗壮丽的苦胆。这些年，它让那个看似早已冻结的悲剧在我的身体里一再汹涌翻腾澎湃，让我寝食难安，让我愁眉不展，让我，看起来不过是一团那个悲剧中膨胀出来的事物，荒唐而可笑。记忆如水缸里看似弥坚的冰花，也似罂粟，早已定格的1997年，是我将要讲述的这场悲剧萌芽并最终发生或者说是成形的时间，是把本该平淡的人生掀起层层巨浪，把漫长的岁月浓缩为一块阴影的时间。教科书上说,清末洋务运动之后,中国进入机器时代。但是,我认为,对于偏远而又贫瘠的断裂带,即便是1997年,铁也依然是它生活或者生产的主角。所以,我更愿意把1997年归纳为铁器时代的一分子。当然,我不是历史学家,这仅仅是我的个人观点。也许,铁器时代,不仅仅是历史学概念,对我,对生活在断裂带靠天和地吃饭的人们来说,它要意味深长得多,就像中秋的月亮之于每个炎黄子孙。我要讲述的这个充满悲剧色彩的故事,自然能够证明这一点,虽然它如此微不足道,就像埋在河床下面的沙子,一滴掉进大海的雨水,或者一颗长在山谷里的小草。可以保证的是,我不会因为自己作为当事人而胆怯地把真相捏碎。我仅仅希望,自己能尽量勇敢地、客观地呈现事实,而不是隐瞒,为曾经的事做无聊而又肤浅的辩解。那毫无用处,也毫无意义。我记得自己年轻的时候写过一篇小说,标题是"人永远去不了的地方就是过去",人永远去不了的地方就是过去,如今,我却如此渴望回到过去,回到1997年,就像种子渴望着春天,就像一棵树渴望着一片森林。我还记得,我曾经也写过一篇名为"总想多长几只手"的散文,赞美断裂带忙碌、勤劳,一辈子与农具、庄稼为伍的乡亲父老。总想多长几只手更像一种古老的天气,既是对忙碌的隐喻,也是置身铁器时代无可摆脱的命运,断裂带儿女们共有的命运。需要补充的是,在断裂带,在铁器时代,总想多长几只手,和多长了一只手,并不是同一回事。回忆1997年,我首先想到的不是香港回归,而是我的妈妈,我那比普通人多长了一只手的妈妈。

即使有人将手伸进喉咙把我知道的秘密往外掏,即便丝毫没有跟家人同悲欢共命运的态度与热情，我也坚决不跟任何人说我有个多长了一只手的妈妈。我的懦弱或者说虚伪的后面，以及被现实冲淡的亲情后面，隐藏着某种可能的畏惧、伤害与报复。我当然没有义务为妈妈的贪婪负责，但是泥沙俱下的现实往往会对涉及某些事实的人造成误判乃至曲解，妈妈偷菜的事情一旦被传开，他们很可能把矛头插在我身上，仿佛我有一个偷菜的妈妈比妈妈偷菜这种行为更加令人厌恶。多一事不如少一事，我想。消极有时候并没有想象的那么坏，至少，我可以暂时通过"多一事不如少一事"远离闲言碎语，在它的屋檐下平安无事，不被推向风口浪尖，黯然而又无可奈何地陷入命运的深夜。隐瞒对已经迈上歧途的妈妈没有任何好处，就像裤子上的补丁，脸上被什么尖锐物体留下的疤痕，或者扎进轮胎里的铁钉。但是，我不得不隐瞒，我不希望别人把这个家说成老鼠窝。我希望妈妈的那一只手能够永远隐藏起来。

再过一天，就是香港回归祖国的日子。

下午，我亲眼看见妈妈猫着腰钻进人家菜园偷菜。她把偷菜这件事做得小心翼翼，就像老太太过独木桥，就像老鼠过街，就像蚂蚁在雨中搬运食物。要是凑巧被其他的人看见了，妈妈也会没事，不是因为妈妈身上带着护身符，而是断裂带没人喜欢插手这种事，只要不是他家菜园的，睁只眼闭只眼就过去了，也就是说，即便真相就埋在眼皮子底下，也很难抛头露面。大事化小小事化了在断裂带人的观念里早已根深蒂固。断裂带的人很客气，不，是客气得有点过头。比如，妈妈偷菜即使是被菜园的主人发现了，恐怕人家也会事先远远地吆喝或者咳嗽几声，提醒一下她"差不多了该收手了"，好像这种菜的人比那偷菜的人更不光彩，更见不得人，然后，等偷菜的人走远了，主人才会慢悠悠地走过去，不慌不忙地骂上半天，一解心头之恨。

虽然妈妈并没有被别人发现，我还是忍不住为她的不劳而获感到羞耻。我很失望。人穷要穷得有志气，妈妈经常教育我们，不过，今天我总算是见证了她的口是心非。事实上，我知道菜园是泥瓦匠刘邵良家的，他的菜园跟我家的玉米地挨得很紧，紧得就像两口子，中间隔着一道半人高的篱笆，牵牛花顺着篱笆一直往上爬，好像要爬到天上去似的。印象中，刘邵良种菜好像从来不是为了吃，也不是要拿到青梅街去卖，而是为了给人偷，经常能看见刘邵良双手叉腰站在菜园里扯着喉咙破口大骂，他骂得天昏地暗，好像骂人能过瘾似的。刘邵良破口大骂，旁边看闹热的人却不时哄笑。

妈妈是背着背篓去的，背篓里面盖了些猪草，不是很多，但足以隐蔽妈妈想要带走的东西，猪草的存在不过是为了打掩护，所以也不能太多。我深谙这些猪草的作用，但不了解生活，不了解它塑造的面孔与沧桑，和躲藏在面孔后面像断裂带的星光那样璀璨的疼痛。生活如此重要，所有人都在它的眼睛里打滑，在它的褶皱里荒废，我们生来笔直的身体其实只是一种包裹在我们外面的假象，而真实的我们可能是破碎的、残缺的，甚至是扭曲的。很难有完人。

被绿荫和泥土的腥味缠绕的断裂带，空气中飘荡着某种腐尸的味道，气味可能是从不远处的女娲河飘过来的，令人作呕。几只乌鸦在对岸的沙滩上飞来飞去，叫得难听死了，在断裂带，它们的叫声就是丧钟，死亡的化身，它们一叫，就意味着附近有人要死了。菜园里的所有蔬菜都耷拉着脑袋，昏昏欲睡，千姿百态的绿意之下，饥饿在闪烁，对我们的胃发出持久、古老的召唤。断裂带上的烈日，大得就像一个超级灯泡，它粗野地舔着断裂带的每一寸土地，也包括我们的皮肤，我们枯草一样的黑头发。菜园里没有阳光，几棵挺拔的核桃树站在地边，它们的胳膊把菜园里的阳光挡住了。

妈妈"袭击"了刘邵良家的菜园。袭击，这个词几乎是弟弟的专利，他经常用欣赏的眼光看爸爸或者妈妈拿着棍子袭击我的屁股、我的后背，那种无法掩饰的快乐在他的脸上闪烁，好像他不是在看我挨揍，而是在看动画片似的。妈妈没有叫我帮她的忙，已是万幸。我是妈妈的一只手，我是爸爸的一只手，有时候，我还是弟弟的一只手。他们不愿意做而又不得不做的事情，通常都会让我帮他们完成。大概是觉得多余，冒险，碍手碍脚，或者怕增添不必要的麻烦，妈妈才故意把我这只手漏掉的。忽略，有时候也是一种幸福，妈妈压根儿就没有意识到我会跟踪她，我想，从不劳而获的毛细血管渗出来的酸辛、卑微和惭愧，只有妈妈自己心里清楚。真让人扫兴。妈妈从刘邵良家的菜园凯旋的时候，我的担心才慢慢松弛下来。

妈妈多长了一只手。可怜天下父母心。她是为了弟弟才那么做的，她愿意为她的儿子做任何事，上刀山，下火海。好在，事情并不难，昨天早上，弟弟奶声奶气地说，他想吃凉拌番茄。凉拌番茄，做法比一加一等于几简单得多，放在瓷盆里洗干净，用菜刀在菜墩上切成小块装在盘子里，再撒上几勺白糖就可以了。家里有白糖，但是没有番茄，没有番茄，再多的白糖也是孤立无援。据说蔬菜的价格又涨了，不过这好像和我们家没太大关系，因为妈妈从来不舍得掏钱买菜。因为没钱，在家里，提钱是件缺心眼儿的事。有钱走遍天下，没钱寸步难行，有钱可以把你想要的任何东西买回家里，爸爸说，他以为我们都是白痴。家里穷，所以我总感觉那些我或者弟弟想要的东西，永远长在别人家里似的，可能，妈妈也知道这一点，不然她就不会到别人家的菜园浑水摸鱼了。白糖是妈妈的妈妈给的，妈妈把它藏在碗柜最下面靠右边的泡菜坛子里。泡菜坛子里没有泡菜，它的心是甜的。妈妈把白糖放在里面，主要是为了防我。家里但凡是好的东西，妈妈都会小心翼翼地藏起来，好像她生的不是一个女儿，而是一只老鼠。妈妈藏起来的东西我一般情况不会碰，我不想自己也多长一只手，我害怕自己某一天真的会变成一只老鼠。

家里，妈妈，还有爸爸，他们的脑袋不是他们的，是弟弟的。不用数，就知道，弟弟有三颗脑袋，只有一颗长在他自己头上。弟弟是爸爸妈妈的命根子，是他们的凉拌番茄。对我来说，爸爸妈妈就像铁一样顽固，难以改变。我与他们之间很难翻出点温情的东西。一碗水端平，做白日梦吧。我也不奢望。在家里，我最多的念头就是快快长大，快快逃离这块不属于我的地方。我的骨子里长满了逃离，就像断裂带雨后的树林长满了蘑菇。每个人的生命里或多或少都会有些麻烦，它就像苍蝇一样围着你，搞得你心神不宁，但是，你一时半会儿又不能把它从你的生命周围撵开。我需要更多的时间实现这个愿望。不过我很庆幸，我的脑袋不是弟弟的，我的脑袋只属于我自己。

晚上的菜肴因为多长了一只手的妈妈变得丰盛起来，她做了一大盘凉拌番茄，从番茄的颜色可以看出有些还没有熟透，不过妈妈不可能等到它们熟了。弟弟吃得津津有味。爸爸和妈妈也吃了，但吃得很少，对儿子的那份爱已经塞满了他们的胃。妈妈的吃相让我倍感不适，她每夹一块番茄放进嘴里，都要舔一下筷子的头，美滋滋的，意犹未尽的，感觉她都快把筷子舔成针了。我没有吃凉拌番茄，每块番茄里都坐着刘邵良的咒骂，这个念头或者意识，让我失去了同流合污的勇气。我没有吃凉拌番茄的另一个原因，也有着一丝难以言传的报复心理，爸爸妈妈对弟弟的宠爱令我感到无端厌恶，我以为我早已习惯了他们对弟弟的那种近乎全身心的投入与娇惯，但我没有，它们就像断裂带上的星星，在漫漫黑夜里原形毕露。弟弟是一颗包在爸爸和妈妈之间的糖果。他们不厌其烦地将盘子里的番茄送到弟弟的嘴巴里，好像弟弟没有长手，好像弟弟的手都长到他们身上去了一样。挂在刚刚粉刷不久的墙上的闹钟不急不慢地走着，旁边，我的几张"三好学生"奖状沧桑而又紧张地趴成一堆，好像随时都可能从墙上掉下去，只是曾有的快乐消失了，变得惨不忍睹，弟弟在上面涂鸦，那些蚯蚓一样弯弯曲曲的线条爬满了奖状，不过还是勉强能够看出，弟弟这个年纪所拥有的想象力和创造力，他画了长着两条腿的房子，笑眯眯的、有胡子的太阳公公，一条蛇懒洋洋地吐着芯子，还画了他和爸爸妈妈手牵手在河边散步的样子。望着弟弟的杰作，我觉得自己没被气死，真是一个奇迹。

每个人的前面都有一个大大的坑，最后，每个人都会从那儿掉下去，永远不回来了。用泡菜下饭的时候，这个奇怪的念头在我的脑海反复闪烁着，有那么一会儿，它似乎抚平了我内心的焦虑、怅然若失，以及那种因为忽略而野蛮生长出来的孤独和伤感。

爸爸、妈妈还有弟弟一直在说话。好像沉默会死人。生活的长长短短，是是非非，当然也有家里的事情。爸爸跟妈妈商量给弟弟买辆自行车的事情，说以后弟弟就不用走路去学校了，妈妈开始并不同意，她觉得腿比自行车方便、灵活，更具有操作性，她还担心弟弟学不会，爸爸一句话就把妈妈顶了回去，他说得很实在也很轻松：就当是给家里添一样东西。但现在家里没那么多钱，妈妈实话实说。家里穷得菜都舍不得买，现在他们却要给弟弟买自行车，会不会吃错药了。他们对弟弟一直都很阔。给我买颗水果糖，我就是睡着了也会笑醒。我飞快往嘴里刨了几口米饭，生怕肚子里的妒火一下子喷出来。也许买自行车难度确实挺大，爸爸说，那就等家里的猪肥了再说。等家里的猪肥了再说，这句话里面，我丝毫没有感觉到爸爸的力不从心，或许有那么一点，但这更像是一个坚定不移地承诺。然后，他们换了话题，他们说起了2月19日中国社会主义现代化建设和改革开放的总设计师邓小平的去世，说起了长江三峡大江截流，他们还说起了已经摆在眼皮子底下的香港回归。孤掌难鸣，爸爸和妈妈轮流就这些与他们本身隔着永远都无法抵达的距离的重要事件发表着各自的看法。他们讨论的话题如此深刻宏大，让人难以想象他们不过是断裂带的寻常百姓，更像那些忧国忧民的知识分子。爸爸和妈妈聊得尽兴，无形之中，晚饭的时间被拉长了。吃完饭，屋顶上已经不再是黑漆漆的夜空，多得难以计数的星辰爆米花似的坐满了整个天宇。断裂带静悄悄的，仿佛所有的声音都被头顶上那些神秘、灿烂而又遥远的事物吸掉了。

　　多长了一只手的妈妈开始收拾饭桌，油腻腻的抹布将正在落漆的桌子蹭得吱吱响。此时此刻，她似乎早已把下午的不光彩行为抛到了九霄云外，脸上挂着浅浅的疲惫。为了把日子过得滋润一点，妈妈和爸爸每天起早贪黑地忙碌着，除了种庄稼，家里还喂了不少鸡，实际上，家里并没有从它们身上捞到多少油水，弟弟喜欢吃鸡肉，每过一段时间，爸爸都会为弟弟杀上一只解馋。家里的鸡越来越少，儿子永远都是儿子。对爸爸妈妈来说，贫穷、忙碌并不可怕，因为弟弟足以帮他们把埋在日子里的不快归零。

妈妈年轻的时候很漂亮，是家族里有名的"菜盘子"，就是太固执太任性了，当年，她背着家里所有人跟爸爸领结婚证就是个著名例子。婚姻是爱情的坟墓，岁月是婚姻的坟墓，妈妈老了，皱纹在她的脸上扎堆。还没有弟弟那会儿，爸爸和妈妈经常吵架，有时候也动手，仿佛生活把所有的浓情蜜意都磨掉了，只剩下永远没法揉碎的磕磕碰碰，和循环往复的忙碌。结婚，就是为了延续血脉，为了开枝散叶，"有心栽花花不开，无心插柳柳成荫"这句老话在爸爸妈妈的婚姻里得到了验证，很小的时候，我就明白自己不过是他们的一小块儿痛，他们做梦都想要个儿子。我清楚记得，弟弟是1990年年底出生的，那会儿电视剧《渴望》正在全国热播，毛阿敏唱的同名主题曲火遍了整个断裂带，几乎人人都能哼上几句。小时候，我的头发从来没有长过，每次去青梅街的理发店，他们总要想方设法让理发师给我剪个短发，一来可以节约洗发水，二则可以从某种程度上满足他们对儿子的幻想。俄罗斯著名作家索尔仁尼琴在1970年的诺贝尔文学奖获奖演说里有句话说得很深刻：一句真话能比整个世界的分量还重。我想说的是，在爸爸妈妈心目中，一个儿子能比整个世界的分量还重。当然，不光他们，几乎整个断裂带的乡亲父老们都有这种古怪、狭隘的思想，在"一个儿子能比整个世界的分量还重"的断裂带，这个思想几乎就是传统，天经地义的传统，永不生锈永不枯萎的传统。传统的里面，是笼统而愚昧的性别歧视。所以断裂带的父母们都想要个儿子，就像我们这些读书的孩子做梦都想考满分似的，生个儿子，比生了一堆金子还要开心。自从家里有了弟弟，爸爸和妈妈就很少闹矛盾了，生活的重心全部转移到了弟弟身上，同时，弟弟也带来不可思议的力量，他重建了爸爸和妈妈久违的浪漫和爱意。

有天晚上，我撞见两口子在厨房淡黄色的白炽灯下接吻。妈妈踮着脚，双手环抱爸爸，咬他的舌头，快把爸爸的舌头吸到她的肚子里去了，我看得手脚冰凉，羞愧、激动，感觉像是被雷击中了一般，迅速转身逃之夭夭。每次想到这个场景，我都忍不住恶心。我的闺密罗佩佩说她也曾遇到过这种情况，主角依然是给了她生命的两个人，不过她的爸爸和妈妈疯狂得多，两个人赤身裸体像蛇那样缠在床上，她略带嘲讽地说，真是乐此不疲啊。她的爸爸妈妈没有发现被偷窥了，她从门缝里目睹了两人做爱的整个过程，她的确比我勇敢多了，不但能在众目睽睽之下朗诵阿赫玛托娃、普希金的爱情诗，还能如此从容不迫地观察生活，也不怕把眼睛弄花。罗佩佩在家里也混得不如意，她有一个弟弟，也刚念小学。友谊随着我们身上那些相似的遭遇而变得牢不可破，熟悉的人都知道我跟罗佩佩好得恨不得穿一条裤子。即便如此，她的某些想法还是让我大跌眼镜，她告诉我她想往弟弟的喉咙里灌农药把他毒死，她咬牙切齿，看样子绝不是开玩笑。我被她这种稀奇古怪的念头吓到了，我担心她脑子一时转不过弯，做出丧心病狂的傻事来。我们都缺少关爱，以及正确的、必要的、及时的心理辅导。

　　一个儿子能比整个世界的分量还重，家里因为有了弟弟，所有黯淡、憋屈的存在感都被刷新了，爸爸和妈妈也慈悲地让我留起了长发，甚至有了一条虽然廉价但充满归属感的红裙子。即便如此，我的内心却毫无感激，我怀疑他们只是想要炫耀家里有个儿子罢了。对整个家庭而言，我不过是一块小小的冰，毫不起眼，不值一提。著名歌星郭富城在1991年发行的第二张个人国语专辑《我是不是该安静地走开》我很喜欢，他的第一张国语专辑发行于1990年，《对你爱不完》，名字有些赤裸、庸俗，透着几分虚假的狂热。但是还好，我觉得其中的某些歌词可以代替我难以言表的心情，释放我无处宣泄的压抑。生在一个儿子能比整个世界的分量还重的家庭简直就是个悲剧，我，是不是该安静地走开，离开断裂带，离开那团古老的阴影？断裂带比想象中的断裂带还要偏远、滞后，反应迟钝，就像王朗自然保护区里那些吃饱喝足了的大熊猫，慢悠悠地穿过密集的箭竹林。实际上，知道郭富城，听郭富城的歌，是在我上初中之后，也就是1995年以后的事情。中间已隔着好多年呢。任何新鲜事到了断裂带都会布满历史的沧桑，变得老态龙钟，罗佩佩猜测，没准儿郭富城早就落伍了，明星又多了好几箩筐，只是我们不知道而已。可是，能有什么办法？再等几年。

　　妈妈收拾完碗筷，开始在厨房里剁猪草。爸爸跷着二郎腿在堂屋里看电视。弟弟剪完手指甲，趴在已经破了皮的沙发上看他的小人书，一副陶醉的样子。我站在院子里望着漫天的星辰，兴许是被硕大、遥远而缥缈的宇宙感动了，眼泪无缘无故地落下来。

时候不早了，该回屋休息了。

明天是香港回归祖国的日子。

近段时间，香港回归俨然成了断裂带最为时尚的话题。这个话题跟以往那些话题长得不太一样。它不涉及断裂带，仿佛一块从天而降的陨石。几乎所有关心国家大事民族未来的人们，都在谈论这件事情，口若悬河，眉飞色舞，豪情万丈，好像他们就是香港的爸爸妈妈似的。香港回归，这个事情本身，或者说是香港屁股后面的那根尾巴：回归，给我制造了一层幻觉，好像香港长得有腿，好像它是要从地球的某个角落大摇大摆走回来。

并不是没有可能。我念初二，学了地理，我已经知道，四十六亿年前起源于原始太阳星云的地球——庞然大物，不过是茫茫宇宙一粒小小的尘埃罢了。在它的周围，还密密麻麻分布着难以计数的尘埃。当然，这个周围得用光年计算，而这些尘埃的体积和分量，也不是几个胖子能够媲美的；我还知道板块构造学说是在大陆漂移学说和海底扩张学说的基础上提出的，根据这一新学说，地球表面覆盖着不变形且坚固的板块，包括岩石圈，这些板块以每年一厘米到十厘米的速度在移动。但是，可别小瞧了这种缓慢的力量和改变。我们风度翩翩的地理老师，就是学校里那位脑袋比萤火虫发光还亮，整天踩着一双浅蓝色拖鞋走来走去的家伙，曾在课上告诉我们，世界最高峰珠穆朗玛峰就是印澳板块和欧亚板块相互碰撞的结果。为了增强我们的理解能力，他双手合十，并缓缓朝上抬升，仿佛专业的游泳教练在冲他的学生们示范蛙泳的规范动作，他说，珠穆朗玛峰就是这样形成的。此外他还特别强调，珠穆朗玛峰平均每年增高一厘米。太夸张了，一厘米，这足够让班上那些还没怎么长个儿的同学郁闷半天的了。

香港回归，牵动着整个断裂带的心跳和呼吸。各种鲜艳夺目的庆回归标语，琳琅满目，随处可见，仿佛断裂带就是香港，好像如此，就能拯救我们沉闷平淡的生活，把乡亲父老们骨头里那些就像他们的指甲缝一样黯淡的命运和自豪感擦亮，让沉浸在某种陈腐和古老气息里的断裂带，多一丝热闹和现代气息。每个人对待生活的方式、观察社会的角度都不一样，我不太关心香港回归。我想，就算是没心没肺，我也没什么错。每个有限的生命都有属于自己的角色，但是角色不是唯一的，奇奇怪怪的角色在每个人身上重叠，父母、儿女、学生、犯罪分子、守法公民，如此等等。每个人都有自己的眼睛，但不是每个人所看到的都必须一样；每个人都有嘴巴，但不是每个人的嘴巴都必须说同样的话。我愿意读书，《伊索寓言》《一千零一夜》，或者，《安徒生童话》，也不想把时间荒废在一件几乎跟我毫无瓜葛的事情上。然而这个看似真诚也不过分的理由，可能不是我对香港回归漠不关心的主要原因。也许作为女孩子，关心个人的衣着是否干净脸蛋长得是否漂亮，怎样隐藏正在发育，或者已经膨胀得有些过度的乳房，以及如何让某个帅气的男孩在与你擦肩而过时忽然眼前一亮露出相见恨晚的神情，都远比香港回归紧要得多。

断裂带上的灯把眼睛纷纷闭上以后，天就算是黑透了，仿佛可以把它们砍成块，撕成片。如果赶夜路，没有手电筒，就像吃饭没有筷子，下雨没有带伞。第一次赶夜路是去外婆家，他们帮外婆割麦的时候把钥匙忘在外婆家了，回家的时候才发现进不了门，爸爸妈妈认为我跑得快，应该我去，真舍得把我往火坑里推啊！我胆子小，但又找不到拒绝的理由，只好硬着头皮出发了。

妈妈的妈妈家在山上，走拢大约得花半个小时。我来回花了半个小时。确实跑得快，并且没觉得累，因为恐惧已经让其他混乱的情绪凝固了，变得无足轻重了，要是我持之以恒，当世界冠军也并非不可能……

夜就像大海那样深了，此起彼伏的虫鸣在它们各自的疲惫里慢慢塌陷。山顶上时隐时现的松涛梦幻而缥缈。

生命陷入沉睡。寂静在断裂带放肆生长，仿佛整个世界都停止了呼吸。

萤火虫是世界上最小的灯笼，它在夜晚的皮肤上移动，仿佛为断裂带守夜的精灵。

饱满而澄净的露水坐在草尖上，等风来把它们吹向遗忘，脱胎换骨。

躺在我那比骨头还要硬的床上，我毫无睡意，精神得像是天上的星星。他们和弟弟睡的是席梦思，我呢，只能用叹气来缓冲内心的挫败感，所谓的公平都被"一个儿子能比整个世界的分量还重"这句话卷到了九霄云外，强烈的委屈又一次占据了我的心房。有那么一会儿，我感觉自己就像一块小小的冰，睡眠在慢慢融化，身体在慢慢融化，在一个儿子能比整个世界分量还重的断裂带，在重男轻女的铁器时代，在香港回归前的这天深夜。

千呼万唤始出来。7月1日，香港回归的日子，如期而至。

如新闻联播的播音员所说，全国人民翘首以盼的日子，终于来了。

我早早起了床。我没有睡懒觉的习惯。脖子有些疼，好像落枕了。爸爸妈妈起得更早，他们从来如此，新的一天永远都是从他们起床开始的，旧的一天则永远都是从他们睡觉结束的。爸爸在院子里锯木头，每过三四天他都会到山上去背一截木头回来，锯成菜墩，然后妈妈把它们卖给那些需要的人。逢集的日子我是不会上街的，因为妈妈要在街上摆摊卖菜墩，她经常叫我帮她守摊，我面子薄，害怕遇见熟人，尤其是学校里的老师和同学，其实也没什么，但我总觉得在大街上摆摊就像在展示我个人以及家里的苦难似的。爸爸挣的是血汗钱，家里暂时没别的经济来源，所以妈妈总是恨不得把一分钱掰成两瓣花。妈妈大概是穷怕了，因为她经常冲我们抱怨，这样的日子啥时候才会天亮呢？这样的日子啥时候才会天亮呢？我也想说这样的话。我把这句话当作写作素材记在我的日记里了，当然，这个秘密我没有告诉任何人。或许，我把自己隐藏得太深了。我想写一篇题目叫作"等待天亮"的作文。我喜欢在作文里引用诸如"这样的日子啥时候才会天亮呢"、"骨头车成纽扣"、"别天都亮了还把尿屙在裤子里"这样的话，我迷恋它们那种淳朴、独特的气息，化抽象为形象的智性诉求，以及瞬间就能够爆发出来的弦外之音。如果把断裂带看作一部包罗万象的大字典，那么，这些话就是活在其中的精灵，可遇而不可求，就像女娲河里的娃娃鱼，踏破铁鞋无觅处，但是如果运气好，得来也是不费功夫的。

弟弟依然在他舒适的席梦思床上呼呼大睡，弟弟是一片永远笼罩在我身上的黑夜。

这样的日子啥时候才会天亮呢？

天已经亮了。

缓缓驶进黎明臂弯里的断裂带，格外赏心悦目，刚刚过去的夜晚，在浅蓝色的天边留下了最后的遗址，几粒星星，若隐若现。太阳尚未升起。空气好得要命，好像被妈妈用洗衣粉洗过一样。亮晶晶的露水在路边的草丛里闪烁。乳白色的晨雾蜗牛般从山上深绿色、死气沉沉的松林漫下来。总是蜷缩在茂密的枝叶里的屋顶，也在这个还有些模糊的黎明慢慢亮出它灰色、轻盈的翅膀。安宁总是短暂的，很快，一切半静都被那些喉咙痒得要命的鸡鸭猪狗压在它们的舌头下面去了，它们快活、尽情地唱啊闹啊，生怕地球会忽然停下来不转了。

已经分了家，就住在隔壁的爷爷老早跑到我家来看电视。他给我们提了一袋前几天从青梅街买来的橘子，橘子好像多得卖不完，或者纯粹是营销策略，卖橘子的老板已经把写在纸板上的五毛钱一斤改成一块钱三斤。望着爷爷带来的橘子，我忽然发现自己对生活的理解力惊人地扩大了，思维更为活跃、敏捷，对存在和隐藏在存在背后的意图心领神会。爷爷不应该这么客气的，大概是怕惹妈妈不高兴。妈妈本来就不高兴。妈妈不喜欢爷爷或者婆婆到家里来串门，两个偏心的老人让她的肚子里装满了怨气，她经常在我和弟弟面前说起早些年他们分家时候如何可怜，只分了几亩薄地、几块腊肉、几十斤粮食。妈妈说，她永远不会忘记这些磨难。是的，磨难，耿耿于怀的磨难，心灵深处的磨难，比留在皮肤上的疤痕还要让人难以接受的磨难。有时候妈妈也告诉我们别的陈年旧事，比如婆婆冤枉过她，冤枉她偷她们家米缸里的米，冤枉她偷她们家菜园里的菜，还有藏在衣柜里的钱和传了好几辈人的戒指，妈妈说，这些事肯定都是婆婆的那堆女儿们干的；再比如，婆婆喜欢儿子，但是很不幸，前面四个都是女儿，精诚所至金石为开，后面，婆婆终于生了两个儿子，如愿以偿，一个是爸爸，一个是幺爸。生孩子跟下雨似的，妈妈如此总结，她从岁月的墙根下挖婆婆的这些苦难的时候，我发现她平日里总是紧绷着的脸有了松弛的快乐，那种天马行空、肆无忌惮也无须任何代价的快乐。这很自私、野蛮，我觉得，妈妈不应该这样，即使婆婆冤枉过她，人这辈子怎么可能没有丁点差错。但是，很快，我心头便有了本能的恐惧，还有沉甸甸的危机感，一年三百六十五天总结下来不过是春夏秋冬。在断裂带，儿子才是圆满人生的末班车，人生注定要有个儿子才能算得上圆满。我想起我和弟弟，以及我在这个家里的待遇和麻烦，一个儿子能比整个世界的分量还重，一个女儿呢，屁都不算。粗心大意的妈妈把某些重要的东西漏掉了，像突然踩到一堆狗屎，妈妈漏掉的那些事物，让我再次触及我的命运和疼痛。那个关乎性别的比喻就在我的生命周围盘旋，我不过是这个比喻下面的一个微不足道的积水坑。我有些害怕了，这种害怕，让我变得冷漠，婆婆和妈妈，都在我的冷漠之内。我也好奇，觉得不可思议，仿佛苦难有着某种惊人的记忆，妈妈和婆婆，她们也是女人，为什么还要固执地让不幸继续繁衍生息，让伤口变大变深，今后，我也会重复她们的命运吗？我不会。也许，我应该对她们的恩恩怨怨好好写封感谢信，感谢她们，让我及早洞悉了朦胧、陌生的命运中那最为惊人的相似，简而言之，就是重男轻女，就是对儿子的膜拜与迷信。

恨屋及乌。妈妈讨厌爷爷，也是顺理成章的事情了。我不讨厌爷爷，只是觉得，他当了一辈子农民，太可惜了。爷爷早年在公社里当过会计，识字，是蒲松龄的铁杆粉丝，就是不用翻《聊斋志异》，他也能讲得栩栩如生，风生水起，好像那里面的所有故事，都曾穿过他的呼吸和生命。爷爷最大的喜好就是吹牛，不是听别人吹，而是他自己跟别人吹，就是在他面前摆个稻草人，爷爷也能说得眉飞色舞。只要吹牛进了状态，爷爷就忘乎所以了，就算他的牛被人偷到外省，他也不会察觉。吹牛，得有资源。香港回归，如此重要的事情，爷爷自然不会错过。爷爷家有电视，并且还是像大熊猫一样稀有的彩色电视机。不过邪门的是，有天晚上，大概是五月份的最后一天吧，他们家的彩色电视无缘无故摔在地上，坏了。跟长了腿似的。妈妈说，爷爷，或者婆婆，肯定在哪儿碰上了不干净的东西。不干净的东西，我吓得魂飞魄散，每天晚上，我都要点燃一支蜡烛，借着它的死亡睡去。那天晚上还出了不少邪门的事情，堂哥家碗柜里的碗莫名其妙地落在地上碎了很多，还有几户人家屋顶上的瓦往院子里落了不少。有人说是地震，不过，我更喜欢罗佩佩的猜测，她说断裂带下面困着一条巨龙……

太阳出来了。阳光照耀的断裂带显示出异样、独特的生机和美。

弟弟一口气消灭了三个橘子，他吃得津津有味，脸上布满了橘子汁和残渣，弟弟用他的整个脸在吃橘子，而不是仅仅用嘴。

爷爷的脸依然肿着。前天，在女娲河河边放牛的时候，他不小心被马蜂蜇了，一张脸肿得估计他的妈妈也不认识了，亮闪闪的。为了省钱，爷爷并没有去医院，他对医院有着本能的反感，去医院好像跟进鬼门关似的，吃药都是医生说了算，爷爷担心自己的腰包扛不住，他说，时间是最好的良药。

看着电视里鲜艳的五星红旗以及中国香港特别行政区区旗在香港的上空冉冉升起，爷爷激动得热泪盈眶，他拉着我弟弟的手，轻声细语地告诉弟弟知识就是力量，要弟弟好好念书，将来好为祖国的繁荣富强添砖加瓦。为了弟弟不左耳朵进右耳朵出，爷爷掏给弟弟十块钱，算是鼓励和投资。我羡慕得眼珠子都快跳出来了，我以为爷爷也会给我十块钱的，但他，重男轻女的老封建，看都没看我一眼。别提多扫兴了。

爷爷到家里来，自然要喝两杯，爸爸开始还有担心爷爷的伤势，不过，顿顿要喝点的爷爷说了，命可以不要，酒不能不喝。爷爷的这种精神鼓舞了爸爸，也解决了爸爸的担心，要喝，就得喝个痛快。断裂带有句老话，烟搭桥酒修路，不管办什么事情，只要有这两样，也就八九不离十了。爷爷把那些不喝酒的人称为缩头乌龟。爸爸说，喝点酒，精神抖擞。

等到快要吃饭的工夫，爸爸才发现家里没有酒了，爸爸的爸爸上门吃饭总不能还得自带酒水。所以，爸爸命令我上街给他买酒。爸爸有点急不可耐，好像屁股后面有十条恶犬在追。爸爸迫切地从荷包里掏出皱巴巴的十块钱，连同一个白色的塑料空酒瓶递给我，速去速回，他说，好像他已经渴得不行，好像他再不喝点就会把命丢了似的。但是我没有接，我不想去，我告诉爸爸，自己动手丰衣足食，今天就是用轿子抬我去我也不干，要去你自己去，除非把整条青梅街拖到我面前来。

把整条青梅街拖到我面前来。我的胡言乱语，我的拒绝，大概吓到爸爸了，我看到他不自然地收回胳膊，一动不动，望着我，像个农民眼巴巴地望着自己的庄稼，满脸困惑。我本该立刻从爸爸面前消失的，即使是出于礼貌，但此刻我的脚生了根一样，木桩似的站在他面前，倔强得像是女娲河迟迟不愿卜钩的鱼儿。我，其实也被自己顽固的勇气吓到了，以前，就是借我一万个胆子，我也不敢拒绝爸爸吩咐的任何事情。他的话就是圣旨，必须遵守，不容拒绝。平时我见到他，也像倒霉的老鼠遇见了猫，战战兢兢，小身体跟地震了似的，抖个不停。

你，翅膀是不是长硬了？

翅膀是不是长硬了，爸爸问我，语气里夹着讽刺，以及若隐若现的威胁，好像我不知道自己是从他和妈妈的婚姻里冒出来的一桩麻烦似的。他满嘴辣辣水的味道，臭得要死，好像随时都可能喷出火来，把我烧焦。大概是真的生气了，我瞟了一眼爸爸，他那布满荒凉、皱纹与沧桑的脸，黑得像是被人倒了一整瓶儿碳素墨水。

空气里，辣辣水的味道在闪烁。辣辣水，是我弟弟刘青云对酒的另一种称呼，名字取得很是形象生动，我觉得弟弟今后要是不当个作家，简直可惜了。辣辣水，酒的另外一副长相，也是一次简单尝试之后，晕眩和恐惧在弟弟心灵深处摁下的手印。自从上次为节约些钱出来吃麻辣烫，弟弟给爸爸买了半瓶酒，回家途中，又在灵官庙旁边被荨麻和蒿草围住的水塘里潲了半瓶水，爸爸就再也不想请他到街上买酒，妈妈就再也不想请他为家里买油买醋了。人永远去不了的地方就是过去，弟弟大概不会为自己没有把掺了半瓶水的酒摇匀而懊恼吧！

爸爸真的生气了。他铁青着脸，一副不达目的誓不罢休的样子，像带翅膀的人一样恐怖。比带翅膀的人更恐怖的是，我感觉爸爸的眼珠子如同青蛙跳出池塘那样，快要从他愤怒的眼眶，从他燃烧的生命中蹦出来了。

"绝不让黑恶势力形成气候"，有一瞬间，我的脑海跳出派出所挂在青梅街上的打黑除恶宣传标语。那幅标语就挂在我同学银小美家门前的电线杆上，白布黑字，看起来阴森森的，感觉就像你已经踏进犯罪分子的家里一样。我铁了心，今天就算被爸爸打得遍体鳞伤，也绝不向爸爸低头，而且我隐隐感到，我之所以如此倔强并不是为了让爸爸对他的暴力和野蛮失去信心，而是，或者说，我想通过这种方式向他表明我长大了，我是自由并且充满活力的个体，不受任何人约束、指使。

你到底去，还是不去？爸爸冲我下了最后通牒，看样子他是想给我点颜色瞧瞧。我没有吱声。沉默是最好的反抗，说话就是屈服，就是妥协。没什么好商量的。不去就是不去。

白痴，养你还不如养条狗！暴躁的爸爸，突然将手中的酒瓶和钱狠狠摔在地上，他指着我的鼻子骂我，好像恨不得一下子把我戳到地底下去。他的愤怒被我彻底点燃了。

在断裂带文化站当笔杆子的苏哥好像说过，咒骂，本质就是嫉妒、无能和平庸。我知道他指的是那些在他背后指手画脚的家伙。断裂带那些平时忙得总想多长几只手的人都嫉妒他，嫉妒他工作清闲，眼红他的铁饭碗，整天无所事事，不用操心，不用出汗，每个月还能按时领上一笔足够他花的工资。如此奢侈、堕落的工作，可能好多人打着火把，手持放大镜，也未必找得到。诗人的真名我不清楚，只知道他的笔名：苏城子。苏城子上学期被邀请到我们学校给我们上了一堂精彩而又生动的文学课，他讲的是海子，写《面朝大海，春暖花开》的海子，在山海关附近卧轨自杀的青年诗人。他讲得好，我甚至能够意识到海子的肉体虽然烟消云散，但他的精神，他的诗歌，依然在某种程度上保持着完整的有效的生命形式。很多同学都听哭了。我的作文写得不错，我的语文老师——经常抱怨自己是"上辈子杀人，这辈子教语文"——便把我那几篇较为出色的作文集中交到他手上，希望他能抽时间帮我看看。我想，语文老师之所以这么热情，很可能是因为她已经意识到我的思想已经远远超过了我的年龄我的同学，现实生活中我把自己隐藏得太深了，但是我的文字又是那样轻而易举地暴露了我的早熟。记得其中有一篇批判重男轻女的作文，我从个人的经历和体验出发，表达了内心的委屈、不满、仇恨，以及强烈地想要改变这种现状的渴望，我给这篇作文取了一个啰唆而又意味深长的标题："让我那耀眼的疼痛喂鱼去吧！"。诗人对这些作文赞不绝口，说我坚持下去一定能够成为著名作家，他把"著名"这两个字说得特别重，我激动得浑身发抖，仿佛刚刚摆脱了一条乡下恶狗的狂追。总之，我们就那么认识了。我没有称他"苏老师"，他让我称他"苏哥"就行了。我也是普通人嘛，他说，满嘴烟味扑鼻而来。苏哥留着一头另类的长发，个子高高的，有点瘦，是个正在冉冉升起的青年诗人，他因为在市级刊物《剑南文学》发过一首名叫《归宿》的小诗，受到县上领导青睐，被安排到断裂带文化站专心从事文学创作。苏哥说他要出诗集了，同时也在构思一部前无古人后无来者的超级长诗，大概十万行左右，忙得不亦乐乎。此外，我还知道，苏哥来断裂带文化站报到的时候县委书记亲自召见过他，鼓励他争取做四川的第二个阿来。苏哥文学素养颇高，从他那儿，我知道了普希金、裴多菲、帕斯捷尔纳克、阿赫玛托娃、布罗茨基……这些人他喜欢得近乎痴迷。不过，我对这些人没什么兴趣，我更关注我成长的世界。诗人是干什么的？有次我有意向苏哥讨教。我想，他可能会说，诗人就是写诗的人，或者某种神秘的替身。但他没有。诗人是这个正在走向堕落的世界的救生员，他如此回答我。危言耸听。一头雾水。

苏哥对咒骂的观点和判断让我对眼下的爸爸有了更为清晰

的蔑视，不，是同情。爸爸当然不会嫉妒我。他只是重男轻女罢了，他不喜欢我这个女儿。爸爸心疼弟弟，那是他的命根子，是他从妈妈肚子里挖出来的宝贝疙瘩。在家里，弟弟的要求总能得到满足。弟弟就是要天上的星星，爸爸可能也会想办法帮弟弟摘下来，假如世界上有那么长的梯子的话。而我，就像石头里蹦出来似的，跟他没什么关系。我从来不敢跟家里提过分的要求，尤其是在爸爸面前。一个儿子的分量能比整个世界的分量还重，这个意识，让我身上的这种悲剧和不幸越发强烈，让我生不如死。

你们就是太溺爱她了，跑个腿又不会把腿跑断！爷爷忍不住在一旁嚷嚷起来，他双手背在身后，一副老态龙钟的样子，被洗得泛白的棉衣透出一股阴冷，即使是三伏天，爷爷也穿得这么厚，他看了看怒气冲冲的儿子，又看了看我，那种轻蔑中透着质疑的眼神，让我不寒而栗。这不是雪上加霜吗？老不死的，你不说话会死？我想回爷爷一嘴，但话到喉咙又被我咽了回去。我突然有些害怕了，我被爷爷话里带出来的暴力弄得不知所措了，我恨不得整个人一下子缩到我的衣服中去。

去还是不去？爸爸兴许还想给我最后一次机会。

打死我我也不去。我说，为什么不让弟弟去，你们重男轻女，你们偏心！

兴许是我的话掀开了那个古老的面具，逮住了爸爸们的痛处。火山爆发了。

爸爸那粗糙、有力和无情的巴掌忽然降落在我的脸上，眼角泛出几颗星星，耳朵回荡着耳光的余烬，头晕晕的。天旋地转。我被爸爸打倒在地上了。嫣红的血从鼻孔和唇角流出来。我这才意识到我挨揍了，恨不得立马站起来跟爸爸拼个你死我活。但我没有。我没有力气了，身子像棉花一样软软的，又像灌了铅一样沉。我趴在地上一动不动了很长时间，就像一截被锯子抠掉了生命的木头。

不过我没哭。我没有一点要哭的意思，任何委屈都不能帮我把自己的不幸缩短几厘米。也许我要做的就是隐藏，隐藏内心熊熊燃烧的怒火，以及报复他们的欲望。心急吃不了热豆腐，心急只会让事情变得更为混乱、糟糕，甚至得不偿失。我把自己隐藏得太深了，就像女娲河那些躲在青苔、石缝里的鱼儿。没有任何人扶我。我自己从地上爬了起来，从容得像是自己不小心跌了一跤。

热辣辣的阳光舔着断裂带的每一寸土地，空气中弥漫着泥土的芬芳。家门前的院子空荡荡的。知了声此起彼伏。紫色的牵牛花从斑驳的院墙上垂下来，悬在半空，随风轻摆。

最终，我还是妥协了，去青梅街给他们买酒。不就是跑个腿儿吗？

去青梅街途中，我拟了小诗一首记录这个耻辱，虽然，这不是我第一次挨揍，当然，也不可能是最后一次。我给这首小诗取了个标题，名为"一窝习惯了疼痛的苦麻菜"。

　　　　我是一窝苦麻菜

　　　　雨里生，风里长

　　　　日子过得泪汪汪

　　　　断裂带的风啊

　　　　永远吹不掉

我肚子里的忧伤

不能哭，不许哭，任何委屈都不能帮我把自己的不幸缩短几厘米。

我一边走，一边安慰自己。泪水还是不由自主地模糊了我的视线。清晰的耻辱和恨，模糊的善意，在我的脑袋里搏斗，尽情厮杀。

关于报复，我并未考虑放把火把家里的房子烧了，或者往水缸里扔几只活蹦乱跳的癞蛤蟆，我想到的是罗佩佩说过的疯狂念头。的确太疯狂了，我从未想到过杀人，因为就算是踩死一只毛毛虫，我也需要下一万次决心才敢做的。我的脑袋要炸了。耻辱，还有耻辱带来的恶念，整个儿地统治了我的灵魂，我的躯壳，仿佛只要它们的发令枪一响，我就会按照它们的指引迈上不归路。太痛苦了，太痛苦了，痛苦让我虚弱得直哆嗦。我的痛苦是清醒的，因为它让我意识到自己不能犯蠢，不能脑袋发热一时兴起，它用恐惧包围了它们。

我擦了擦脸上的泪痕，青梅街已近在咫尺。

可是，这样的日子啥时候才会天亮呢？

断裂带的阳光锈蚀着断裂带，沧桑而又繁茂，我的呼吸仍然因为承受的暴力隐隐作痛。我的心里冷飕飕的，感觉那儿，有道通往寒冬的裂缝，正顽固地为我输送着命运的无微不至的凉意。

傍晚，我带着专门用钢笔誊写在作文本上的小诗《一窝习惯了疼痛的苦麻菜》去找在文化站当笔杆子的苏哥聊天，笔杆子就是苏城子，苏城子就是苏哥。我希望能够得到苏哥的认可或者表扬，人家毕竟是吃这碗饭的，写作就是他的生命。物以稀为贵，身边有这样一个活生生的笔杆子，和身边有一个活菩萨有什么区别呢。我的很多同学都崇拜苏哥，我也是，写一篇东西不难，但要变成铅字就难了，差不多够得上永恒了吧，至少我是这么认为的。语文老师甚至当着苏哥的面恭维他：你这样的人才断裂带一百年也未必能出一个。

去文化站的路上我有些忐忑。头一次写这种分行的东西，可能算不得诗，倒也无所谓，不待在家里就好，在我看来，家和监狱没什么区别，我和外人没什么区别，有时候，我觉得他们对我还不如他们对外人好。在断裂带，我们对卫生院、畜牧所、供电站这样的部门并不陌生，文化站就有些神秘了，文化，超凡脱俗，不食人间烟火，给人高深莫测的印象。

文化站位于女娲河河畔，远远看上去和农家小院差不多，也就两层楼，环境优雅，清净。大门两边雪白的墙上刷着羊头图案。据说，羊头是羌人的图腾，断裂带上的人大部分是羌人的后裔，虽然他们的穿着打扮、饮食习惯、建筑风格、语言等，跟汉族人别无二致。文化站前院的花坛里盛开着断裂带常见的美人蕉、一串红，好像还有菊花。本地人视为母亲河的女娲河，就在文化站眼皮子底下日夜奔流。

我到了。

苏哥的办公室布置得十分简单，一张漆过的淡黄色办公桌，两把木椅，一个茶几，零零碎碎的办公用品，以及一盆摆在角落里，看上去不怎么实用的吊兰。办公室到处都是书，多得快把人挤到办公室外面去了，仿佛书就是办公室的主人，或者生命。空气里弥漫着某种陈旧和落魄的气味儿，不过，适应一会儿就好了。

苏哥在整理他即将出版的诗集《太阳，我欠你一个拥抱》。我的到来让他感到有些意外，不过，很快，这种意外就在他的眼神中转变为惊喜。热烈欢迎，他说，眼睛周围的黑眼圈让他显得颇为疲倦。熬夜、抽烟、酗酒、恋爱，基本都是他们这类人的专利。然后，他放下手中的钢笔，用自己的玻璃杯为我泡了杯绿茶。

我有些受宠若惊。我战战兢兢地把自己写的小诗递到苏哥手中。

我前几天写的。我说。我感到自己脸很烫，仿佛这首小诗不是我写的，而是我从某人手中偷来的一样。

你的脸怎么肿了？苏哥没有对我的小诗发表意见，反倒关心起我的脸。

我的脸怎么肿了？我的脸怎么肿了？我问了自己两遍。泪水就再也止不住了，决堤了。我一边哭，一边迷迷糊糊跟苏哥诉说起了内心的委屈……我和苏哥走出文化站的时候，天已经黑了。他送我回家。

但愿，你成为一窝没有了疼痛的苦麻菜，要快乐。路上，苏哥跟我说道。

我点了点头。只是点头，没有说话。点头是因为认同，不过确实也包含了某种失望，至少我没有从他嘴里抓住任何光芒，那种能够让我脱离苦海的光芒，我隐约觉得，苏哥有点敷衍我，有点不耐烦。没有人救得了我。我把自己隐藏得太深了。

多长了一只手的妈妈应该警告过我和弟弟某些事，不是昨天，香港回归时她在一个亲戚家的石磨上推了一天豆腐。那个亲戚家有条体形庞大的狼狗，名叫"追风"，追风咬过不少人的屁股，亲戚赔过不少钱，所以我私下给这条狼狗取了一个名字——"追尾"；当然也不可能是前天。不过我确信妈妈肯定说过，在过去的某个时辰，就算人死了也会留下一堆骨头和肉，就算树叶被火烧了也还有灰烬，遗忘，也有粗心大意的时候，如同妈妈说过的话，我虽然记不住她说话的时间、地点，内容却大致不会出错。对，妈妈警告过我们，家里任何事都不要轻易告诉外人，把你们的水龙头拧紧点。妈妈怕我们不长心，我想跟"把你们的水龙头拧紧点"这句话对应的是"家丑不可外扬"。妈妈没有这样说，她太含蓄了，尽管含蓄并不属于她的风格，就像星星不属于白天，鱼儿不属于天空。她的嗓门比爸爸还大，饭量惊人，即使负重也能健步如飞，从来不穿色彩艳丽的衣服，打架的时候也未必不是爸爸的对手。种种迹象表明，妈妈如此小心谨慎，就是因为她多长了一只手，害怕别人知道她手脚不干净。家丑不可外扬。妈妈可能真的错了，不是因为她多长了一只手，而是她以为，只要我们守口如瓶，有些不宜为外人知道的事情，就不会长腿。

每件事都坐着别人的眼睛。

香港回归祖国的第二天上午，爸爸妈妈在院子里晒小麦，他们用扫帚把水泥院子扫了一遍又一遍，铺开滚筒，然后把一袋袋小麦倒在上面，最后用手慢慢将它们刨平，接受阳光的恩赐和洗礼。几只麻雀在院子旁边高高的梧桐树上唧唧闹着，仿佛在催促他们快点走开，然后饱餐一顿。我很早就知道，梧桐树的心是空的，内部的构造形同钢管。梧桐树正处生命活跃期，枝繁叶茂，喜鹊在上面搭了好几个窝。

这时候，铁青着脸的泥瓦匠刘邵良大摇大摆进了我家院子。他手里握着一听饮料，瓶子是铝制的，可以卖钱。太阳打西边出来了。乡下人勤俭，一般不会买这些玩意儿喝，就像一个字都不会写的农民脖子上突然挂了一支钢笔，或者用仰天长啸的姿态念海子的《亚洲铜》，给人怪怪的感觉，听装饮料赋予他的则是金钱才能够表达出来的优越和膨胀感，也许古人们说的见微知著便是这个道理。

刘邵良喝的是健力宝，我初一的时候也喝过，不多，一小口。罗佩佩从家里偷了十块钱出来，买了听健力宝，给我尝了一小口，然后自己一口气喝了个精光。碳酸饮料原来一点也不好喝，她说，她更喜欢娃哈哈的味道，有点像从这儿挤出来的，罗佩佩指了指自己那已经有点风生水起的胸部。

秘密长腿了。

刘邵良的到来让妈妈措手不及，她惊讶地看着他，好像他不是叉着双腿来的，更像是从天而降。不过妈妈很快意识到了来者不善，猫抓老鼠来了。妈妈给爸爸递了个眼神，然后一阵风似的回屋去了。

"家门，稀客，稀客。"爸爸反应快，主动跟算是半个熟人的刘邵良打招呼，又主动从荷包里掏出一支"翡翠"递过去。

刘邵良似乎不愿领情，不过他还是接了。他接烟的姿势过于客气了，他伸出的右手刚好握着健力宝，完全不像是要接烟的样子，更像两个初次见面的异国友人在交换礼物。接烟的刹那刘邵良才将手上的健力宝收回来，递给左手，他懒洋洋地接过烟。

稀客个屁啊，我是菜都吃不起了，来你们这讨饭吃的。点上烟，将健力宝里残留的饮料一饮而尽，刘邵良才慢慢悠悠说道。看得出来，他的肚子里有火。只是暂时没有倒出来罢了。一切才刚刚开始。健力宝在刘邵良的两只手上抛来抛去，如同一枚随时可能被引爆的手榴弹。

秘密长腿了。

我幸灾乐祸地关注着两个大男人的交锋。我已大概猜到刘邵良的来意。

弟弟也在，他捉了一条毛毛虫喂蚂蚁，嘴里哼着《我的中国心》：流在心里的血，澎湃着中华的声音……《我的中国心》，香港歌手张明敏演唱的一首爱国主义歌曲，不过感觉刘德华唱得还要好一些。此外，我还知道，这首歌的创作大背景就是1982年邓小平与撒切尔夫人会谈香港的前途问题。昨天就是香港回归的日子啊！不过，此刻，我已经顾不得找人炫耀我丰富的音乐知识和历史知识了。

不瞒你说，我菜园里的菜被人偷了，损失不小啊。刘邵良挑衅似的看着爸爸。并且……刘邵良欲言又止，仿佛在等蛇出洞。

爸爸沉默了，没理会刘邵良，他回屋取来斧头，开始狠着劲儿劈柴，一声不吭。刘邵良就像小麦一样被晾在我家院子里，留也不是，去也不是。爸爸手中的斧头把他震住了。刚刚还耀武扬威的刘邵良，嘴角竟然挤出一丝莫名其妙的笑。

算了，我走了，谢你的烟。刘邵良丢下这句话，转身就走了。他走的时候，还把手上的健力宝扔在了院子的角落里，弟弟小鸡觅食般急急忙忙跑上前去捡起拉罐来，张嘴就舔。

扔了！爸爸对弟弟一声吼。不过他又给弟弟掏了五块钱，你自己去买。

刘邵良走了以后，妈妈就从屋里出来了。她的眼睛里依然闪烁着机警的光芒，像一只正在过街的老鼠。

他说啥了？妈妈问爸爸。

啥也没说。爸爸回答。

真的？妈妈似乎不敢相信自己的耳朵。

要是说了，这把斧子劈的就不是木头了。爸爸别有用心地扬了扬手中的斧头，嘴角保持着乐观的弧度，汗水在黝黑的脸上闪耀。时间对他束手无策。

期待落空了，一场看来几乎是不可避免的灾难，被爸爸用他手上雪亮的斧头逼进了坟墓。蛇缩回了洞里。我有些扫兴。

每件事都坐着别人的眼睛。

秘密长腿了。

又有灾难落在我的头上。

妈妈，多长了一只手的妈妈，忽然走到我面前，狠狠给了我一记耳光。

是不是你说的？她问我。

我被血口喷人的妈妈打蒙了，心里又急又气。妈妈怀疑我出卖她。我当然没有。

妈妈不相信我。她罚我跪在地上悔过。

弟弟回来了，他手上的两听健力宝分外刺眼，他炫耀似的将它们在我面前晃来晃去，晃来晃去。每件事都坐着别人的眼睛，爸爸的慷慨，妈妈的血口喷人，让强烈的委屈再次袭来，可悲的是，任何委屈都不能帮我把自己的不幸缩短几厘米。也许就在那一瞬间，我似乎找到了这一切不幸的根源，不是贫穷，而是自己的性别，自己的女儿身。

我的心因为自己的女儿身隐隐作痛。灿烂、繁茂正缓缓朝夜晚倾斜的夏天，充满了性别暴力的断裂带，也在隐隐作痛。可是我无能为力，只能任凭那些痛在身体里继续生长，繁衍。我，深深觉得自己有点扛不住了。

夏日的女娲河永远是热闹的，正如这种热闹里永远隐藏着一块儿看不见的清凉，而那正是女娲河充满诱惑的地方。有时候，爸爸妈妈忙，忙得恨不得多长儿只手，就顾不了弟弟了，我是说，他们最爱的儿子。除了下雨天或者晚上，断裂带的孩子们有许多时间都是在女娲河里度过的。如同爷爷说过的那样，他和他的儿子的童年都是被女娲河冲跑的。爷爷还说，只要天不是太冷，他们都愿意跑到女娲河游泳、钓鱼，也洗衣服，不过，像洗衣服这样的事，还是给女人们留着吧。好像女人们喜欢这个似的。

断裂带的孩子们，一个比一个晒得黑，一个比一个水性好。皮肤越黑，水性越好。当然，也有我弟弟那样的菜鸟，顶多只能在靠近河边的浅水区玩一玩，毕竟人还小。我的水性就不错，蛙泳、自由泳、潜水，甚至，抱着一块石头也能游上一截。不过我很少下水，兴许是自己长大了知道羞耻了吧，我不喜欢将自己正在发育的身体暴露在众目睽睽之下。顶多在河边洗洗衣服，捡几块好看的石头，或者用软绵绵的沙子堆城堡。

弟弟出事了，就在我的心因为自己的女儿身隐隐作痛，就在我意识到了性别暴力，意识到我身上那一切不幸的根源的几天之后。

那天下午，天热得人都要化了。

爸爸妈妈到地里锄草去了。我到女娲河洗衣服，顺便凉快一下，弟弟也跟在我屁股后面来了。我没有理他，我们之间的怨气太深了，虽然他可能还不太明白我们之间的隔阂。

女娲河里早已挤满了人。到了河边，我就开始洗衣服了，弟弟把自己剥了个精光，就去跟那些与他年纪相仿，只能在浅水区玩一玩的小屁孩们玩去了。弟弟玩水的地方离我也就几步之遥，他跟其他几个孩子在那儿比赛找石头，将一块石头扔到水底，然后自己捞上来，他们每个人手上都有一块石头。弟弟手上的石头是白色的，我确信。也许是某个小孩坏了规矩，他们便开始各玩各的了。水花四溅，嬉笑声震天。

不知道过了多久，不知道为什么，反正是我抬头去找弟弟的时候，我发现弟弟不见了。刚刚还在的。紧接着，我发现旁边较为湍急的水面上有只手伸出来了，绝望而又无助的召唤，只有短短的一瞬，刻薄得容不得我去思索其中的利弊，又沉下去了。女娲河里游泳的人太多了，但是我相信，除了我，还没有人关注到这事。纯属巧合，还是老天爷有心赐给我的机会？一个崭新、陌生而友好的开始？

天哪，怎么回事，我本该立马冲过去的，但是我没有。我埋下头，继续洗衣服，假装什么也不知道，什么也没看见。就像没人理解我心里的那些委屈，那些水洗不掉的疼痛。可是，这样做是不是有点过分？我不知道我在想些什么。每一秒都像是被拉长了一百倍，就这样大约过了两分钟，我终于忍不住了，崩溃了，我撕心裂肺地尖叫着，朝弟弟消失的那片水域飞奔而去……

然而已经没什么意义了。或者说，一切都结束了。弟弟的脑袋，没能在我的尖叫声中浮出水面。

伊拉克的石头

断裂带的烈日如花圈，白得耀眼。

此刻，我独坐在离家不远的石榴树底下歇凉。在别人家偷摘的杏子被我消灭得一干二净。十多粒杏仁散落在地上，像是一群痛苦的眼睛，望着我，抚慰我的沉默。

树下有风，但依旧热得整个人都快要冰激凌一样化了。空气里有条隐形狗在将你一阵猛舔。

踢了踢身旁的几块石头，我怀疑它们仅仅是被晒晕了过去。张瘸子说，真相可以从脚上长出来。我仅仅想要确信，这些石头到底会不会走路。

知了声此起彼伏，那欢乐的鸣奏像是要把人带往童年的墙根下。但我早已不是那个能够整天用蜘蛛网捉知了而又乐此不疲的孩子。那个懵懂的孩子早已在无意中把回去的门关闭了。

通过关闭，我获得了记忆、认知和情感，也在失去，永远地失去些什么。回忆依稀能够捕捉那些小小的欢乐，它们像风，很难再次穿过我的肉体。

一只只鸟儿飞快射进树冠，消失了。隐约的鸟鸣在空气中笨拙地亮了几下，也消失了。空气中透着一股红薯烧焦的味道。石榴树的叶子有些卷曲，狗一样趴着脑袋，无精打采。

天空很蓝，蓝得像一种麻烦，你根本找到不一丝裂缝，把它撕碎。

几块白云突兀地坐在半空，像巨大的浮冰，我很想把自己装进去，变成它们的一部分。

树冠孵出的浓荫里，我拉开思绪，细细回味上午写的作文——"秋天，大地在慢慢生锈。清晨，金色的阳光剪碎了一夜的清凉，把温暖分到我们头上。果园里，早已羞红了脸的苹果，在一群孩子的目光里，把头埋得很低，很低……"

实话实说，把秋天写成这个样子，写得如此传神，是我没有预料的。尤其是第三句，淋漓尽致、言简意赅地描述了孩子们对秋天对啃苹果的向往与饥饿，也从侧面以拟人的手法再现了苹果对命运对前途的担心。强烈地悲悯意识，诗意的刻写，既有高度，又不乏深度。我觉得自己写得精彩极了。漂亮、意味深长的语言无疑为一篇佳作凿了条缝。凭这点，我那仁慈的语文老师也不会把分压得太低。况且她给出的分数在某种程度决定了她在我心目中的位置。她似乎很在意自己在别人心目中的位置，有时候她会在班上问大家今天她穿得漂亮不漂亮，要是我们随口甩出一句"漂亮"，她定会眉开眼笑；要是我们给出的是另一种答案，她脸上的天气绝对不可能好。

我喜欢上语文老师的课。不止因为她课讲得好，也因为她长得耐看。嘴唇像樱桃一样红润，胸前两座呼之欲出的小山，格外醒目。她是近视眼，因此常年戴着一副眼镜。在断裂带，眼镜往往是知识、文化乃至地位的象征。因此，眼镜没有影响她的美丽，反而让她更添了一层说不出道不明的女人味。总之，那种东西我妈妈身上是没有的。

以前，我判断一个女人长得是否赏心悦目的标准就是脸上有没有痣。现在，除了这个条件，还有就是她身体的轮廓与曲线。在断裂带，语文老师算是长得特别好看那种女人了。一个好看的女人，又有文化，自然也是一个再好不过的女人。好看的女人在断裂带往往是待不住的，与其在贫瘠的断裂带待完肉体的一生，她们更愿意往城里飞，去城里碰运气。对她们来说，城市就像是天堂。语文老师恰恰相反，她经常抱怨城里"空气不好"，"吃得像垃圾"……我们怀疑她在说谎。

班上有人背地里说语文老师是狐狸精，跟她睡过的人都会死。话说得很毒，别有用心。我不明白这些家伙为何要用这种话伤害自己的老师，他们的心难道是铁做的吗？

和班上其他几个早熟的同学不一样，我腼腆得多，不喜欢像他们那样说三道四，那么津津有味地谈论语文老师的身体以及关于她的私人生活。恶心的是，他们有时候会偷偷聚在一起，像一群发情的小兽，一边嚷着语文老师的名字，一边集体手淫。尽管我身体下面的那枚钉子也经常把内裤撑得老高，但我不会对语文老师产生任何邪念。我不喜欢开这种低级玩笑。喜欢一个人，不用说出来，埋在心里就好了。

地震后的这几年，断裂带上热衷享乐和离婚的人越来越多，相信轮回的人越来越少。轮回对不再关心庄稼和天气的爷爷来说，远得像是天方夜谭。他不相信轮回，也不相信菩萨和神灵。他只顾及实实在在的东西，比如金钱，比如身体的每一个零件是否完好无损，比如一个让他乐此不疲的生活伴侣。

人生只有一次，每个人都是一个永远都在褪色的孩子。老人是变老了的孩子。年龄越大，那个孩子在他身体里就埋得越浅。在我眼中，已过花甲的爷爷依然是个孩子。没错，他是个孩子。

他只是变老了。岁月的消逝并没有让他变得通透，反而让他显得更贪婪了。不知什么时候，爷爷跟村里那个寡妇好上了。他的风流减弱了他作为一个老人应有的光芒。

我不爱这个已经变老了的孩子。也就是说，我不爱我的爷爷。我不爱我的爷爷，说明爱并没有在我的身体里褪色。当我爱一个人，恨一个人，或者拥有一种思想，意味着我身体里的孩子正在褪色，趋向幽暗。

妈妈每个月从邮局打回来的一千块钱几乎都是爷爷一手花掉的。他只给我极少的生活费，其余的，都像放生的鱼儿般下落不明。爷爷荷包里的钱就像他一样耐不住寂寞，不花掉它们只会生锈，爷爷心里便过意不去。用掉的才是得到的，只有花掉它们，那些钱才真正属于他。

我可怜我的爷爷。也许若干年后我会变得像他一样：大把的时光堆进肉体，多如牛毛而又鸡零狗碎的经历渐渐模糊不清，人像尘埃一样滑行在某个深不可测的边缘，灵魂深处充斥着对光阴的愤怒。

我经常穿过时间想象自己年老时的样子，也经常担心自己稍不留神就成了老人。我是个害怕时间的人。时间像一个习惯性跑调的歌手，让我处于永恒的变化之中。时间的样子，就是我们的样子。

在爷爷身上，我几乎感受不到亲情的存在。

有的亲情比蜂蜜还甜，有的亲情如霜。对我来说，爷爷不过是家里一件极为寻常的摆设，或者装饰。实际上，在家里，我和爷爷，除了那层还隔着我爸爸的可怜巴巴的血缘关系，我们在精神层面没有任何交集。旁人都看得出来，我们关系很僵。彼此像是隔着一块坚冰，一头大象，各自为政，彼此淡漠。爷爷有他自己的生活和生活方式。我也是。

在断裂带上，老人是家里的一盏灯，没有老人的家庭是不完整的。但我的灵魂里没有这种闪烁着善意的观念。在我眼中，爷爷只是个变老了的孩子。他是他，我是我。神奇的宿命让我们生活在同一屋檐下，但是不能把我们的心也绑在一起。我和他的隔阂由来已久。隔阂是从曾经的某些经历中慢慢长出来的，深不见底。所以直到现在，我都无法找到其源头。也正是那些经历，挡住了我对爷爷最基本的感情和起码的信任与尊重。爷爷也不见得爱我，他更爱他自己，爱那个让他病入膏肓的寡妇。

在家里，我总是尽量躲着爷爷，像老鼠躲着猫，夜晚躲着白天，太阳躲着月亮。他出现的地方通常是我消失的地方。碰头的次数越少越好。我不想和他说话。与其和他浪费时间，还不如去帮张瘸子喂猪。

爷爷虽然不抽烟，也不像我爸爸那样嗜酒如命。至于打牌，他压根儿就不好这一口。某些熟人眼里，爷爷的生活枯燥得像是闹钟里的指针。我知道，爷爷的生活不是这样的，至少不全是。虽然大半辈子没怎么冒过险，爷爷和其他知天命的人截然不同，他骨子里就不是个喜欢风平浪静的人。如果没有失去心跳，欲望就永远不会在他的精神上松手。

断裂带不乏色彩，只是没有大城市五颜六色的生活那么斑斓，那么具体。在断裂带上困了大半辈子，爷爷对身体的乐趣却并没有枯萎，他还没有到什么也爱不动的年纪。眼下，我估计爷爷最大的乐趣就是给村里那个可怜的寡妇借东西了吧。而且正是他，让我开始相信世上还有给别人借东西上瘾的人。我爸爸恐怕都未必知道自己有怎样一个乐于助人的爸爸。他爱爷爷，也许每个人都会爱自己的父亲，像鱼儿爱着水，鸟儿爱着天空，我们爱着空气。

我的爸爸是个好父亲，也是好儿子。他希望爷爷在世上多活几年。自从婆婆去世，爸爸就不许爷爷干任何重活了。爸爸不许爷爷再去碰家里的锄头、斧子、镰刀，这些跟了爷爷大半辈子的忠实仆人，从此失业。爸爸把它们当废铁卖了。

真是闲得生锈，爷爷说。他说话的样子不慌不忙。

最近，爷爷走路的姿势越来越飘了。像断了线的风筝，只要风轻轻一吹，他也能轻松飞上天去。爷爷年纪是大了，人却一点不显老。种了大半辈子庄稼，日出而作日落而息的命运并没有使他弓腰驼背，反而滋润了他，让他精神抖擞，红光满面。爷爷走路的时候总是故意把背打得很直，仿佛身体里长了一棵树。弯下腰来，他就成了一株成熟的麦穗儿。爷爷怕别人说他老，即使说了，他也不愿承认。爷爷只是一个变老了的孩子。

这几年，断裂带上的农民越来越少，去外地打工的人倒是越来越多。打工者远离了庄稼，自己却成了一片片行走的庄稼，他们从断裂带走向城市，走向省外。我的爸爸妈妈也是如此。他们不愿种地，庄稼怀不了孕，地就荒了，草淹没了庄稼；不愿待在家里，人一走，家也跟着荒了。我家是这样，断裂带上的好多家庭都是这样，青壮年都跑出去打工了，屋里就老人、妇女和儿童，留下的，就成了留守老人、留守妇女、留守儿童。爸爸妈妈一走，家里就剩我和爷爷。我在镇上念初二，平日家里就爷爷独自一个人。也许是两个人。

你爷爷天天盼着寡妇去你家借东西，眼睛都望花了。隔壁的张瘸子一五一十地跟我说。他的腿是地震那会儿瘸的，房子塌下来，腿就废了。好歹捡了条命回来，不幸却成了不幸的跟屁虫，没多久，他的老婆就背着他跟一个外省的援建工人私奔了。

"要不是可怜我那宝贝女儿，我早该见阎王爷去了，去她娘的，太阳照常升起，老子也要照样好好活！"有时候，张瘸子会用他那满是蒜味的嘴巴跟我聊天。我们谈得拢，虽然他比我大了好几截。腿瘸了，失去了正常人的速度和便利，但张瘸子的精神没有垮。为了供女儿读书，年前，他乐观地养起了猪，又喂了上百只鸡。他身上那些明亮的东西，像黎明的露珠，闪烁着微微的光芒。每回放假，我都愿意到他家待上一阵子，不是为了虚度时光，而是为了汲取一种精神力量，让自己的灵魂得到滋润。

通往九寨沟的水泥公路修好以后，断裂带发生了翻天覆地的变化，人心不如以往那么单纯快乐。水泥公路从我家门前穿过。雁过拔毛，更不要说公路这种庞然大物，这条没有尽头的蟒蛇。我怀疑断裂带传统的生活方式就是被它冲断的。它喜欢吃旧的东西。村里的寡妇也是，她喜欢啃老骨头。我爷爷就是那根老骨头。

村里的寡妇是一口深不可测的井。她的男人因矿难而死。那是好几年前的冬天，天冻得人的骨头都像是冰做的，成群的乌鸦从她的喉咙里飞出来，噩耗涂黑了整个断裂带，她的哭声抓疼了断裂带每个人的神经。每经历一次死亡，人会碎一遍。每个失去了丈夫的女人，内心总有着一场永远不会结束的葬礼。

寡妇还很年轻，但她的丈夫死了。当时爷爷带我前去参加了她丈夫的葬礼，她是那么绝望，绝望得像是一只掉进冰窟里的虫子。表情是绝望的，说话的样子是绝望的，整个身体也是绝望的。但是，时间很快把这些绝望铲平了。如今，她已不再是那个绝望的女人，那个绝望的女人已经从她身上离开了。转眼，她变成了另一个女人。

寡妇总是跑到我家里借这借那，仿佛自己家是空的，一无所有。说是借东西，暗地里也把我爷爷的魂儿也一块儿借走了。爷爷的嘴巴比什么都紧，我从两人鬼鬼祟祟的眉来眼去中发现了他们的私情。私情，想到这事儿我就浑身起鸡皮疙瘩。

寡妇的家不是空的，真正空的，是她的身体。她的身体需要滋润，需要用爷爷身体里的东西灌溉，就像干旱的庄稼总是需要雨水灌溉。本来我想偷偷把这事儿跟远在新疆的爸爸通报通报的。每次我都欲言又止，因为告密的同时也在暴露我的早熟。我也不想因为这些事让远在他乡的爸爸妈妈把心操碎。于是皱皱眉头，把恶心重新咽进肚里。

昨晚，断裂带下了整整一夜暴雨。夜里房子像只淋着雨的乌鸦。躺在床上，我感觉自己浑身都是裂缝，浑身都在漏水。清晨起床，家门前的好几棵树都断了胳膊，叶子成群结队地坐在地上，像碎掉的天空。在离家不远的地方，一股泥石流从山上冲下来，将公路折成两段。路一断，两边的车辆足足堵了八九公里长。远远望去，像一只僵死的巨型蜈蚣。上午那会儿，镇上养路队的工人开了辆挖掘机过来，不久，公路才重新恢复畅通。

现在中午已经到眼皮子底下了。看了看手上的电子表。我在离家不远的石榴树下面待了整整三小时四十八分钟。寡妇在我家里待了整整三小时四十八分钟了！

骄阳似火。几条狗吐着长长的舌头在一块空地上打群架，至于是为了一根骨头还是为了女朋友，我不得而知。天太热了，我恨不得把自己的皮也剥下来泡进凉悠悠的平通河。恨不得来一阵风，把家里那两个让我无处可去的人瞬间吹散。眼下，我不能回家，也不敢回家。我怕坏了爷爷和寡妇的好事，更不好意思看到他们的身体像藤蔓那样缠在一起。

上午，我刚起床那会儿，寡妇就跑到我家里借东西来了。她来得很突然，突然得像是夏天里落了一场雪。她来的时候，我正在写我的作文，语文老师要我们以"秋天"为主题写一篇作文，说是要选一些参加县里举办的征文比赛。寡妇银铃般的笑声将我的灵感一股脑地吹灭了。我气得肺都快炸出来了。但出于礼貌，我没有吱声。

寡妇来的时候，爷爷对她热情得像是遇见了活菩萨。对我来说，她更像一只讨厌的老鼠。她穿得很少，一件紫色T恤，一条短裤，一双半旧半新的拖鞋。我注意到，寡妇脖颈上挂着一块玉佛，一看就知道是小卖部买来的便宜货。我忍不住朝地上吐了口口水。

快进屋来坐。爷爷的手像擀面杖一样伸着，脸都快笑烂了。

寡妇救世主一样冲爷爷点了点头。

她手里的塑料袋装着她买来的棒棒冰——只有一根。

傻瓜都看得出来，她想笼络我，但诚意不够，更像敷衍。没门，我不愿意上当。这又不是打发乞丐。寡妇见我没有伸手去接，便顺手将棒棒冰放在堂屋茶几上面。她大大咧咧在椅子上坐定，跷起二郎腿，两颗眼珠子滴溜溜转着，仿佛要把我家里值钱的东西都转到她家里去。想到这里，我的表情默默地碎了。

寡妇一来，爷爷就安排我到街上割点猪肉，但我义正词严地拒绝了。他哪里使得动我？再说了，我也不想吃肉。不过，当他把十块钱塞进我荷包的时候，我瞬间动摇了。拿去买点你喜欢吃的东西，爷爷讨好地说。

我在爷爷势在必得的目送里出了家门。自始至终我都没有回头，眼不见心不烦。家里的门像老鼠一样"吱吱"叫了几声，爷爷正在关门。真是太阳从西边出来了。爷爷很少一次性给我这么多钱。他给我钱比要他的命还难。但是今天，他不惜血本，并且慷慨得连眼睛都不眨，心中必然有鬼。在断裂带从小活到这么大，我从来不知道鬼长什么样子，大多数时间，鬼都活在成人们的嘴皮子底下，活在几岁小孩惊恐的眼睛里。鬼住在心中，人就变成了心中有鬼的人。

我看得出心中有鬼的人。现在，我爷爷心中就有那么一只鬼。虽然门已经关了，但他心里的那只鬼却藏到了寡妇身上。爷爷心里的那道门被寡妇关住了，因为他心中的鬼住在她那儿。

从出门到现在，我始终把钱死死捏在手上，生怕它鸟儿一样飞了。我舍不得把它花掉，得留着，这十块钱就是爸爸妈妈的血汗啊，我想。同时，对爷爷的不择手段感到担心。"物极必反"，语文老师曾严肃地教育我们不要贪玩，"很多事情一旦过了头，必然会受到惩罚。"这话对爷爷来说同样实用。

家丑不可外扬，因此我放弃了去张瘸子家的打算，尽管他熟知爷爷的所有秘密。或许这压根儿算不上什么秘密。妈妈说，只要有苍蝇的地方，都没有秘密。我只是想一个人静一会儿，只有安静可以让这个世界和我无关。在离家不远的石榴树下，我将没有写完的作文重新理了理思路，并为这篇作文取了一个非常不错的标题："秋天里的小时光"。我信心十足，甚至盼望着这篇作文能够让我在学校里声名鹊起。但一想到爷爷和寡妇，我的心又一截一截凉下来。虽然这两件事表面上没有任何冲突。但事实上，它们通过我重合在一起了，就像爷爷和寡妇身体里那些隐秘的激流。

转眼就到了中午，炊烟三五成群地在断裂带上升起，或许是天气好的缘故，这些断裂带上的炊烟显得异常壮观，像图腾，像远古那些能迅速长得很高很大的植物。或许这些炊烟跟我类似，我们都渴望像云一样生活，像云一样无忧无虑。

我喉咙渴得冒烟，得找点水喝。在离石榴树不远的缓坡上本来有一口井，水很甜，更神奇的是，井里面的水冬暖夏凉。爷爷说他是吃井里的水长大的，他的爷爷也是吃井里的水长大的。然而，不幸的是，地震之后，井里的水就没了。井死了，吃水的人不甘心，带着锄头猛地往下挖，还是没有水，只好作罢。几年过去，草早就把井封住了，知道它的人越来越少。时隔数年，当井再次从脑海里浮现，我竟然有了一种恍若隔世般的感伤与冲动——想去看看它。

我起身将钱塞进荷包，爷爷给的买路钱已经被我手心的汗弄湿了。好在天气这么热，过一会儿就会干的。我已经不想爷爷什么时候开门寡妇什么时候从我家离开的事，被他们磨掉的这些时间也不可能再从地上捡起来。与其如此，还不如做点别的。

这浓密的草丛，这干枯、空洞的老井，像一只绝望的眼睛。我费了很大力气拨开草丛，看到了原先吃水的井。虽然已经长得面目全非，我还是隐约听见了那种久违的水声。也许，这声音从未消失，这声音在我心灵深处久久回荡……

晚上，整个断裂带万籁俱寂。隔壁，白天跟寡妇耗了大半天的爷爷的呼噜声比屋顶上的星星还亮。我借着烛光继续写我的作文《秋天里的小时光》。虽然还是盛夏，但我像是对秋天了如指掌，写起来如有神助，毫不费事。很快，我完成了这篇在我看来意义重大的作文，并用中性笔在作文本上重新誊写了一遍。值得一说的是，我在作文里写到了很多种秋天，例如，我写到了爷爷的那种秋天，也就是一个老人的秋天，我没有在我的作文里攻击他和寡妇，而是将他塑造成了一个乐于助人的老顽童；我也写到了一口井的秋天，深情地回忆和赞美了它对我们几辈人的恩泽。

这天夜里，我睡得格外踏实。

不出所料，几天后，我的作文《秋天里的小时光》得到了语文老师的大力表扬。而我似乎并不满意——要不是爷爷和寡妇没完没了地耽误时间，我可能会写得更棒。不过，话说回来，这也算是好事多磨了。

以后，你肯定能成为大作家！语文老师当着全班同学抬举我，她那涂着口红的嘴唇因为过于激动，明显有些哆嗦。一石激起千层浪。《秋天里的小时光》给我带来了一个又一个惊喜。上晚自习的时候，我破天荒地收到有生以来的第一封情书。写情书的，不是别人，而是班上最漂亮的女生之一邱露露。

情书的主要内容如下："嗨，认真读了你的作文，我感到钻心地疼和由中（衷）的感动。老实说，真不错！希望我们成为好朋友。"而信的背面，"♡你的ＱＬＬ"更是意味深长。读完情书，我的脸一下子红到了脖子上，心跳得完全乱了节奏，身体却像是被什么卡住一般，不能动弹。

好在，我并没有被这突如其来的幸福冲昏头。战栗中，我陡然想起前不久我看过的一个新闻：一对伊拉克的情侣，因为偷吃禁果被"伊斯兰国"极端组织用黑布蒙上眼睛，带到伊拉克北部的第二大城市摩苏尔市中心用石头活活砸死……

回忆犹如当头一棒，为尚未早恋的我敲了一个及时的警钟。我对伊拉克几乎一无所知，只知道她和中国一样，是个国家。我对这个遥远的国家为什么会发生这样的事情几乎一无所知，但我记住了那个血腥的画面，记住了那些愤怒而疯狂的人们，记住了那两具因为偷吃禁果变得冰冷的身体，也记住了那些带血的石头，伊拉克的石头。

伊拉克的石头让我不寒而栗。虽然断裂带不会发生这样的事情，也不可能发生这样的事情。

但是，我害怕犯下爱的罪行，也害怕自己承担不起责任。于是，我心头熊熊燃烧的大火瞬间熄灭了。

还没有下晚自习。我再次打开情书，邱露露那娟秀的字体以及意味深长的暗示，已经没有最初那么销魂，让我魂不守舍了。又读了一遍，我冷静地把这封情书撕碎，揉成一团，请假去了趟厕所，把纸团扔进了粪坑。

我的心不是石头，出于礼貌，也是为了让邱露露安心读书，努力备战中考，我给她回了一封信："谢谢你的信。祝好好学习天天向上。不♡你的人。"

不知为何，写完这些话的时候，我的心突然猛烈地抽搐起来。班上那几个给低年级师妹写"情书"的同学肯定不会这样，他们写"情书"很有一套，几乎每天一封情书，几乎每一封情书都能换一个女朋友。

"她们像没有脑袋似的，好骗得很。"其中一个男同学曾亲口启示我，满脸坏笑。他的嘴唇有些发紫，他说那是因为打kiss造成的。

晚自习后我径直回到学生宿舍。

心情特别不好，想的也特别多。我躺在床上翻来覆去地想起伊拉克的石头，想起爷爷和寡妇，想起那些戏弄低年级学妹的同学——有些迷惘，有些可疑。我自己的理智和成长也是迷惘的、可疑的，几乎没什么参考。有时候觉得自己明白的多一点，有时候又觉得自己懂得实在太少，浑浑噩噩，乱七八糟，难道这就是生活本来的样子？

深夜，居然有同学在梦中叫着班上女生的名字。

我很累，仿佛身上一度电也没有了。但就是睡不着。

骨头车成纽扣

断裂带，一块毫不起眼的地方，就像埋在祖国最下面的一粒沙子。

和世界的其他角角落落一样，断裂带每天都有各种各样的生命，在时间里进进出出，生老病死，喜怒哀乐。很多时候，丹木吉觉得，自己的命是被脚下的这块土地捏着的，就像小孩手里捏着的棒棒糖。地震，就是决定断裂带命运的方向盘。

断裂带顺着公路上行三四百公里，是享誉中外的旅游胜地九寨沟；顺着公路朝下走四五十公里，是素有"李白故里，九寨门户，蜀道咽喉，华夏诗城"之称的县级城市江油，如今主要以生产酱油和豆瓣酱风行于世，虽然此话说出难免会有物是人非之感，但大唐的影子似乎从来没在这些后人身上湮灭，他们总是喜欢满脸自豪地跟外人介绍自己来自李白的老家，诗人的故乡。

挤在两个香饽饽中间，如火如荼的旅游事业并没有为断裂带的发展带来多少油水。所以，这块地方从来都是这样毫不起眼，就像埋在祖国最下面的一粒沙子。

丹木吉，在这块被人称为断裂带的毫不起眼的地方，毫不起眼地生活几十年了。

晌午，一辆崭新的奥迪A6缓缓驶进他那紧邻马路的水泥院子来了。静悄悄的水泥院，那种像是镶在永恒边上的沉闷，瞬间被忽然冒出来的怪兽激活，有了生气，不再昏昏欲睡。

断裂带的太阳大得像个超级灯泡，天很蓝，像一块巨大的玻璃，如果扔块石头上去，没准儿能整个地碎掉。天气燥热，院墙上前些天还绿油油的青苔，已经干成许多豆腐块，不会再让眼睛打滑。树叶卷曲，扯一片放在手心轻轻一捏，便成了灰。

屋檐下，一只小壁虎，在壁虎妈妈的带领下，顺着墙根迅速射进草下面的石头缝里去了。

院子里，汽车的各种配件以及用来修车的设备琳琅满目。两边的角落里，黑漆漆的轮胎堆得比人还高，给人一种死气沉沉的感觉，但是在丹木吉眼中，这些家伙可比老婆听话多了，并非摆设，它们各自拥有实实在在的生命，只是和那些善于移动、制造混乱的家伙相比，它们比较懒惰，无欲无求。

为方便停车，院子中间敞着一片空地，地上的裂纹像蛛网一样散开。院门口的左手边，站着一张漆有"修车"二字的纸制招牌，耐心而又专注地为主人等候着生意。字是请本地教语文的老师写的。上午写完，下午便脑溢血进了医院，晚上就报废了。每每想到这桩不幸，丹木吉的内心就一片恍惚，仿佛灿烂的死神就在生命的附近，而不仅仅是一个虚无、遥不可及的概念。

断裂带的人都知道丹木吉是个修车师傅。要是谁说他是有钱人，他就会来气，脸上起风暴，好像有钱是件不光彩的事情，好像修车挣的钱只能塞牙缝。低调得让人咬牙切齿。

"是不是油箱坏了？刚加满油，踩两脚刹车就没了，赶紧帮我看看，你赶紧啊。"

一个营养过剩、满脸横肉，戴着墨镜的胖子摇下车窗，朝丹木吉吆喝着，声音大得能把人震飞。

　　丹木吉揉了揉那双刚刚查出结膜炎的眼睛，总算看清了，胖子颈子上拴着一根很粗的金项链，金灿灿、明晃晃的。俗不可耐。他觉得这个人像《西游记》里钻出来的。他慢悠悠地走过去。平时就看不惯飞扬跋扈的人，不过他仍然理性地挤出一丝微笑，好像这样能够缓冲他内心轻微的不快。

　　手上的事情刚刚收尾，朋友的车，刹车片坏了。本打算坐在家门前的长板凳上抽支烟，然后进屋吃饭，生意又来了。不管怎么说，顾客是上帝，他不能拒绝上帝。闲的时候闲得要命，忙起来又恨不得多长几只手，反正这种令人窝火的情形，对丹木吉来说，就是隔了夜的饭菜——完全不新鲜了。修车本是磨人的事，所以，他也不觉得扫兴，没心情计较。计较不是跟顾客过不去，而是跟钱过不去，跟钱过不去，是脑子有病。

　　刚在奥迪车侧门蹲下，丹木吉就听见有人在背后跟他打招呼。凭感觉，声音并非出自那个不礼貌的胖子，奥迪车的主人。是别人。声音是从门口倾斜过来的。

　　"请问，谁是丹木吉？"

　　丹木吉站了起来，抬头的时候，他从奥迪车的玻璃上看到自己的脸，一张写满了岁月的脸。断裂带日益凋敝的粗犷，被这张脸发挥得淋漓尽致，灿烂，又有着一些令人倍感生疏的力量，在慢慢吞噬着的脸孔。年轻的时候，这张脸给他带来不少好处，当然也有麻烦，冒险带来的错误。时光飞逝，如今这张脸已经失去了那些扣人心弦的功能，更加平易近人。尚未摸清来客身份，丹木吉率先朝对方递出一份热忱。热忱是消除距离和陌生感的最佳武器，就像他知道春风会吹绿荒芜，夏风会挡住炎热制造清凉，秋风会染黄大地的角角落落，冬风会把悬挂在枝头上的所有故事一点一点燃尽。他用笑。

"找我什么事？"

丹木吉询问走到面前的这个跟他年纪不相上下的男子。"我就是丹木吉"被丹木吉很好地种在了"找我什么事"身上。简单、快捷、实用。实际上，他性格偏内向，能选择修车这个行当，对任何他这样不喜欢多言多语的人来说，是明智之举。丹木吉不是个善于言辞的家伙，除了跟老婆做爱，始终坚持循序渐进，能拖多长时间就拖多长时间，其余的事，越简单越好。无事不登三宝殿，况且来的是个陌生人。丹木吉揣测来人的目的，估计是来找他修车或者买汽车配件的。但他又否定了自己的判断，此人压根儿不像有车之主，更像本地的农民。

每个人身体里都有个闹钟。丹木吉恨不得一眼把来人的意思摸清。

"索菲儿的母亲特意叫我过来向你道谢，索菲儿考上县里的公务员，家里准备在这周末为她风风光光地庆祝一下，希望你能参加。"说话的人顿了顿，低头朝地上吐了口浓痰，接着告诉丹木吉，"对了，我是她舅舅索南，如果没认错，你是丹木吉？！"

面前是一个矮个儿男人，瘦得像一堆骷髅，身上的骨头马上要从皮肤下面跳出来一样。再细看。确实其貌不扬。眼睛小得只剩下两道缝。头发乱得像是鸡把窝错误地搬到那儿。灰色的背心，汗渍凝固的痕迹几乎占据了上面所有的空间。裤腿高高挽起。脚上的胶鞋脏兮兮的，仿佛很久没洗。没穿袜子。典型的山里人打扮。

索菲儿的舅舅！

"我就是。"

丹木吉激动地说，这个突然从空气里长出来的消息，这个等了多年的消息，让他有点恍惚。

听罢，矮个儿男人长长吸了口气，表情轻松起来，像山里的阳光一样轻盈，像河里的流水一样欢快。解脱来得太突然，感情的水位在他身体里猛涨。这，就是他要找的人。他要找的人找到了。

二十二年前，财迷心窍的丹木吉误入歧途，铸下大错。这些年，他一直无怨无悔地弥补自己的错。现在，他的人生即将翻开崭新的一页。

索菲儿的舅舅！

空气里到处都有喜悦的火花。丹木吉感觉自己轻飘飘的，幸福得快要飞起来了。

"舅舅……"

丹木吉头一回见到索菲儿舅舅。木讷的他差点变成索菲儿，把眼前的人也当长辈了。悬崖勒马，他很快纠正过来，没有给对方造成不必要的压力和尴尬。两个人应该年纪相当。于是，丹木吉心情愉悦地招呼起来客——索菲儿的舅舅："真是个天大的好消息，快跟我回屋里坐！"

确实是好消息，有一瞬间，丹木吉感觉埋在心里的那块大石头，终于消失了。

"老婆，来客人了，索菲儿的舅舅，给咱们带好消息来啦！"

丹木吉一面喊着自己那位正在进入更年期的女人，一面拉着索菲儿舅舅的胳膊，朝屋里走。他并未注意他手上的油污已经弄脏了男人的胳膊，当然，这绝不是存心的。索菲儿能有今天，全靠他这双总是充满油污的手。索菲儿的今天正是从这些油污和他辛勤的汗水中张罗出来的，当然，也是他罪有应得。对这个单纯可怜的女孩儿，还有她的家庭，丹木吉总有一股深深的自责和懊悔。这二十多年来，他的老婆朵拉一度要他跟这事划清界限，但他实在于心不忍。毕竟人心是肉长的，不是石头。毕竟是自己罪有应得。

丹木吉觉得自己是个罪人。

那是个永远都难以启齿的秘密。事实上，这个秘密一直都在丹木吉生命的周围，从来没有让他轻松自如过。

对人来说，生活不可能都是顺风起跑，没有哪个人敢说自己的人生一马平川。对丹木吉来说，生活更像一个幽暗巨大的陷阱，一旦闯进去就很难脱身。他觉得自己这辈子就是在陷阱当中度过的。不过，陷阱并非他人所为，而是他自酿苦果。

自作自受。

走到今天这　步着实不易，事情总算捋顺了，云开雾散。不过，人也老了。毫无疑问，现在丹木吉已经实现了当时那个实际上重得让人没有一点信心的承诺：即使骨头车成纽扣，也要供索菲儿读完大学找到工作为止。

这比瞎了眼睛的荷马写诗容易不到哪儿去。

骨头车成纽扣，斩钉截铁，孤注一掷。既是善举，也是报应。为了给自己赎罪，为了磨掉心头的那块大石头，丹木吉付出了自己二十多年的光阴和心血。

"嗨嗨嗨，老家伙，我说这车你到底修不修？"

开奥迪的胖子的声音在院子里石榴一样炸裂，并且在丹木吉心中犁出一道浅浅的不悦：病人在医院见了医生就像见了救命稻草，你车子有病，凭什么对我大呼小叫？

丹木吉和索南不约而同回头望了一眼。

"稍等，马上就来。"

丹木吉抱歉地说。虽然他做事一贯不喜欢被人牵着鼻子走，可他也不想毁了生意。大概还没有人跟钱过不去。断裂带，一块毫不起眼的地方，就像埋在祖国最下面的一粒沙子。可就是这么毫不起眼的地方，人，也是有尊严的。要挣钱养家糊口，有时候，你就得把它和尊严分开。

在丹木吉看来，生活在某种程度上说几乎是没有真相的，没有真相和"不允许假设"的意思相近。除了活着，今天的现实就是洗衣粉兑水搓出的泡沫，充斥着缥缈虚无。自从家门口的泥土路被宽阔的水泥公路取代，丹木吉的修车生意便日益下滑，杯水车薪，只能勉强度日。生意不分一年四季，永远都是寒冬。同样的冷天气，在他老婆朵拉脸上也表现得淋漓尽致。她生气的时候，会唾沫横飞指着丹木吉的鼻子泼妇狮吼："回想当年老娘貌美如花，无奈看走眼，跟错人了，这辈子算栽到你手上啦！"

朵拉，这个对有钱人羡慕得眼珠子都快掉出来的年老色衰的乡下女人，跟丹木吉吵架的时候，她总恨不得把家里闹翻天。值得一说的是，她始终深信自己只要再年轻二十岁，就可以为这不幸的婚姻堪称失败的婚姻画上句号，为自己的人生重新洗牌。但真实的生活，总是残酷的，没有回头路可走。朵拉，想多了。

回想当年，丹木吉的修车手艺在本地可绝对是香饽饽。若没有当年那一回下水救人，丹木吉现在的身份，就是个普普通通的农民。那个溺水孩子的父亲是本地唯一会修车的大富翁波登，为了报恩，他让丹木吉当了他的徒弟。说来也是机缘巧合，命中注定有这么一个跳板，波登的儿子当时考上了市里一所著名的师范学校，不然，修车这门儿手艺恐怕绝不会落在看上去老实巴交的丹木吉身上。时隔多年，丹木吉对当初的荣光和喜悦记忆犹新，翻身农奴把歌唱，家境穷困的他成了波登的徒弟之后，左邻右舍，尤其是有孩子、孩子却没有出路的左邻右舍，眼睛红得像是兔子。真应验了人们常说的"三穷三富不得到老"，如今成为修车师傅的荣光和喜悦早已被时间剥蚀得体无完肤。生意不好做。阔气的车主们像喝了迷魂汤，一旦车子出了状况，便蚊子一样争先恐后往汽车修理厂跑，丹木吉这样毫不起眼的修车店，几乎眼皮子都懒得抬。修车，只能碰运气。

偶尔跟老朋友老邻居果桑喝多之后，丹木吉不免会牢骚几句。当然也算酒后吐真言："现代人观念大有问题，以为把车送到那些地方就能弄一辆新车出来似的，结果呢，豆腐卖成肉价钱不说，还未必赶得上我的手艺。"前来蹭酒喝的果桑不但是酒精的附庸，也是这些话的附庸。他沿着酒精沿着这些话语走向烂醉如泥。通常的情况，是丹木吉讲得风生水起的时候，如若果桑毫无反应，那他准是醉倒在桌子下面去了。对于果桑的白吃白喝，丹木吉从不吝啬。他总是约果桑。跟这个不幸的人待在一起，他有种无法言说的安全感和优越感，虽然本地很多百姓根本不拿这个酒疯子当回事。果桑无儿无女，老婆早年跟一个进山收购土鸡的汉人跑了，经历这件事，他从此萎靡不振，过上了今朝有酒今朝醉的生活。丹木吉同情他，也羡慕他的无忧无虑。

丹木吉的修车技术在断裂带有口皆碑。他曾考察过附近几个汽车修理厂，但并未发现其生意兴隆的优势所在。除了面积大、装修好，还没有几个人的修车技术能与他媲美。只能说，现在，酒香不怕巷子深变成了酒香也怕巷子深。世道变了。为了跟上时代的步伐，为了生意兴隆，为了讨好老婆朵拉，丹木吉也想过扩大场地和置新修车设备。但阻力重重，不得不放弃。到后来他想开了：钱挣多挣少，都差球不多；人活好活坏，都差球不多。人，终归都是要死的，与其为了没有体温的钞票拼个鱼死网破，不如顺其自然。

"再不修我他娘的闪人了！"

虽然嘴硬，车到底能不能修，何时动手，胖子倒是吃不准了。不耐烦在他的生命附近蔓延。病人到了医院，感觉就像进了魔窟，好坏全由医生说了算。这年头，若要人不欺我，我必欺人。在这个充满人迹的星球上，只要尚未"千山鸟飞绝，万径人踪灭"，面对任何麻烦，选择处事的方法或者说是手段都至关重要。如果不把握好尺度，吃亏是必然的，碰一鼻子灰也是必然的。地陌人殊，车子动力不足，胖子唯一的选择便是等。他从车窗看见两个老男人进了屋，眨眼不见了，叹了口气。

胖子从未打算让沉甸甸的屁股离开驾驶台。身高不足一米六，体重超过二百斤，纸醉金迷的生活将他变成了一颗肉汤圆。狐朋狗友为他取了一个绰号：肥鱼。在陌生的地方，胖子觉得自己就像只滑稽的蜗牛，遇到困难、恐惧或者麻烦，就本能地缩进壳里。他只能躲在车上。提及蜗牛，多年以前他在乡下一座青瓦房的墙根里见过，那是他第一次见到这种据说是世界上最小的牛。他的父亲是个文物贩子，喜欢到乡下收购民间文物。过去的文物贩子，后来成了圈里大名鼎鼎的文物商人，父亲渐渐老了，今年春天，他从父亲手上拿到接力棒。

断裂带是一块被汉化了的羌人聚居地。

车刚开进院子的时候胖子就发现修车师傅是羌人，被汉化了的羌人。虽说他的语言、服饰跟汉人没什么区别，但那个古老、创造过灿烂历史的民族，似乎仍然气若游丝地在修车师傅的身上若隐若现。在这样一个年代，恐惧的轮廓早已模糊不清。肥鱼不清楚自己对这样的人应该保持距离，还是保持敬畏。他隐隐感到有种不快，在他们之间熊熊燃烧。还不仅仅是针对修车这件事，不止是此时此刻。作为文物商人，胖子深知断裂带民风淳朴，当然，也不好惹。话说回来，他仅仅是不希望被这个修车的"少数民族"宰上一刀罢了。宰客，屡见不鲜，遇事冷静多个心眼不是坏事。胖子立场坚定地认为，自己得先发制人。

有那么一会儿，胖子本想将脖子上的金项链事先隐藏起来，在陌生的地方炫富绝对算得上有钱人的忌讳。不过，他很快就自我打消了这个念头。究其本源，戴金项链不就是为了赤裸裸地证明自己财大气粗、实力雄厚么？一根金项链也值不了几个钱，重要的是戴它的目的和意义。戴着是有些俗，一旦取下来，它的意义和功能就消失了。据他所知，这些"少数民族"，也喜欢穿金戴银。他觉得很滑稽，那种滑稽不亚于看大熊猫跳舞。

时间尚早，如果车顺利修好的话，良好的路况能够保证他半小时左右抵达市区。二三十年以前，这样的速度压根儿就是天方夜谭。人有人的游戏规则，时间有时间的游戏规则，短短几十年，大地上发生了很多事，人也在变，有些眼睛看得见，有些眼睛看不见。胖子一边耐心地坐在车上耐心等候，一面想着找人帮他盗墓的事情。天算不如人算，要不是修车师傅在那装神弄鬼拖延时间影响心情，现在他恐怕已经走在回家的路上了。胖子拿定主意，待会儿要是和修车师傅在价格问题上意见不合，要是被他宰了，日后绝对饶不了他。

丹木吉把客人带进屋里。屋里光线有些暗，五花八门的修车工具安静地待在角落里，等待着主人的召唤。丹木吉惜疼它们，如同对待自己的儿女。丹木吉能感到它们的体温和心跳，如此美妙，远远胜过他跟朵拉睡在同一张被子里。半年一次，他好像对那些事没什么兴趣了。蛐蛐在Z形楼梯的下面欢快地唱着歌儿。有一刻，丹木吉明显感到自己脸上的喜悦，也沉到那幽暗的光线中去了。

他们走上二楼。一楼是他工作的地方。二楼是他和老婆朵拉待客、吃饭、睡觉的地方，在靠近后院的位置，一边是厨房，一边是卫生间和洗澡间。三楼则是堆放杂物、粮食、饲料和腊肉的场所，除了老婆朵拉，丹木吉很少去。

朵拉魂儿似的不见踪影。

"老婆，家里来客了！"

丹木吉朝着睡屋喊。但声音很快就被木屋和那些简单陈旧的家具吞到肚子里去了，并无回应。真不晓得死哪里去了！

他请索南到沙发上坐。然后从玻璃柜中拿出茶杯，用水壶里的热水涮了涮，为索南泡了杯茶。

"抽烟。"

丹木吉客气地从荷包里摸出一包天子，取了支递给索南，自己也点了支。早年，丹木吉烟瘾很大，一天一包。为了多活几年，他决心戒烟。烟没戒着，命倒是差点弄丢。有一回，他听说吃白果能帮助戒烟，一次买了十斤，一次吃了好几十颗，结果导致腹泻，还被救护车送到医院抢救一番，抢救及时，这才捡回一条命。医生告诉他，是药三分毒，吃白果的确有助于戒烟，但过食会中毒。一朝被蛇咬，十年怕井绳，自此，丹木吉发誓一颗白果也不吃了。与其被烟熏死，也不愿被白果毒死。戒烟未遂，他主动给自己降了台阶：戒不掉，就少抽，要抽，就抽好烟。他抽盖天，一包三十，一天两支，一支烟等于一块五毛钱。好烟，他自然舍不得多抽，更舍不得给别人抽。为此，他专门准备了一包七块钱的红塔山给别人发。只是发，自己从来不抽，红塔山太呛人。今天家里来客，算是破例。他不好意思跟索南发红塔山，倒是有些心疼。

两个大男人一言不发地坐在沙发上抽闷烟，仿佛都在想接下来该说的话。丹木吉本想说打个电话来不就完了么，何必跑这么远的路？但话和口中的烟一起被他咽到肚里去了。说话本身是门艺术，得注意分寸。丹木吉知道自己不该那么说。他那么说，人家肯定还要以为他在讽刺人家，讽刺人家是为了省几毛钱的话费才这么干的。得罪人。

"索菲儿母亲近来可好？"

烟快抽完的时候，丹木吉终于想到了一件可以说的事情。

索菲儿的舅舅也是个不善言辞的家伙。这个乡下人，抽烟倒挺厉害。丹木吉注意到他拿烟的架势比自己还要老练，索南用两根指头夹着烟，眼睛微闭，嘴一嘬，烟的三分之一就燃成了灰烬，烟灰落在大腿上，却浑然不知。

"嗨，老样子。"

索南如实相告。他朝喘着热气儿的茶杯吐出三个烟圈。白色的烟圈，像老人手腕上的银环。

"哦……"

丹木吉从沙发上站了起来。此刻，他恨不得变成顺风耳变成火眼金睛，把老婆朵拉找回来。正是吃午饭的时候，家里的灶头还冷飕飕的。家里来了客人，总不能一直这么干坐着。未准时开饭这种事情史无前例。太阳打西边出来了。

二楼光线较之一楼好很多，木屋里有些落漆的陈设，是波登1985年举家搬进市里留下来的。不光屋头的陈设，整幢木屋他都送给了他徒弟丹木吉的老婆朵拉，而不是丹木吉。即使骨头车成纽扣，丹木吉也未必修得起这么好的房屋。波登如此慷慨，实有难言之隐：他睡了自己徒弟的女人，也就是丹木吉的老婆朵拉。并且，被抓了正着。这不是什么光彩的事情，波登有自己的家人，他当然不想因为这事被人抹黑，也不愿因为这事给自己留下后患。人都有不光彩的时候，没人喜欢不光彩的事情。波登毅然决定洗心革面，快刀斩乱麻，退出朵拉的生活。他花血本在市里买了一块地皮，盖了栋楼房，便流水一样，在断裂带人间蒸发了。绿帽子不好戴。作为丈夫，丹木吉一度想要杀了二人。出人意料，他原谅了他如花似玉的老婆朵拉。杀人可不是闹着玩的。家丑不可外扬，他舍不得朵拉，相信她是"一时犯了糊涂"，相信她会洗心革面，相信这件事像树叶一样早晚都会烂掉。碰上这样的麻烦谁都会耿耿于怀，丹木吉也不愿亲手毁掉来之不易的家庭和生活。最终，终日以泪洗面的朵拉用花言巧语，让本性善良的丹木吉将写好的离婚协议扔进火盆，化作灰烬。在那个并不开化的年代，离婚这样的事在断裂带的普通人眼里完全可以上电视了，其实比背叛和死亡还要恐怖。从此，二人过着表面举案齐眉相敬如宾的太平日子。毫无疑问，这道坎跨过去了。但这件事给丹木吉带来的伤害几乎难以被时间填平。

新世纪伊始，旅游热旋风般席卷全国。为了推动旅游事业，断裂带修了水泥公路。本地人欢呼雀跃，奔走相告。公路修好以后，断裂带渐渐比以往热闹起来，风驰电掣的旅游大巴在神话般的大山深处往来如梭，昼夜不息。热闹打碎了断裂带往日的平静生活，本地人鱼儿一样争先恐后地游向山外。像离婚这样的事，断裂带早已屡见不鲜。生意越来越差，人心越来越坏。丹木吉觉得不光是他自己，他身边的一切都在塌陷、下沉……

"生活给了我想要的东西，但它又告诉我它其实毫无意义。"丹木吉觉得大作家大哲学家萨特的这句话完全可以用来阐述断裂带的现状。

茶几上的玻璃果盘中放着洗好的苹果，还有一些花生、核桃，那是朵拉的零食。朵拉以前喜欢吃甜食，甜食是她的第二生命。人生苦短，生活总不能没有丁点甜头。现在，丹木吉才知道跟一个满口蛀牙的女人接吻和亲热是件非常恶心的事情。好在今年春节前夕，朵拉换了一口假牙。

丹木吉拉开茶几下面的抽屉，拿出一把锋利的水果刀。这把刀是去年一个外地游客送给他的礼物，当时，那个女兮兮的男游客拉着他合影，还摸了一把他的屁股，弄得他很尴尬。后来，他才知道这是一把瑞士军刀，价格不菲。

"饿了吧？先吃个水果，等会儿她回来，弄几个菜，咱们好好喝几杯。"

丹木吉打开电视，又扬了扬水果刀，感觉像是在哄小孩儿。索菲儿的舅舅索南有点晕车，耷拉着眼皮，一副昏昏欲睡的样子。当丹木吉转身准备去趟洗手间的时候，他回头发现索南正直勾勾地盯着墙上那幅颇具情色意味的挂历：一个一丝不挂的美丽女人正笑盈盈地托着她硕大的月亮站在那儿，她背倚着一道黑漆漆的门框，表情暧昧。丹木吉觉得自己就像空气，他怀疑索南的目光乃至整个人都被吸进去了，如醉如痴。

2008年5月12日，地震像割麦一样割掉大山里原有的安宁。除了丹木吉家的木房子，本地百分之九十九的楼房都狗一样吓得趴在地上，化作废墟。象征坚固的钢筋、水泥，因为自身的重量毁掉了自身，徒有其表，不堪一击，昂首挺胸的模样瞬间被拧成一张麻花脸。还不如一幢年纪一大把的木房子。当天，丹木吉和他老婆朵拉正在楼上看电视连续剧《西游记》，挂在墙上的油画和雨衣突然声情并茂地飞了起来，左摇右摆，吓得两人魂飞魄散。他们以为那个一丝不挂的女人已经变成妖怪。就这么想着，油画和雨衣，眨眼掉在地板上。这时，两人才缓过神来，不光是它们，整幢木屋都在摇晃，在疯狂地跳舞。大地深处，涌来滚滚雷声。世界末日来了，天神木比塔发怒了。两人在瞬间达成共识，要紧紧抱在一起，永不分离。死亡和恐惧唤醒了他们久违的爱意，为他们早已麻木的心脏带来了叶绿素和氧。朵拉用她那充满弹性的乳房死死顶着丹木吉胸口，仿佛在为她的男人充电。这种感觉很奇妙，瞬间激活了丹木吉早已石化的情欲。然而，摇晃忽然停止了。大地深处的滚滚雷声却并未消失，仿佛那里有一个魔鬼正在从地底下爬上来。丹木吉松开怀里瑟瑟发抖的朵拉，捡起地上缩成一团的油画，挂回原处。接着，大地又开始剧烈地摇晃起来。人固有一死，但不能白死，丹木吉麻利地脱掉了朵拉的裤子，尽管惊魂未定，但朵拉还是有意配合他。很快，两人便一前一后连在一起。丹木吉一边从身后抓着朵拉的胳膊做爱，一边望着油画里那个正疯狂扭动着腰肢的女人。他不可避免地陷入一种似是而非的臆想，他觉得自己是在跟油画里的女人做爱，而不是他的老婆朵拉。既然朵拉背叛过他，潜意识里，他也想尝尝背叛老婆的滋味。这种感觉很刺激，不会索然无味，丹木吉有意放慢节奏，他不想轻易结束战斗。摇晃又一次停了下来，但屋外不断传来的哭喊和楼房坍塌的声响，似乎说明魔鬼已经跑到地面来了，魔鬼正在杀人。如火如荼之际，丹木吉忽然想起那位名叫俄巴巴西的女神还有他的哥哥智比达娃（专管凡人投生的天神），是他们制造了人间的羊角婚姻制度，简称"羊角婚姻"。羊角婚姻，简而言之，就是一夫一妻制。丹木吉虽有不切实际的想法，但还不至于胸怀大恶，骨子里，他认为自己依然是个善良、淳朴、忠厚的羌族男人。"人间乱成这样，接受俄巴巴西的惩罚是必然的。"丹木吉正是带着这种想法跟他老婆朵拉同时走向了欢乐的巅峰。朵拉的脸就像羊角花般红艳。剧烈的摇晃之中，丹木吉的木屋并未倒下。但他们脚下薄薄的地板却不堪重负，它们像紧闭的嘴唇那样忽然张开。两人顺着欢乐的巅峰瞬间掉下一楼，双双人事不省。

　　丹木吉的好邻居好朋友果桑在第一时间赶到二人家里，看着人事不省的二人，看到他们还没来得及遮羞的下半身，什么都明白了。果桑用十个耳光拍醒丹木吉，又用八个耳光拍醒朵拉。万幸，他们只是暂时昏迷过去，身体安然无恙。果桑救了两条人命，不光看到丹木吉比自己稍微逊色的小弟弟，还看到好邻居好朋友丹木吉老婆朵拉气球般胀鼓鼓的乳房和雪白的屁股。

这幢木屋像丹木吉两口子一样幸运地活了下来。地震过后，有人想出高价买它修楼房，被丹木吉一口拒绝。尽管这是情敌留给妻子朵拉的。有时丹木吉觉得自己就像一颗多情的种子，随便浇浇水施点肥，就能发芽生根。木屋里待了这么多年，他才发现自己内心柔软，对任何事都恨不起来，包括妻子朵拉的背叛。恨，就像鸡翅长久飞行的能力那样退化了。他不知道，这是否是所谓的隐忍。

丹木吉为朵拉不知所踪心急如焚的节骨眼上。朵拉一阵风似的赶上楼来。她走得飞快，以至于她在客厅站稳脚跟的时候，黑色的长裙仍在使劲儿把她的身子往前拽。两个男人的目光瞬间集中到她身上。她喘着气，仿佛干了很费力气的活。她面色红润，刚从果桑那里回来，像地里熟透的番茄。头发有些湿，看来是刚刚洗过。撇开额上的皱纹不说，朵拉还算得上是个中看的女人。在乡下，到她这样的年龄，能保养得这么好，着实不易。除了家里生活较为拮据不如人意之外，朵拉觉得她大多数时候生活是美好的、幸福的。至少，她不用下地风吹日晒，不用起早贪黑干重活，洗衣做饭之外，丹木吉不让她干别的事情。

朵拉的秘密，至少有两个，不可能让丹木吉知晓。一是她在小镇上的信用社存了一笔私房钱，二是她和果桑如火如荼的地下恋情。跟了丹木吉这么多年，朵拉唯一耿耿于怀的事情就是丹木吉收索菲儿为干女儿这件事，丹木吉确实把善事做得有些过头，他不但收了干女儿，还供人家上学，简直就是胳膊肘往外拐的典型。她觉得自己应该报复一下这个整天跟她睡一块的男人。

不过，有时朵拉也十分理解丈夫，人心都是肉长的，不是石头，不是铁板一块。人有失足马有失蹄，若不是当年出了岔子，折了人命，现在他们早已飞黄腾达也不一定。何况丹木吉并没有因为这件事进监狱，没有因为这件事人头落地，已属万幸。多年以来，两口子一直生活在这个秘密当中。人就是这样，不生活在这个秘密当中，就生活在其他秘密当中。

"这是索菲儿的舅舅索南。"

丹木吉指了指坐在沙发上的索南。

朵拉腼腆地笑了笑，有些不自然，她说："你好！"

"你好！"索南生硬地点点头。

"如果记得不错，咱们还是头一回见面。"

丹木吉供索菲儿读了这么多年书，朵拉还是第一回见到她的舅舅。

"是啊，我平时都很忙，一年到头都在帮别人守林，很难出来的。"

索南说完，端起茶几上的热茶，啜了一小口。

"索菲儿考上公务员了，他专门跑大远路给我们送信。你赶紧烧几个菜，我们肚子都快饿扁啦！"

丹木吉把话插了进来。

"天啊，索菲儿这么能干！这年头，公务员，很多人把脑袋削尖了也考不上的。"朵拉几乎叫了起来，脸上闪烁着难得的欢喜。接着，她说，"哎，我刚洗完头，也不知家里来客，对不起啊！你们先聊会儿，我现在就去做饭。"

朵拉说完，去了厨房。

丹木吉让客人坐在沙发上看会儿电视，自己走下楼梯。胖子可能早就等得不耐烦了，没准现在皮肤下面全是火。刚才胖子凶巴巴的，真是年轻人，阅历浅，没教养，没吃过亏。对付这种人，最好的办法就是用针把他的嘴巴缝上。

索菲儿终于考上大学啦！

人逢喜事精神爽，这一天，总算来了。丹木吉恨不得手舞足蹈一番。但他没有。当年，他见到索菲儿的时候，她还是个懵懂无知乳臭未干的小女孩儿。出了那么大的事，丹木吉自然寝食难安，他以买家的名义带着老婆朵拉去了罹难者家里探望，那辆崭新的货车摔成了一堆废铁，据说打算出手卖掉，这个理由完美无缺。在索菲儿家里，他本想抱抱她的，小姑娘脑袋直往她那刚刚失去丈夫的母亲怀里钻，既可爱又可怜。二十二年过去了，丹木吉现在还记得这个未完成的拥抱。当时他就下定决心，要供她读书，要看着她慢慢长大成人，也算是对遇难者的弥补。

记得当时在索菲儿家里，丹木吉喝得酩酊大醉。他为自己的命苦而醉：先是老婆被自己的师傅睡了；后来，想多挣点钱却又不小心弄出人命。想来想去，还是命在作怪，命不好，总还能做点别的。丹木吉决定做个好人。

认索菲儿当干女儿，这事他没有和老婆朵拉商量，他当场表态：即使骨头车成纽扣，也要供索菲儿读完大学。索菲儿的母亲听完，像是抓住了救命稻草一样，感激得热泪盈眶，连忙让索菲儿喊"干爹"。索菲儿喊了"干爹"，又喊了"干妈"，她嘴甜。丹木吉听得内心一片湿润。朵拉的脸色却早已黑成猪肝。

回家的路上，她使劲儿掐着丹木吉的脸，骂他"死要面子活受罪"，骂他"害死了别人父亲当别人干爹"。当然，说害死了索菲儿父亲，并不是朵拉给他戴帽子。这句话没掺水，丹木吉的初衷只是为了谋财，而非害命。如果说有比丹木吉更倒霉的，那个人一定是索菲儿的父亲，糊里糊涂就死了。

无论朵拉如何挑衅想把丹木吉惹毛，他始终一声不吭，他不能发火，不能生气，情况既特殊又复杂，但他只能像在水中憋气那样憋着。果不其然，还没拢屋，朵拉就鬼哭狼嚎似的哭了起来，惊天地泣鬼神。她一哭，丹木吉就松了口气，就知道没事了。他既当上了干爹，又没有失去老婆。

丹木吉没有食言。从那以后，他拼命修车，省吃俭用，为两个孩子起早贪黑地辛勤忙碌着。丹木吉和朵拉的女儿丹娜和索菲儿几乎同岁。本想多为孩子挣点学费，脾气古怪的生活却让丹木吉付出了双倍代价。丹娜和索菲儿不在同一个学校读书，但情同姐妹，高考过后，两姐妹都以本科成绩考上大学。能读书当然是好事。走到这一步，供一个还说得过去，要丹木吉把两个本科生供到毕业，即便骨头车成纽扣，也完全不可能。无奈之下，丹木吉只好跑到信用社贷款，款没贷到，只碰了一鼻子灰。那个未老先衰满头白发一只手扶着厚厚眼镜儿看报纸的负责人等他说明来意，犹如一只抢到骨头狼吞虎咽的狗，一个字儿也没有吐出来，便低头继续看他的报纸去了。丹木吉只好打消了贷款的念头。找人借，更行不通，谁都知道他丹木吉要供大学生读书，担心借出的钱恐怕要等他胡子白牙齿缺才能还清，都避瘟神一样避着他。

叫天天不应，唤地地不灵，善良的羌族男人丹木吉走投无路，只好决定二选一。最后，幸运降到索菲儿头上，痛苦落到女儿丹娜头上。宣布决定当天，丹娜戴着鸭舌帽背着旅行包吹着口哨离家出走，等丹木吉反应过来，丹娜乘坐一辆白色豪华大巴车已经走远了。他像一堆泥，瘫倒在地。丹娜留下一张用钢笔写好的字条：

> 我出去闯闯，别为我担心。
>
> ——丹娜

女儿的懂事让丹木吉既欣慰又心酸。事已至此，他只好安下心来努力挣钱，供索菲儿读书。整整五年，丹娜没有回过家，只是偶尔跟老婆朵拉打个电话。丹娜说她在市里找了份卖衣服的工作，基本工资外加提成，据说干得还不错。

有好几次，丹木吉接过电话想跟丹娜赔礼道歉，丹娜听到父亲的声音立刻就把电话挂了。因此，每次丹娜打电话回来，丹木吉就让老婆朵拉打开免提，他站在一边聆听，那模样既可怜，又悲情。干女儿索菲儿考上公务员，再想起亲身女儿丹娜，丹木吉突然不知道自己该哭还是该笑。这些年，他一直想把自己的内疚和疼痛拿出来晒一晒，但他没有。

说"刚加满油踩两脚刹车就没了"的胖子在奥迪车上呼呼大睡。

就在丹木吉带着客人进屋那阵子，他又急又气，肚子里塞满火药就差来人引爆了。但疲惫很快袭来，他的眼皮像坠了几块硬邦邦的砖头那样沉重。他那来自灵魂深处，来自四面八方的危机感、不安和焦虑，在睡意涌来的时刻，像黎明之后，天边白生生的启明星那样远远地消失了。他像婴儿一样熟睡着。现在，车是他的睡床，是他唯一的"保护伞"。透过挡风玻璃，丹木吉见他臃肿的身子歪在驾驶台上，偏着头，眼睛眯成一条线，肉嘟嘟的嘴巴鳄鱼那样张开，脸比一朵向日葵还要大。丹木吉本想叫醒胖子的，但车窗关得严严实实、密不透风。他只好用力拍了几下挡风玻璃。这无异于隔靴搔痒，胖子依然睡得很死。

　　阳光如烈马，丹木吉刚到院子，就觉得自己快要顶不住了。燥热将他一阵猛舔。阳光强有力的爪子落在身上，仿佛在喝他的血、吃他的肉，他觉得自己就像一根蜡烛在飞速融化。他环顾四周，发现那会儿还如火如荼的美人蕉，现在更像被拔了羽毛的公鸡，精神萎靡。整个断裂带知了声彼此起伏，就在那些捧出大片浓荫的树枝中间，微风正利用那些树叶微弱地鼓掌……

　　丹木吉脑子里嗡嗡的，仿佛那儿有一块聚满苍蝇的腐肉。他狗一样趴在地上，仰着头，眼睛睁得很大，仿佛一只正在下蛋的鸡。他看见发动机的供油底座在漏油，慢慢滴到水泥地上的汽油，很快彼此抱作一团。蹲在地上的那片阴影，还在继续扩大自己的领土。他大致得出原因："放油螺丝没有拧紧。"

　　发现问题，解决问题——生活要是也能这样机械该有多好！几乎用不着伤脑筋。

　　丹木吉在"文革"中出生，"文革"中长大，他的童年，也是在"文革"中结束的。1976年，松（潘）平（武）地震使他失去父亲。亲人的离去，为丹木吉贫苦却充满欢乐的家庭及早画上句号。他和母亲不得不扛起家庭重任，他们过着吃完上顿不知下顿的艰难生活。丹木吉很少跟人提及这些过往，他没有这个资本。

　　丹木吉从地上爬起来。他本能地抖了抖膝盖上的尘土。事实上，他浑身上下很难找出一块干净地方。他转身走进屋里，感觉阳光在背后大片大片腐烂。拿出工具箱，里面装满螺丝刀、钳子、改刀、电笔……像一座小型博物馆，沉甸甸的。他将工具箱塞到车肚子下面，自己跟着钻进去。任何时候，让客人等待都是不礼貌的。因此，他告诉自己得麻利点。

睡得满头大汗的胖子忽然醒来。他用肉嘟嘟的手指抹了抹嘴角溢出的口水。很快他便意识到自己的车子在动。地震？出门之前，他父亲还叮嘱他："那儿是地震带，开车得多长几个心眼。"想到地震，"5·12"的经历他依然记忆犹新。那天下午，他在市里跟几个朋友在一个农家乐喝茶斗地主，他手上一对王刚刚摔在桌上，报单，就地震了。他顾不得收钱，猴子一样本能地朝一棵树跑去。后来朋友们总是拿这件事开玩笑，说地震是他用一对王炸出来的。现在，在奥迪车的后视镜中，他看见一双脚从车肚子下面伸出来。他打开车窗，发现这双脚似曾相识，没错，是修车师傅的，他记得刚才修车师傅穿着这双拖鞋。修好车就能回家了，因此他的心就踏实了不少。如果不是有事，鬼才跑到这地方受罪。他决定出去活动活动手脚。在车上待得太久，他的脖子比酸奶还酸，他的胳膊比吃了花椒还麻。他压根儿就不太喜欢运动。九岁那年，他从高高的跷跷板上摔下来摔断了胳膊，运动细胞从此夭折。毕竟是在乡下，经济落后，条件有限，不能按摩不能泡温泉。胖子下了车，他迟钝地扭了扭脖子，又扭了几下腰。有点累，他停下来，目光顺着修车师傅的脚往车肚子里钻。他试着蹲下去，但他就像一棵不高不矮的树桩，根本看不到车肚子下面的情况。他索性站了起来。环顾四周，他便看见几条旧旧的女人裤衩用衣架挂在一棵桂花树的下方，摇摇摆摆，像一群找不到妈妈的蝌蚪，看得他的胃很不舒服。

"摆平。"丹木吉突然从车肚子下面蜗牛一样慢慢退出来。他退得很慢，以免屁股被水泥地磨出火花。就算是火花，还能忍受。前段时间，他家的母鸡抱了一窝小鸡，足有十多只，那些淘气包整天在院子里叽叽喳喳跑来跑去不说，还到处拉屎。丹木吉忍无可忍，下令朵拉赶集时统统卖掉，这才平息了胸中怨气。他的膝盖像竹节虫那样顶得很高，其高度差不多跟胖子的腰齐平。

胖子并未发现脚下有何异样。当丹木吉的膝盖顶到他下面的时候，他青蛙一样跳了起来，仿佛遇见坏人杀人灭口一般。他那重若泰山的身体一下子落在丹木吉仅仅穿着拖鞋的脚背上。

丹木吉反应很快，一个全速的仰卧起坐之后，他用自己强有力的臂膀死死抱住胖子的双腿。要不是及时给正在落地的胖子缓冲，自己的脚恐怕就被该死的胖子踩成肉酱了，丹木吉心有余悸地看着一脸歉意的胖子。

"这光天化日的，你们两个大男人在那里搞什么名堂？该吃饭了。"

丹木吉看见自己的老婆朵拉站在楼上的窗户边看着他们两个人男人"亲密接触"。他那紧抱着两根柱了的手臂这才雾霭一样散开。本想好歹说点什么解释一下，但话到嘴边就被吞了回去。他咽了咽口水，发现朵拉和索菲儿舅舅索南的脑袋仍在窗户里闪烁。两人挨得很近，一上一下，一前一后，索南的脑门靠着朵拉的乳房，"真是乌鸦说猪黑，自己不觉得！"

见状，丹木吉的心凉了半截。

"对不起，哥老倌，不小心踩到你了。"

胖子笑眯眯地看着修车师傅面无表情地从地上爬起来，用力拍了拍身上的灰尘。

丹木吉并没有生气，他告诉胖子："放油螺丝没有拧紧，已经帮你摆平啦。"

"多……多少钱？我……我给……你。"

胖子结结巴巴地说，仿佛有人在话语的车轮下垫了很多石头和钉子，听起来极不顺畅。才来那会儿就一直担心被人勒索。现在，这种担心再次浮出水面，并且更加强烈。如果说刚来时的那种担心是庸人自扰，那么现在的这种担心因为刚才的冒犯或许已经名副其实有棱有角了。在这样一个各方面都在突飞猛进的和平时代，地球成了地球村，世界小了，人心也小了，胖子弄不清楚自己为什么如此多愁善感，竟然对一个来自乡下的修车师傅产生畏惧乃至敌意。在城里，从来没有这种感觉，或许，他想，这就是所谓的"水土不服"。这些年，不知有多少精美的古代文物从他手上路过，倒卖文物让他过上丰衣足食、灯红酒绿的生活。在他的字典里，没有贫穷、落后、愚昧乃至野蛮这样的字眼。此时此刻，严峻的现实将这一切完完全全拧在一起，在他的心头聚成一把利剑。他深知钱无体温，更没有所谓的感情，虽然自己有这些人骨头车成纽扣也换不来的巨额资产，虽然他并非一毛不拔的铁公鸡，可他还是不愿在修车这些小事上面吃亏。势如破竹的贪婪，总是和吝啬并驾齐驱，且没个尽头。他隐约感到，其实这个世界完全没有公平，没有狗屁的平等。跟没钱人讨价还价是件麻烦事，况且在还没有买车之前，他的狐朋狗友们就有很多修车遇黑店之类的遭遇。不管怎么说，车要修路要走，断头台也得上。因此他一面看着丹木吉的脸——仿佛他的脸就是一张试卷，一面在内心祈祷自己不会在这种事上费什么周折。

"二十块。"

丹木吉平静而坚定地竖起两根手指。他闻到自己胳肢窝里沁出的汗味，他想吃过饭就到河里痛痛快快洗个澡。岁月不饶人，二十多年过去，他想起自己这二十多年的含辛茹苦终于圆满地画上句号，想起自己牛高马大的躯干钻到河流寂静里去的情形，心里不由得快活起来。

"二十块？哥老倌，是不是二十块？"

胖子似乎不敢相信自己的耳朵，直到丹木吉点头确认。于是他慢吞吞回车上拿出钱包，背着丹木吉从一沓厚厚的百元大钞中拿出一张，慷慨地塞到丹木吉手上："没零钱，就这张吧，不用找了。"本来他还想说些以后会常来照顾生意之类表示感激的话，但他立刻否定了自己这个想法。买车是为了行方便，这回倒差点成了绊脚石，好在没被宰。现在，胖子心中那些刚刚还在熊熊燃烧的危机感已经完全熄灭，仿佛打了强心剂，他精神抖擞，决定立即到加油站给车加点油驱车赶回市里。

"哪能要这么多？"

丹木吉捏着崭新的钞票，不知该把甜头递回去还是直接塞进荷包。他甚至不明白，这个看上去并不礼貌的城里人为何突然如此慷慨。等他想要说声"谢谢"的时候，胖子已经转身发动汽车扬尘而去。

"运气来了，挡都挡不住！"

丹木吉一面自言自语，一面摸着饿得呱呱叫的肚皮走上楼梯。

开饭的时候，丹木吉的好邻居好兄弟的脑袋从漆黑的楼梯里"咚咚咚"地冒了出来。

"来得早不如来得巧，"丹木吉热情地招呼着果桑，"果桑，快来，跟我们一起喝几盅。"

"一点过了，才吃午饭？"

果桑明知故问，话还没说完，他的屁股已经落在饭桌边的板凳上了。

"刚修完车。这是索菲儿的舅舅索南，也是中午才过来。"丹木吉从茶几下面拿出三个纸杯，从玻璃坛子里折出满满三杯梅子酒，分别递给果桑和索南，自己面前放了一杯。他高高端起纸杯说："咱们开始吧。欢迎索南到家里做客，也要祝贺我的干女儿索菲儿考上县里的公务员。来来来，干杯！"

"真是个好消息，咱们得一起为美好的生活干杯！"

果桑果断吆喝起来，将杯中酒一饮而尽。虽然丹木吉从未跟果桑提及他骨头车成纽扣也要供索菲儿读书的真相，但纸包不住火，自从跟自己的好邻居好兄弟的老婆朵拉好上以后，这件事也随之浮出水面。偶尔，果桑当着朵拉的面感叹："为这样的事情擦了二十多年屁股，真不值！"

现在，倒霉蛋终于把自己的屁股擦干净了。果桑其实很同情丹木吉，就像丹木吉同情他一样。虽说自己已经毫不留情地把绿帽子戴在了自己的好邻居好兄弟头上，但他几乎没有丝毫不安。兔子不吃窝边草，但果桑觉得自己天生就是冒险家，就像断裂带的蜡梅花，喜欢"凌寒独自开"。

就在三人各自连续痛饮了三大杯梅子酒之后，朵拉端着一盘刚刚切好的香肠走了过来。

"嫂子，梅子酒都喝到第四杯啦，你也赶紧来吃。"

果桑眼尖，第一时间喊了起来。好了这么久，朵拉和果桑从未在丹木吉面前露出过任何蛛丝马迹。他们知道，这种事容不得任何差错，一旦败露，导致的结果将是毁灭性的，不堪设想。虽然世道变了、乱了、坏了，"离婚"这样恐怖这样惊天动地的事情，在这个原本封闭的民族地区亦算不得什么话题。只是活到这个年头，让朵拉离婚然后跟自己结婚根本不现实，至于朵拉，除了跟自己在肉体上寻找欢愉和刺激，似乎并没有离婚的诉求。

"你们慢慢吃，慢慢喝，我还得再弄几个菜。"

朵拉贤惠地说。她目光暧昧地瞥了一眼浑身上下都变成红萝卜的果桑，被她的裙子再次拽进了厨房。

"梅子酒喝着过瘾，就是后劲儿有些大。"丹木吉醉醺醺地说。他从荷包里摸出那包只剩半盒的天子，一人散一支，美滋滋地抽了起来。

"就像捅了马蜂窝，后果很严重。"

果桑开着和石头一样生硬的玩笑。他的目光他的耳朵他的呼吸他的心跳完全不在饭桌上，而是跟着朵拉的裙子一起飞进了厨房。事实如此，在这个已是半老徐娘的女人身上，他尝到了以前在老婆身上没有尝到的甜头。每每想起在朵拉身上腾云驾雾的快活，他都会由衷地感觉到一种强烈的幸福，一种"今朝有酒今朝醉"的存在感，而不是捅了什么马蜂窝。

人的脸不能比屁股还大，人的脸不能比长颈鹿的脖子还长。这些话放在任何地方都是可以的，唯独放在丹木吉的好邻居好朋友果桑身上不合时宜。这个内心被现实生活摔碎了的人，从来不相信除了孤独还能够握住什么，包括女人、一小块完整的时间。偶尔，他也会为自己的现状感到遗憾，先前的女人跟了别人，现在的女人是好兄弟的老婆，而身体里的那一部分时间，也被一种巨大而不可抑制的孤独燃烧得一干二净。换句话说，他成了一个没有时间的人，或者说时间对他没有任何意义。尤其是前段时间以到医院检查身体为由从丹木吉手上借了一笔钱，他差不多"消失"了整整两个月。

借钱的时候，他拍着胸脯跟丹木吉说"很快就还"，并善意地提出了一个请求：这件事不能让很容易生气的朵拉知道。丹木吉自然心领神会，借钱的人大多如此，就像习惯在夜里外出觅食的耗子，害怕见光。其实这段时间，果桑差不多一直待在屋里，尽量昼不出门（怕撞见债主）、夜不闭户（为了方便跟朵拉幽会）。很快，借来的钱被花得一干二净。人总不能自己把自己饿死，于是，不甘当混世魔王的果桑决定挺起胸膛、奋发图强——就在朵拉刚刚从他家出来不久，他就发现丹木吉家的烟囱吐着长长的白烟，他踩准时间，这才赶上一顿好饭。丹木吉不会介意他何时还钱，这一点，果桑多少有些把握。人心总不能比针尖还小，他相信丹木吉不会为这事儿为难他的。

内心深处，他有些同情丹木吉，同情他那几乎老掉牙的善良和骨头车成纽扣也要兑现承诺的倔脾气。的确，丹木吉本质上是一个善良男人，虽然早年造了那么大的孽，还弄出人命，不过那也不是他的本意。人无完人金无足赤，何况这么多年，他一直在拼命补偿。因此，偶尔，只有很短那么一段时间，他会对自己跟朵拉背地里的所作所为感到内疚。他很希望也很愿意朵拉是别人的老婆，而不是那个总是和他以好邻居好兄弟相称的男人的老婆。每一段故事的开始，乃至每一段故事的结束，都有其必然的因素，而必然也必然含有许多不可理喻的成分，要说，这只能怪天意弄人！

这天下午，果桑照例喝了个酩酊大醉，他头重脚轻地回到屋里，蒙着被子呼呼大睡。丹木吉和老婆朵拉送走索菲儿的舅舅索南。他们刚走到家门口，通往山里的大巴车就风驰电掣般地扑了过来。丹木吉跟着老婆收拾完一片狼藉的饭桌，这才发现原先满满的一坛梅子酒已经到了底，而那包平时舍不得跟别人分享的天子烟也只剩下烟盒。丹木吉摸了摸安安静静躲在荷包里的百元大钞，这让他踏实了不少。这张钱，丹木吉打算用来为索菲儿的母亲买点营养品，自从男人去世以后，她的身体状况一直不太好，久而久之，竟成了"病秧子"，常年卧床不起。丹木吉清楚自己之所以要这样干，其实没有任何目的。也许，仅仅是因为，任何时候，人不可能爱所有人，也不能什么都不爱，但只要用心去爱去珍惜身边的一切，生活的诗意和希望就不会褪色，不至于老得太快。

"身上臭得跟猪圈一样，我得下河洗洗。"丹木吉跟朵拉说。朵拉正埋头将一些洗洁精抹进油腻腻的盘子里，没有说话。于是，他将一盒舒肤佳香皂，一根皱巴巴的毛巾装进脸盆，便吹着口哨出了门。

断裂带天蓝得要死，太阳很大。皮肤被晒得滚烫。他穿过宽阔的马路，踏上那条可以通往河边的小路。小路很美，美得就像一段故事或者人生，两面整齐地站着许多人一般高的桑树。它们身后，一片片长势良好的玉米地朝着远处蔓延。运气足够好，还能遇见一两只野兔在这茂密而寂静的王国里出没。空气中裹着泥土的清香，使人心旷神怡。丹木吉走得很慢，生怕惊扰了那些生命的安宁。他已经很久没有这种酣畅淋漓的感觉了。这种感觉还没有完全在他的记忆里消失，这种感觉更接近于早年的那些记忆，与人对大自然本身的依赖。

走着走着，梅子酒的后劲慢慢跟了上来。丹木吉明显感到有团火焰在他的肚子里熊熊燃烧。梅子酒是用今年的青梅泡的，色味俱佳。丹木吉不太喜欢沾酒，但人就是这样，经常做些自己都不知道自己为何要做的事情。为了绕开呕吐的欲望，他将目光盘向河对岸的巍峨山脉。葱葱郁郁的山脉，在蓝天之下亭亭玉立。丹木吉不由得想起早年自己跟母亲大冬天到山上背柴的情形，记忆当中，那时候的雪像厚厚的棉袄，踩上去"嘎吱嘎吱"，连绵起伏的群山就像一群正在迁徙的山羊，美得像一部童话。现在，似乎所有的苦难和记忆都已积雪般融化了，远远消失在时光深处。落在大地上的树叶再也无法抵达枝头，融化的相思再也无法漫天飞舞。想到这里，面对着面前那奔流不息的河水，丹木吉轻轻叹了口气。

夏日的河流，像纯情少女的眼睛，清澈见底，很容易看见成群结队的鱼儿在其中游荡，寻找着什么。

丹木吉脱掉他身上的衣裤，油污和汗水的气味被河风瞬间吹向远处。当他结实的身体渐渐没入水中，并感到自己像是在经历着什么的时候，他还不忘从那些几乎被时光遗忘的石头里选出几片薄薄的石头，玩那个古老游戏。本地人称之为"打水漂"。现在，人们将这个说法延续到别的事情身上去了。打麻将输了钱，做生意赔了本，他们就会说：钱打水漂了。

丹木吉喜欢石头在水中乘风破浪的样子，无畏得像是冲锋陷阵的勇士。最后，这些勇士无一例外地沉入水底。他玩得尽兴，虽然连续好几块石头都匆匆沉底。以前，他总能打出一长串一长串的水漂，现在却不行，老了。

人生和他手中的水漂是如此相似——人生就像一个水漂，在时间的河面上起起伏伏磕磕碰碰，一往无前，然后消失。要不是当年财迷心窍脑子进水在公路上放钉子撒碎玻璃以提高收入，要不是索菲儿爸爸因为这事儿车毁人亡，要不是为了兑现自己骨头车成纽扣也要弥补当事人的诺言，他现在的生活会是什么样子，当事人一家的生活会是什么样子？难以想象。但他知道，他是人，不是冷血动物。他之所以会这样做，一方面是为了赎罪；另一方面则是为了可怜自己，可怜一个为了金钱而不择手段的弱者。

究竟值不值得？

他似乎不愿去想这个问题。可以肯定的是，他没有失去自己的善良，他没有让自己的善良跟自己的身体离得太远。白驹过隙，原先那条丹木吉准备用来发财却导致他一生都埋在其阴影里的泥土公路被水泥公路取代了，并且山下通了隧道，再也不用翻山越岭。丹木吉觉得自己现在最大的不幸就是他已经老了，即使骨头车成纽扣卖了，也换不回那曾经有过的时光。想着想着，丹木吉闭上了眼睛，感觉河水在背上滑过。河水能够帮人洗去身上的尘埃与倦怠，就像那不知疲倦地雕刻着肉体的时光，会慢慢带走它所知道的一切。他想好好睡上一觉。算是给自己这二十多年来骨头车成纽扣也义无反顾的劳碌象征性地发一次安慰奖。他尽情享受这难得的欢愉，他的身体在清澈的河水中静静燃烧。至于他的老婆朵拉，他的好邻居好兄弟果桑，还有那个想来山里盗墓的胖子，还有许多熟悉和不熟悉的蜕变，此刻都没了意义。他们像一朵朵云彩，慢慢从丹木吉的身体中飘了出去，在荒诞可笑的命运中感觉自我，走向未来……

　　断裂带，一块毫不起眼的地方，就像埋在祖国最下面的一粒沙子。

　　骨头车成纽扣，就是一粒沙子的哀歌，在丹木吉的身体里，在他生命附近，像断裂带夜里的星星，永远亮着。

别为难母亲

每朵云里有一个朋友

在充满恐惧的世界朋友无非如此

连我母亲都说这很正常

别提什么朋友

想想正经事吧

——盖鲁·瑙姆

九天半时间转眼从掌心和呼吸中爬过去了，犹如不小心把脑袋撞在地上的碗，地没伤着，却把自己磕了个粉碎。种种被时间圈住的生命，都在以他们各自的方式凋零。

对在S省内已经小有名气的青年作家苏城子而言，这九天半时间有着老长老长的腿，比火车跑得更快。不是转眼的事，是眨眼的事。时间眨眼就没了，短得像一截闪电。又好像，暗中有神奇的力量，趁你毫不留意，把整个过程一下子完全剪掉了似的，没等反应过来，时间又在鼻尖竖起了它的呼吸。

确实，苏城子压根儿没有反应过来，他正在写一部长篇小说，他不在乎，日子永远都是文字的隧道，帐篷，遮阳伞。不是所有人都在乎时间。不在乎不是为了逃离时间对生命的溶解与荒废，而是为了盛放他们各自的需要、欲望、情感、天真，或者

· 117 ·

孤寂。只是遗忘用它的指甲抠掉了时间的脸，很多人经常找不到它，也找不到自己。

对苏城子来说，写作既是在寻求心灵的慰藉，也是在寻找另一个自己。

整整九天半时间，他如同一只勤奋而执着的蜗牛，整日宅在断裂带老家凉快昏暗的卧室中写一部名为《羌戈大战》的长篇小说。他乐此不疲，废寝忘食，浸淫于那遥远而又不乏神性的蛮荒时代，风云变幻，刀光剑影，危险和杀戮无所不在。他甚至出现过幻听，好像那些故事里的人物在耳朵里挖了个针眼大小的洞，用部落的语言跟他说着话呢……

为全力以赴写好《羌戈大战》，苏城子从一开始就巴望自己变成一枚钉子，一枚死死钉在电脑桌面前的钉子。回老家闭关写作之前，他取消了跟女朋友吴诗莉到西藏旅游的计划，推掉了排山倒海般的各种聚会、应酬，大门不出二门不迈，期望自己能在暑假结束时完成二十万字的初稿。

刚回断裂带那天，也就是九天半之前，苏城子专门到青梅街一个名叫"一剪美"的理发店剃了个舒舒服服的光头。明知道自己光头的样子很丑，他还是这么干了，毫不犹豫，甚至没有理由，他仅仅是想这么干。在理发店，他顺便将下巴上的胡子刮得干干净净，把自己彻彻底底变了个人。至少，表面是这样。仿佛身上所有的杂念也被这些刻意为之的举动一扫而空。

去理发那天，断裂带骄阳似火，漫山遍野被燥热搅得兵荒马乱，女娲河都被洗澡的人避暑的人榨干了。苏城子跟长得丰乳肥臀的中年理发师表示自己要剃个光头，从业多年的理发师头一次有了暴殄天物的感觉。所以，苏城子顶着他的光头走远以后，她故作幽默状，用她那柔柔的嗓音跟自己正在为女客户洗头的丈夫说："真不晓得现在年轻人一天在想些啥？好好的头发剪个光蛋蛋，感觉像在破坏森林！"

说完，她肉乎乎的轻轻一甩就能甩出几滴油水一样的手在高耸的胸脯上缓缓拍了几拍，好像自己把自己吓到了似的，满脸惊骇。她记得这个娃儿以前来理发的时候最常说的就是："孃孃给我剪个'凌乱式'嘛！"在她眼中，已经老大不小的苏城子，仿佛就是沿着这句话的墙根，一格一格长大的。"凌乱式"一度是苏城子最最钟爱的发型，虽然他父亲不喜欢，他父亲将这种发型的特点描述得淋漓尽致："像狗啃过的一样！"

"你是在毁灭森林！"正在洗头的女客户忽然仰起脸嘻嘻哈哈说道，不过她很快又把脸埋了下去，洗发水顺着颈子滑向她的背脊，凉丝丝的，麻酥酥的，仿佛有个温柔的男人正在吻她。

"这个小伙子是林秋兰的儿子。据说现在是个作家，经常去外地领奖，昨天我还在晚报的副刊看到他的名字！"男人干巴巴地跟大家说，他知道的就这么多。说完，他老龙虾那样弓着身子继续为女客户洗头。女客户两只耳朵绯红，犹如两只可爱的蝴蝶。他停下来，呼吸艰难，女客户那两只可爱的蝴蝶让他心猿意马，忙碌的手也不由得颤抖起来，好像手上也长着许多小心脏，在剧烈跳动。

理发师听男人说别的女人的名字，白了男人一眼，想把男人看穿似的，她说："不容易啊，那个女人才苦，男人死了这么多年了，还在守寡，娃儿成人了，她岁数也不算大，可以再找一个。"

"我看成。世界上最不缺的就是人，主要看人家愿不愿意。"女客户再次把话插了进来。

"哎呀，就是，世界上最不缺的就是人，可人呢，人真是说不清楚。你看我们街上做水果生意的李国庆，媳妇得癌症这才死了不到一个月，就又找了一个，听说是个水灵灵的大姑娘呢！"李国庆请了他们家。理发师一边说，一边打开身旁的抽屉找李国庆专门送来的请柬。她想看看上面的日期，又仿佛是在让自己体验其中的凉意。

"是个姑娘，没嫁过人，比李国庆小二十几岁，相当于讨了两个老婆！这年头，有钱能使鬼推磨！"女客户感叹着，她的感叹里立着一小块阴影。

苏城子顶着他的光头在青梅街转了一圈。街上乡亲父老的眼睛都对这颗亮闪闪的脑袋产生了浓厚兴趣，里里外外，是一副恨不得把苏城子的脑袋取下来夜里当手电筒使的样子。

回家途中，苏城子想起战国时期儒家代表人物孟子的一番话："故天将降大任于是人也，必先苦其心志，劳其筋骨，饿其体肤，空乏其身，行拂乱其所为，所以动心忍性，曾益其所不能。"人非草木，孰能无情！何况是血气方刚的苏城子，他的身体里自然有他这个年龄放不下的东西：性，自由，欢乐。不过，他很快就把这些展翅欲飞的念头、这种就像涟漪一样在心头扩散的冲动，拧水龙头一般拧住了。眼皮子底下，最重要的开始不是儿女情长，而是关闭一切杂念，告诉自己哪儿都不想去，静下心来写《羌戈大战》。

《羌戈大战》来头不小，它原本是一部羌族民间叙事诗，主要讲述了羌人祖先从西北迁徙，历尽磨难，与魔兵战，与戈人战，最后消灭戈人，乐业于岷江上游。同时，还反映了当时部族战争的残酷，以及羌人被逼迁徙的历史情况，生活气息浓烈，富有神话和理想色彩。《羌戈大战》与另一部羌族民间叙事诗《木姐珠与斗安珠》齐名，并称羌族两大史诗。萝卜青菜，各有所爱，苏城子心目中，《羌戈大战》的分量自然是更重一些。齐名的两部长诗在20世纪后半叶才被人整理出来，编辑成书。苏城子手头这本是从孔夫子旧书网淘的，1983年四川民族出版社出版，货到付款，加上快递费总共给了五十，不算贵，平日两包烟钱而已。

苏城子之所以想将《羌戈大战》写成一部长篇小说的三个原因里面，最主要的，是因为，对写作他确实存在着近乎疯狂的热爱，但是，只有作品才能抵消热爱所孕育的疯狂。别的，还真的不行。

这部小说，苏城子原本计划写二十万字。之前他没有任何作品超过这个数。转眼九天半过去了，算上这部长篇小说的标题以及标点符号，总字数差不多快要突破个位数。苏城子写得慢，用他自己的话来概括，这真是慢得前无古人后无来者，惜字如金啊！要说诗人作家都是些惜字如金的人，苏城子会觉得那是骗人的鬼话。惜字如金，这种态度不乏先驱，写《佩德罗·巴拉莫》的墨西哥作家胡安·鲁尔福一生写了区区二三十万字，成了拉丁美洲文学的巅峰人物之一。不过，他认为现如今"惜字如金"这种态度已经完完全全不属于诗人作家，生活中不看书不写作的大多数人，才是真的惜字如金。

前边的九天半时间，如同九颗半牙齿，骨头没有啃动，牙齿倒是先掉了。

《羌戈大战》是一根硬骨头。好在苏城子深知自己啃的是一根硬骨头，一根硬得不能再硬的骨头。

万事开头难，希望之门遥远似夜里的繁星。长篇小说《羌戈大战》虽然进度确实缓慢，但苏城子始终激情满怀，斗志昂扬，以有志者事竟成激励自己，深信如此缓滞的局面将在芸芸汗水的软磨硬泡和锲而不舍的坚持中得到改变。

"我早晚都会写完这部小说。坚持写下去，就是胜利。"中午快要吃饭的时候，苏城子望着烟灰缸里堆得小山似的烟头，这般告诉自己。将遥遥无期变成"早晚"，是因为热爱。热爱让一个写作者完全痴心于他的手艺和作品，并且写作者本人也经常用些看似触手可及，实则远得不能再远的骗词维护热爱的尊严。

这些天，热爱飓风般刮灭了苏城子说话的欲望。

即使是面对空气都要唠叨半天的林秋兰——他的母亲，他也刻意保持着沉默。或者说，用沉默这种方式跟母亲保持距离，亲情的，灵魂的。这些天，除了偶尔说上几句，母子二人大多是在沉默中度过的。沉默是一根绳子，捆着话语的腿，绑着话语的手，掐着话语的脖子。沉默，让他们在同样的孤寂中延伸。

五年前一个秋天，苏城子父亲在一场意外中永远离开了人世。这五年来，无论白天黑夜，不知是因为家里的采光不好，还是因为灯泡的瓦数过低，家的感觉在他心头始终有些昏暗，有些阴冷，仿佛父亲走的时候，也把整个家的光热卷走了一部分似的。

林秋兰从来没有过改嫁的打算。

平日沉默寡言的苏城子不太喜欢母亲的唠叨。

她在他面前太唠叨，唠叨得像挺机关枪。如果单纯是唠叨也就罢了，关键是这些唠叨不但会吵到他的耳朵，还会让他焦虑倍增。唠叨绝大多数围绕着苏城子何时结婚展开。男大当婚女大当嫁，苏城子的婚事几乎是林秋兰眼下最大的一块心病，虽然儿子也时不时地将女朋友带回家。前前后后总共带过三个，现在这个是吴诗莉。

苏城子今年二十八岁，在断裂带一个名叫南坝的镇上教书，那个镇不大，却号称县里的"小香港"，烧烤摊，KTV，茶楼，酒店……应有尽有。苏城子教书只是暂时，县里惜才的领导准备过完春节把他调到县上文化馆，安排的工作岗位是文学创作辅导员。这个岗位更有利于视写作如生命的他安心创作。前途一片光明。

前途再怎么一片光明，也是要结婚的。现在，只要苏城子的脚一落屋，林秋兰的嘴巴就开始不停空了，最爱跟苏城子说的话也说得最多那句话便是："我的妈呀！我在你这个年龄，你都七八岁咯！"话语在唾液的滋润下，再从林秋兰喉咙钻出来一点儿也不干巴，蕴藏的感情丰富无比——质疑、惊奇、指责、焦虑。虽然耳朵早已磨起茧子，脑细胞死了一大堆，可苏城子的脑袋依然会不由自主在瞬间膨胀，就好像有个打气筒正在朝里面不停打气，不停打气，涨得他的脑袋都要爆炸了。更气人的是，林秋兰说这句话从来不考虑苏城子的感受，也不分时间、地点、天气、场合，常常脱口而出。她的言外之意无非是苏城子这么大的人，不急着成家立业生儿育女，他不着急，她倒是急得快疯掉了！团团转转，和苏城子年纪差不多的娃儿几乎嫁人的嫁人，娶亲的娶亲，有的娃儿都开始读小学了，作为母亲，林秋兰着急有她的道理。

这九天半时间，说话机会少，所以林秋兰大多数时间跟苏城子说的，还是她最爱跟苏城子说的也说得最多的那句话："我的妈呀！我在你这个年龄，你都七八岁咯！"

中午吃饭的时候，林秋兰又在苏城子面前重复起这句话来，别的什么，她也不太想说。昨晚，她梦见了苏城子的父亲，现在心头还隐隐作痛。他在梦里从来不跟她说话。

"妈，你怎么又来了，我的事情我自己做主，你别管！"

苏城子急吼吼说完，又添了一句："人来疯似的，管好你自己就行了！"

此刻，他的心里正在为更为重要的事情焦虑着，这么多天了，长篇小说《羌戈大战》的写作还没有真正进入状态。他没有意识到自己刚才话说重了。

作为母亲，被儿子当作"人来疯"，林秋兰觉得很委屈，很失败，但她克制住了自己的愤怒，良久，终于憋出一句话来："结婚不影响你写作，一天在那里写写写，能当饭吃？"

"一心不可二用，等我写完这部长篇小说，我就考虑结婚的事吧。"苏城子语气缓和下来，信誓旦旦地告诉母亲。他心里其实没底，万一《羌戈大战》要四十岁、五十岁才写完呢。

"儿子，你朋友耍了这么久，人也不小了，该想想正经事了，干脆，抓紧时间把婚结了。以后人家不同意了咋办？"林秋兰又一次把她的忧患从心窝窝里掏了出来，她的目光落在堂屋那张全家福上面。回忆一下子被勾了起来，清晰无比。这张全家福是苏城子七岁那年过"六一"照的，花了五块钱，洗了两张照片，现在只剩下这张，另一张不知道丢到哪儿去了。仓促的时间，总是会把有的事有的人在不经意间变得无影无踪。

"我媳妇爱我得很，蚂蟥一样，甩都甩不掉，你放一百个心。"苏城子说得自信满满。

　　九天半之前，他不但取消了跟女朋友吴诗莉到西藏旅游的计划，还叮嘱她近段时间安心工作，尤其是千万不要来找他。他坚信吴诗莉会理解他的写作。不管怎么说，直到现在，吴诗莉做得不错，没跟他打一个电话，发一条微信。她在断裂带一个叫作响岩的小镇农村信用社工作，父母也都在那个镇上做药材生意，家境殷实，这一点，从吴诗莉母亲十根手指有三根带着金戒指也能看得出来。

　　"什么媳妇不媳妇的，朋友就是朋友，没结婚不能喊媳妇。有的人傻，傻到就是把饭喂到嘴上也不晓得张口，唉，也不知道我们怎么养了这么个傻瓜？"林秋兰自我检讨，好像儿子不结婚为难了她似的，她的话语中，还有另外一个人——苏城子的父亲。好像这个离去的人一直都在，从来没有扔下这个家，没有扔下他们。

　　或许是作家那种独特的敏感所致，苏城子听母亲说"我们"的时候，脑海中不由得浮现出父亲久违的容颜，不由得感伤起来。他想念父亲，也想念曾经贫穷但不乏斑斓的日子。像所有爱面子的年轻人一样，苏城子从来没有把自己的这些想念公之于众，没那个必要。断裂带嗜酒如命的人多如牛毛，但苏城子不喜欢喝酒。这些年，他见惯了各种各样的酒疯子，打架斗殴的，调戏良家妇女的，乱打骚扰电话的，躺在马路中间呼呼大睡的……都是玩命的节奏。对他而言，万恶的酒精只会让他变得感性和痛苦，参加工作最近两年有过那么两三次，酩酊大醉的苏城子因为想到父亲而失声痛哭。人永远去不了的地方就是过去，苏城子最大的遗憾就是自己从来没有跟爱喝酒的父亲喝过酒。父亲是中秋节出生的，苏城子记得，有一年中秋，晚饭的时候，父亲专门洗了两个玻璃杯，给他倒了一杯家里自酿的梅子酒，兴致勃勃地说要他陪他喝点酒。彼时，苏城子正在成都读大学，已经可以喝二三两白酒。难得的对饮，弥足珍贵的对饮，却被自己毫不留情地拒绝了。那一次，苏城子的父亲尽管觉得有些扫兴，但也没有强人所难。每每回忆这件事，苏城子觉得心头仿佛有把刀子，在一片一片地割着自己的肉。现在回头想想，苏城子觉得自己走上写作这条不归路，也和父亲有着千丝万缕的关系。是的，父亲从来都不怎么瞧得起他，父亲留给他的，永远是一副不屑一顾的样子。父亲越是这样，自己就越是努力证明自己，自己越是努力证明自己，他也从来没有扔掉他的不屑一顾，父子两人，好像永远都在对着干。有很长一段时间，苏城子都在痛恨这样的父亲，直到有一天，母亲的话让他一下子清醒过来，她说："你父亲了解你的性格，知道你是怎样的人，你啥都好，就是太容易骄傲自满，他不得不用那种态度和方法管教你。"话虽然刺耳了点，苏城子却好像瞬间明白了父亲为什么是那样的父亲。嗨，醒悟得太晚了。

"我没你说的那么傻。"苏城子已经吃完，他慢悠悠地从椅子上站起来，伸着懒腰，感觉自己像个顶天立地的巨人——屋内所有的家具都因为他的存在，整整小了一号。他足有一米八，在断裂带，他这样的高个子很少。俗话说，一高遮百丑。苏城子本身长得不丑，还很帅很阳光。

所以，苏城子前面几次失恋，林秋兰总有办法安慰自己的儿子，她当着苏城子自言自语："我这般帅这般优秀的儿子，啥样的媳妇找不到？"

骄傲得有点过分。苏城子倒是乐意听到这些话，因为这些话没有沉重的翅膀。林秋兰还时不时"教"苏城子："儿子，以后你跟吴诗莉爸妈说结婚的事，千万要记住，要是人家说拿彩礼，你就说我们家没钱，我们家拿不出什么钱。要结就结，不结拉倒。"

面对这些谆谆告诫，苏城子常常无话可说。

"不要天天闷在屋头写，出去走走，透透气。"林秋兰望着脸色苍白的儿子，满是心疼。

苏城子本打算下午继续写《羌戈大战》，听过母亲的话，心想自己这样老是把自己橡皮那样绷得紧紧的也不是办法，就点了点头。他决定放自己半天假，这段时间一直坐在电脑面前，人都快要霉了，倒不如放松放松，做些调整，让断裂带的太阳晒晒麻木的神经，让女娲河的风吹吹疲惫的躯壳。于是，他回卧室关了摆在旧书桌上的电脑，拉开窗帘，断裂带灿烂的阳光便迫不及待地把脑袋伸进来，昏暗的屋子瞬间亮了不少，能看见尘埃在满是烟味的空气中飞舞。崭新而凌乱的被窝像是有野人刚刚离去。到处都是书，旧的、新的、厚的、薄的。一尘不染、贴了半米多高瓷砖的白色墙壁上挂着一幅字，是苏城子开始写《羌戈大战》那天专门挂上去的，字是他自己用黑色记号笔写出来的，楷书，内容是美国小说家威尔斯·陶尔在他的小说集《一切破碎，一切成灰》里写过的一段话：世无定事，如果你想要有所作为，那就怀着满腔激情着手去做。苏城子把这句话当作箴言鞭策自己。

自从回家闭关写作，苏城子还是第一次拉开窗帘，好像是要把尘世的纷纷扰扰隔开，作家，就应该像诗人兼诗评家陈超先生在他的诗作《风车》里写的那样：

在广阔的伤痛中拼命高蹈，

在贫穷中感受狂飙的方向。

　　2014年10月31日凌晨，这位缪斯的精灵带着他的伤痛和贫穷，从十六楼纵身跃下，一去不返。

　　打第一次在博客上偶然读到，苏城子便记住了这两句诗，记住不仅仅是因为喜欢，他觉得，诗里面有像钢板一样不容改变的坚韧和勇气，不动声色，荡气回肠。诗的魅力似乎正在于此，不矫情，不赤裸，不张牙舞爪，冷峻的词语后面，密布着智慧与希望，每个读者被允许有不一样的理解和看法。诗，是诗人留给人间的礼物。

　　每次想起这两句诗，苏城子忍不住泪流满面，忍不住想起父亲去世后所经历的人间冷暖——那时苏城子刚刚大学毕业，没有工作，没有钱找工作，甚至连个落脚的地方都没有。患难见真情，父亲的去世却没有让苏城子和他的母亲感到多少真情，更多的是以前从未品尝过的冷漠，亲戚和乡亲父老们平日里遇到他们就像老鼠撞到了猫，生怕命都没了似的。父亲的离去一下子吹亮了生活所有的坑洼，也吹散了苏城子大学里的那些朋友，就在无比绝望孤立无援的那些日子，文学，犹如慈爱的母亲，重新燃起了他的信念，带他走出了阴霾。直到那时，苏城子才意识到，默默无闻坚持了那么多年的写作原来真的可以改变命运：一个素昧平生的湖南热心读者，在网上通过文字了解到他的苦闷和窘境之后，毫不犹豫地给他寄来整整一万块钱，希望对他的生活和工作有帮助，还鼓励他好好写作，至于钱，似乎没想要他还。收到这笔钱的时候，苏城子感动得热泪盈眶。正是靠着这笔钱，他一边努力读书写作，一边努力找工作，历经万水千山和重重艰难之后，生活的天终于晴了，亮了。前不久，苏城子主动向那位读者还了那一万块钱，他的诗集刚得了S省的一个文学奖，一万块钱刚好是那个文学奖一半的奖金。这件事，苏城子从来没有跟任何人说过，因为它对他私人来说太珍贵太珍贵了，珍贵到舍不得分享出去。现在，除了老大不小没有成家之外，一切都挺好，工作顺利，写作方面，约稿也越来越多，稿费源源不断……家里也挺不错，地震后修房子的贷款和家里曾经欠的债，也还清了，生活步入正轨。对苏城子而言，人生最舒适最幸福的时光莫过于此，不愁吃穿，谁都不欠，能安心写自己想写的东西。美妙得睡着了都要笑醒。苏城子觉得，写作很像钓鱼，首先心态得放平稳宽松，急于求成往往事倍功半。不过呢，他也挺羡慕那些写得又快又好的作家。这些年他从未放弃写作，写作已经成了他的另一种呼吸，离不开，也离不得。

就在苏城子追忆逝水流年的此刻，林秋兰的尖叫声忽然飘进卧室。瞬间来袭的恐惧为身体上紧了发条，他飞快朝屋外跑去。苏城子以为又地震了。这是回家写《羌戈大战》最最担心的事情，命多宝贵啊，再多的钱都买不到的，又只有一条。

苏城子的家，就在断裂带上，时不时脚下都会晃那么几下。2008年的地震几乎清空了这片土地上所有的建筑，死伤无数，灾难给本地人留下了难以抹去的伤痕。云南诗人王单单的一首诗，写出了这种绝望的感受——

倒立一个空酒瓶

在床边，为睡眠放哨

地震时，它需要粉碎自己

让我惊醒，让我死里逃生

我真的很怕在黑夜里

死得不明不白，我真的很怕

一觉醒来，发现自己

已经死去

还没跑到屋外，苏城子便停了下来，因为母亲就在堂屋里，像个木头人，一动不动，满眼恐惧地盯着沙发下面。堂屋刚刚用拖把拖过，残留的水痕在慢慢消退。

"妈，怎么了？"苏城子问。

"蛇，沙发底下有条蛇！"林秋兰脸色苍白地告诉苏城子。

蛇这个字眼就像扔到苏城子耳朵里的一枚炸弹，吓得他身体瞬间一圈一圈地软了下来，差不多都要坐在地上，变成另一条蛇了。蛇，苏城子从小就怕，他怕一切柔若无骨的动物。

"我去找根棒来。"苏城子勉强镇静下来，毕竟自己是男子汉。

"家蛇，打不得。"林秋兰说，"我去拿火钳，你去找个蛇皮口袋来，把它逮出去放了。"

林秋兰这么一说，苏城子忽然想起很久很久以前也遇到过这种情况。那次父亲没在家，一条蛇大摇大摆地窜到家里来了，母亲一个劲儿给那条蛇作揖，说了些客气话，那条蛇像是听懂了一般就歪歪扭扭地走了。在断裂带，这种跑进屋的蛇叫家蛇。对家蛇，大多人都是不愿意伤害的，或许是敬畏，或许是担心不吉利。

进屋的是一条菜花蛇。

堂屋是硬邦邦的水泥地，除了沙发底下，菜花蛇没地方躲。费了不少力气，娘俩终于逮住了它，并且装进了蛇皮口袋。苏城子将蛇皮口袋封住的时候，林秋兰忽然眼泪花花地跟那只口袋说："刘金城，你回来看我们干啥？以后别回来了，我们过得好。改天，我和城子拿好吃好喝的去坟头看你。"

母亲突然喊出父亲的名字，苏城子着实惊呆了。不过，他不再害怕了，父亲的名字好像抚平了他的恐惧。提着蛇皮口袋，他的心里反倒有些难过。莫名其妙地难过。每次给父亲上坟，苏城子都不让母亲跟着去，她一去，眼睛里就跟淌水似的，止不住。

苏城子出门放蛇的时候，林秋兰还提醒他："去竹林里放，莫要让别人看到。"她担心别人把蛇吃了。

墨绿色的竹林在屋后面的缓坡上，旁边有块大石板，坐在上面，能够领受断裂带的大好风光，也是个乘凉的好去处。苏城子小时候还和他的伙伴们捉过老鼠，他写过一篇《食鼠之家》的散文，记录过那些事。

苏城子独自在竹林放蛇的时候，心都要从喉咙里蹦出来了。不知是出于害怕，还是别的什么原因。他竟然朝着那条正在慢悠悠往竹林深处钻的菜花蛇轻轻地喊了句："爸爸！"

灿烂的阳光从细长的竹叶间漏下来，光影变幻、婆娑，苏城子竟然有些恍惚了。

正当他转身离开之际，身后忽然传来一个声音："儿子，你别怕，也不要回头，我是你爸，跟你说几句话就走。"

苏城子停下脚步，听清楚了，这个声音是他久违五年的声音，他父亲的声音！

"爸，我和妈都好想你哦！"苏城子的眼泪忍不住地流了出来。他总觉得自己是个大人了，可是此刻，他竟然哭了，哭得像个孩子。

"我也想你们。爸拖累你们娘俩了。"背后的父亲，声音有些苍老，有些哽咽。

"没有，我们现在过得好。"苏城子使劲儿摇着头，他很想回头看，不过忍住了。

"知道你们过得好，我也高兴得很！你现在不小了，不过岁数再大，在你妈和我面前，也始终是长不大的娃。"

苏城子点了点头，背后的父亲继续说道："我倒不担心你，担心你妈，这些年也苦了她了，今天一见，她老了一大截了，我这颗心不好受啊！儿子，听我说，回去让你妈重新再找一个伴。但你别说是我说的。我不怪她，你也别难为她，这年头，过日子不容易，有个伴儿说说话挺好。你要工作，经常不在家，要是有事，手伸不到那么长。我看，村子里老许就挺合适的，虽然人长得不咋样，倒也踏实厚道，你要是有孝心，就给他们撮合一下。就说这些，我走了。"

苏城子的心里有把锯子。等他回头的时候，父亲已经走远了，只剩下茂密的竹林和寂静。感觉像是做了一回梦，但是苏城子清楚，刚才跟他说话的，的的确确是父亲。

如果不是父亲的这番话，他可能永远都想不起刚过五十的母亲头上的那些银丝。

如果不是父亲的那番话，他可能永远都意识不到自己欠着母亲，一个离自己最近的人。

老许是父亲以前的朋友。苏城子万万没想到，父亲竟然让自己撮合母亲和老许过日子……自父亲去世之后，苏城子也考虑过让母亲找个伴，毕竟人还年轻，只是自己没日没夜地忙，这事就搁浅了。

回到家里，苏城子没有跟林秋兰说发生在竹林里的事。他已经知道自己该怎么做了。

半个月后，老许正式搬到林秋兰家，高高兴兴开始新生活的那天，家里来了不少客。

没想到家里会来这么多人，几个人忙得团团转，端茶、倒水、递烟、炒菜、做饭，不亦乐乎。

中午趁着开饭的时候，林秋兰神不知鬼不觉地把苏城子拽进卧室，关上门，惊魂未定般地说："我的娃，你这是要把你妈羞死啊！"

苏城子一本正经地说："妈，你想多了，日子过得好就是福气，你今天比天上的嫦娥还美，莫羞！"

"老都老了，美，美个屁。"林秋兰故意拉着脸说，转眼，嘴上就开出一朵花来，她笑了。

"一会儿吃了饭，这个屋就交给你们了，我回单位写我的《羌戈大战》去了！"苏城子说。

"不待家里了？！"

"不待了。"苏城子说。

"不要妈了？"林秋兰问。

"啥都可以不要，哪敢不要妈？！"

"那就在家里写吧，妈好给你做好吃的。"林秋兰似乎不愿放儿子走。

"不了，有空再回来，我不能为难我妈，哈哈。"苏城子一边说，一边朝满脸通红的林秋兰挤了挤眼睛。

林秋兰默默地望着懂事的儿子，忍了又忍，忍了又忍，最终抱着苏城子伤伤心心地哭了起来。苏城子一手搂着林秋兰，一手轻轻拍着母亲的肩膀，感觉就像在安慰一个即将出嫁的小女儿。拍着拍着，他的眼睛就红了。

白发人送黑发人

你不辞而别的第十七天，你的妻子大清早出门到派出所咨询是否有你下落，碰巧遇见住在马路对面每天把自己包得严严实实的黄家老太婆，她生怕露出尾巴来似的，正吃力端着一个塑料盆子朝她家菜园走去，颇有些鬼鬼祟祟。来不及打招呼，一股强烈的尿骚味便一截闪电似的朝你妻子扑了过来。你的妻子差点被臭晕过去。幸好没吃早饭，否则她恐怕连自己的肠子、心脏、肺、肝也要一起吐出来。

断裂带谁家没个菜园，谁又不知道黄家老太婆菜园里的菜长势最旺最好。你那跟了你快三十年的妻子，一面翻江倒海，一面想起你每次看见黄家老太婆的菜园垂涎三尺的情形，眼泪又不由自主地拱了出来。

人是何等奇怪的动物。你在身边，她并不觉得你有多重要。你不在了，她又偏偏念起你的好来。平日她总爱跟你吵架。说是跟你吵，其实是她在和自己吵，因为你的嘴巴像生锈一般，迸不出几个火星。吵完就没事了，似乎你深谙乡村女人的寂寞，气憋在肚子里不见得是什么好事。你一走，你在这个家里的地位就完全显现出来，甚至连你的沉默寡言都变成了胸怀和智慧。

"难得遇到他那么宽宏大量的人。"你的妻子大张旗鼓地表扬你。

想到你的不辞而别，她的胸口就跟堵车似的，难受好长一阵子，才勉强镇定下来。她当然记得，有一次你赌到半夜回家，肚子大得像个孕妇。在她疑惑之际，你从容地从肚子里扯出一团豌豆尖，好像它们是从你那儿长出来的。它们当然不是从你肚子里长出来的，你羞愧中又似乎带着某种得意地指了指马路对面，她一下就明白了。

"没吃过？！"她大声指责你。你就不说话了。

你们家的豌豆尖早就被两个回来度假的宝贝女儿吃得"狗儿子干净"。两姊妹极爱吃素，有时你会跟你的妻子说："咱们哪里是养了两个女儿，养的分明是两只爱吃草的兔子！"

你把豌豆尖放在冰箱里，说是等兔子们回来吃。

你不是个幽默的家伙，你压根儿就不幽默。除了坐在牌桌上你偶尔会说上几句，你的话少得就像你脑袋上那几把坐立不安的头发。从去年春天开始，你无缘无故地掉起了头发，不但掉，还掉得很快，到了冬天，你的脑袋上几乎已经寸草不生。为了遮丑，你专门在大街上买了顶帽子给自己扣上。为头发的事，你的妻子没少跟你闹别扭，她让你去找医生看看究竟。但每回走到街上，你的魂儿都被乌烟瘴气的赌馆吸掉了似的，哪里有工夫关心头发。

"以后再说。"你敷衍着你的妻子，也有破罐子破摔之嫌。

连续好几天，你的妻子发现黄家老太婆都在重复同样的事情。无巧不成书，她洞悉了黄家老太婆为什么能将菜种得那么好的秘密。如果你平安归来，她肯定会与你分享这个秘密。

这些天，只要一想起你，她就会拿出那些不知是舍不得吃还是故意留着的豌豆尖跟两个宝贝女儿说："兔子些，看嘛，是你爸爸专门给你们弄回来的！"

两只兔子听得眼泪哗哗。

不知哪里长了缝，或是漏了风，黄家老太婆知道了你在她家菜园偷菜的事情。但人家不生气，也不怪你。你的手在你的手上，你的脚在你的脚上，谁也没办法左右它们。为了安慰你的妻子，黄家老太婆甚至从地里拔了许多胡萝卜，亲手送到你家厨房。她不但要操心你的事，还要天天为找你的亲朋好友做饭。

你莫名其妙失踪的第五十二天后的那天早上，你的妻子按照惯例为你在门边的两颗土豆上分别插了三炷香，又虔诚无比地用打火机一炷一炷点燃，笨拙得像只菜鸟。

可谓绞尽脑汁。烧香是受了一个乡下艺人的指点，说是能够保你平安归来。尽管艺人说得高蹈，你妻子依然听得眉开眼笑，当场给艺人封了个大红包。你们家以前从来不信这些，甚至用来供奉家神和列祖列宗的神龛也没有。但为了找到你，你的妻子几乎请遍了断裂带上所有的艺人，也问遍了断裂带上那多如牛毛般的赌馆。此外，你的家人还把印有你照片的寻人启事贴在断裂带尽可能醒目的地方，花销足够买一台新的复印机。

你像风　样去向不明，但你作为赌徒的形象却越发清晰。几乎是每一个赌馆，只要提到你，人们都能迅速对号入座，想起是哪一个人。然后，给出一个冰冷的爱莫能助的神情。

"他打牌老是输。"他们说。

你失踪五十二天后的这天早上，断裂带有许多人起床后发现自家门前屋后都泊着雪。

其中，同村里一个长得瘦高瘦高的年轻人，便是发现者之一。

他和你既是亲戚又是邻居。年轻人到你家，就半支烟工夫。

昨天晚上，这个年轻人跟几个一块长大的好哥们喝酒、打牌，疯狂至深夜。酒喝得多，钱输得更是不少。年轻人估计这事要是被自己若有在天之灵的爸爸知道了，恐怕会气得从棺材里跳出来跟自己拼命。

无论什么灾难，总会有助于人去反思。打牌输钱心中有愧，酒精也故意要雪上加霜似的绞得人难受，胃里翻江倒海，自然睡不着。年轻人便早早笼上衣裤，穿着一双未来丈母娘用毛线打的拖鞋，起了床。

没过完十五，年就不算过完。鞭炮声不时在断裂带上响起。遥远而又清晰，混杂着某种野蛮的气息。令人作呕。年轻人挪开家里防盗门边的一排雪花啤酒瓶。

每天晚上，年轻人已经守寡五年的妈妈会把这些士兵放在这儿，她总是担心小偷撬门进屋偷东西。尤其是过年这段时间，她也没法说服自己放松警惕。每天半夜，她都要准时起床打着手电到自家的鸡圈巡逻一番，看看有无变化。

要在平时，年轻人没准会说上一句"画蛇添足"，今天他没有，他克制了这个念头。稍微算了算，昨晚输的钱差不多能买三四十只鸡，于是更加难受和不甘。也该打开门呼吸呼吸新鲜空气，让自己清醒清醒了。他将防盗锁上的金属疙瘩往后一推，门开了，院子里白茫茫一片。

下雪了？年轻人几乎不相信自己的眼睛。小时候，遇到这种情况，他总会一蹦三尺高。现在，他站在家门口一动不动，像只大龙虾，弓着背，肩膀酸痛——打牌真是没一点好处。耳朵里隐约传来尿液冲进积雪的声音。有个秘密他从未跟人提起，那就是，他喜欢对着雪撒尿，仿佛这种方式里埋藏着某种失传已久的慈悲。

　　似乎很久没见过雪了。这几年，断裂带上的雪下得少。遇到下雪就像让穷人去富人亲戚那儿串门一样难。冬天早已过去，现在下雪实在令人疑惑，和一个年轻人对着镜子突然发现自己白发苍苍了一样。白茫茫的雪稀松、薄薄的一层，堵在门口，若即若离，年轻人根本不敢细看，生怕眼睛把它们看化了。它们的到来，并没有让正在茁壮生长的春天变得名不副实，反而，为断裂带增添了一股暖意，和妙不可言的韵味。惊喜之余，也不免心生疑窦：雪，怎么还会从春天的肚子里爬出来？这几乎不太可能，这几乎跟男人不可能生孩子是一样的道理。即使下雪，也是从山上到山下，不可能从山下轮到山上去。这是规律，规矩可言违背，规律却不可违背。山上没有雪的影子，也没有春天的迹象。断裂带上的春天还没有醒来。目之所及，只有清一色的荒芜，潦草地装扮和陪衬着断裂带。定睛细看，才发现落在地上的并不是雪，而是落梅。

　　这些孤傲的花瓣，没有好好在树上美丽几天，就匆匆画上句号，像是刚刚嫁了人的新媳妇，在不惯婆家，瞄准时机，便急急忙忙跑回娘家，回自己的窝里去了。再看几眼地上的"雪"，不免心生同情。同时，也足以看出梅花可以傲立寒冬，却扛不住春天的号角。祖辈生活在断裂带上的人身上似乎也盛开着这种现象，艰难贫穷的时候能够守住种种底线，日子好过了，却很难保持原有的美德和骨气，一切精神之花都在枯萎，或者变得苍白。

　　八点四十分。本来约好八点半走，洗车耽搁了十分钟。

　　你那被你的不辞而别折腾得面容憔悴的妻子，搭乘侄儿的顺风车，到县城照看你们那还不满周岁、嗷嗷待哺的孙子。你的大女儿和女婿都在县城工作。女儿在环保局负责野生动物保护，女婿则在县污水处理厂负责将处理过的污水排进河道，好让下游的城市、植被和牲畜继续利用。

春节期间，你的妻子、女儿女婿还有几个热心肠的亲戚，除了上床睡觉，几乎没完整休息过半个钟头。你恐怕不知道，为了找你，家里忙成一锅粥。年夜饭都是用几袋方便面草草打发掉的。五十二天，你的不辞而别让家里人的每一分钟都成了煎熬，时间像是被什么凝住了，坐如针毡、无比漫长。煎熬加剧，找人的信念也在增强，你的妻子几乎已经跟她见到的所有人表示过这种信念："活要见人，死要见尸。"为了找你，他们搜肠刮肚地用光了肚子里的一切办法，足迹也几乎扫遍了断裂带你可能藏身的每一片角落。结果令人失望。从另一方面来说，你这次离家出走策划周全，无懈可击。

没人想得通你到底是干什么去了。

存折、手机、充电宝、身份证、408块现金……被你完好无损地堆放在床边的茶几上面。你的妻子一进门就及时地发现了这些东西。这些东西所释放的不祥预感，使她当场号啕大哭，哭得眼珠子都要掉出来了。

旁人问你的妻子是不是两个人又拌嘴了，她坚定地摇摇头，脸上闪烁着无辜的表情。

"我们感情很好。"她眼泪汪汪地表示。脸小得只有巴掌大了。要不是遇到这种事，估计断裂带没有几个女人的嘴巴能掏出这样的话。她似乎不得不说这样的话，以示清白。

事发当天，恰恰是她侄儿——二哥的小儿子的大喜之日。她和女儿女婿帮着忙里忙外，唯独不见你的踪影，婚宴的头一天你也在，搭帐篷，摆桌子，招呼客人，鸡毛蒜皮，忙得不亦乐乎。本来主人家想请你帮忙写礼簿的，因为你的小楷写得非常漂亮，但他们后来又将这事安排到另一个人头上，让你负责娱乐项目，比如拿牌，组织宾客打牌。晚上，忙得差不多了，你还有说有笑地陪客人打长牌。赢了，你知道你赢了多少。你性格内向，也没什么朋友。实事求是地说，你这种人最难相处，别人永远不知道你的心里到底装着什么。

"跟他说话就像挤牙膏。"亲朋好友这么形容你的寡言少语。

关系近的铁的，决定找到你，一定要好好用脚伺候一下你的屁股，至少也要扇两记耳光。奔六的人了，还这么不懂事。

从侄儿家到你家，三百米不到，谁也不会想到竟然会出这种事。

石头不落在脚上是不知道疼的。

你的不辞而别，一度使你的家人痛不欲生。五十二天过去了，依然没有你的任何蛛丝马迹。

断裂带地处偏远，但骗外地人说我们这儿的孩子都是骑着大熊猫上学且还真有人相信的日子早已远去。并且，这儿还是去九寨沟的必经之地。这样的时代，"人迹罕至"这个成语在现实里多少有点灰飞烟灭的感觉，顶多能继续活在成语词典里面。现如今哪儿看不到人呢，到处都是人，到处都长着眼睛和耳朵。应该说，找到你不难。虽然过了那么多天，还是没有人发现你的下落。

你消失了。与你有关的八卦却像幽灵一样浮在每个人心底。

你躲在众说纷纭的背后，却让你的家人承受着巨大的煎熬。

明白人都看得出来，你的妻子心事沉沉，且有气无力，一副没吃饭的样子。脸色差得要命，一张蜡黄、消瘦的脸，密布的皱纹暂时地遮掉了她固有的城府。总而言之，随着你的离家出走，她生命里最为出彩的地方也仿佛被这种不幸一起带走了消失了。谁摊上这事都不好过。在家里，她也不再像往常般对着穿衣镜忙上半个小时，人整个地垮掉了萎靡了瘦小了一大截，原本穿着合身的衣服，现在也明显变大了许多。

你和她有两个漂亮而又务实的女儿。要照看的这个仔儿是老大的。老二在成都一所四流大学搞行政工作，目前正和一个部队里服役的小伙子恋爱，情浓似火。据说老二的男友家境殷实，在省城有房有车，还买了好多家商铺。熟络的人都知道这些情况都是从你妻子的嘴巴里传出去的，含金量极高。断裂带上就是这样，苍蝇点大的事也会很快飞进别人耳朵，生怕藏在肚子里烂掉似的。

从镇上到县城有七八十公里，平日坐大巴车约莫一个半小时。

开车的侄儿是她大姐的儿子。头天晚上，他玩长牌玩了个通宵，眼珠子血红，面无血色，口苦异常，昨晚，他整整抽了三包硬中华。地震过后，断裂带上面目全非，为了方便别人重建家园，也为了挣些钱，他拉钱贷账买了辆大卡车，不料钱没赚到，还亏了本。前不久，他把大卡车便宜转手给一个熟人，又买了辆面包车。他舍不得卖大卡车，可是留着又不能当饭吃。眼看小祖宗要在城里上学读书了，学费生活费加在一起，起码要两万块摆平。什么事都能耽搁，但孩子读书毕竟是件大事，不能耽搁。断裂带上有现成的学校，可现在没以前那么简单了，都削尖脑袋想把孩子送到城里念书。还差八千块钱，他只好决定在牌桌上碰碰运气，麻将打得不怎么样，长牌技术算得上一流，一晚上赢个三五千不成问题。所以昨天，他专程从城里赶回来，约了几个牌友鏖战，权当是加班。

因为要办事，顾不得休息，他让养路段退休七八年的老头子给他泡了杯浓茶，放在驾驶台上面的廉价塑料杯，有三分之一都填着茶叶的尸体。正是这个老头子，敢百分百肯定你不辞而别的头天晚上赌博赢了82块钱。他坐在你对面。还说你一边赢着钱一边哼着小曲。你不是个乐观的人，"输钱了愁眉不展，赢钱了眉飞色舞"，你有着断裂带众多赌徒类似的德性。据说，你打牌总是输。以前，打牌无论输赢你都会跟妻子如实相告，后来，你就不爱说了，输赢都憋在肚子里。只有你妻子知道，无论什么时候，你的身上都会带着一个黑色的笔记本和一支圆珠笔，据说，你把输赢都写在上面。

你妻子坐在面包车副驾驶台后面。脸贴紧窗户。密切关注车外动静，似乎时时刻刻都在准备着发生点什么。每隔那么一会儿，她都要摇下车窗透透气，车里太闷了。她脚下放了两桶梅子酒，一桶装了十斤，一桶装了五斤。她特意带上它们，不是为了感谢在那个镇上帮忙找人的亲朋，而是给每年都在向他们一家四口发低保的干部送礼，意思意思。干部还是自己男人的堂弟，人家都主动肥水不流外人田，再不礼尚往来，也说不过去。

"每年都在吃低保，简直吃得不好意思了。每年七八千，唉，好多人削尖了脑袋都吃不到。这样的便宜真不好找。"上车的时候，她无意在两个侄儿面前漏出风声，"这两桶酒是送给自己人的。礼轻情意重。他不在家，家里也没人喝酒，还不如送个人情。"

"捡来的娃儿当球踢。"

她想表达的就是这个意思。车上没人回应她的自言自语，她也觉得自己像是在跟空气说话。副驾驶台上，还坐着一个身形瘦削的眼镜儿。他是你们的另一个侄儿。她二哥的大儿子，目前在南坝镇的小学当体育老师。似乎很巧，你也是在南坝镇出生、长大的。就是说，你的根在那儿。想到这些事，她觉得自己也要无师自通地明白当作家是怎么回事了，无巧不成书嘛。虽然平素来往极少，被世俗冲淡的血脉依然很少发挥作用，但还是能够隐隐感到，现实似乎永远在发出某种神秘的光和热：把自己人和自己人贴到一块儿。

立春好些天了，沉睡一冬的草木似乎还没有醒来的意思。整个断裂带上依然光秃秃的，暂时没有多少生气。食物难觅，使更多的鸟雀习惯性地在农家小院上空盘旋。巨大的河床之内，河流依然瘦小。密集的鹅卵石间，一群乌鸦，或者说是一群生活在断裂带上的预言家，正在那儿悠闲地集会。

银灰色的面包车快速穿过一条长达一千四百米的隧道，担心要地震似的出了隧道。过了隧道，也就出了平通镇。过了响岩，一个芝麻点大的小镇，就是南坝。也是他们所有人都认为你离家出走最可能藏身的地方，你的出生地。

2008年5月12号14时28分，对断裂带上所有人来说，是黑色的、沉重的。对你也一样。

地震前，你和你的妻子在一家效益不太景气的锰粉厂上班，日子虽然过得清苦，但也还说得过去。然而，地震把这一切都毁掉了，你们的房子、工作和土地，眨眼之间说没就没了。你肯定不会忘记，你死里逃生第一时间想到的是你的妻子。你在赌馆，她在家里。当你闪电似的穿过惊魂未定的人群，在家门口，你发现了自己的妻子，她还活着，除了一只手，脑袋以下的部位全被废墟淹没了，她手上还拽着一本存折。你用手将她刨了出来，就像刨一颗大土豆，你的十根手指刨得血淋淋，但你丝毫不感到疼。后来你才知道，如果不是为了回家拿存折，她早就逃出来了。幸运的是，她只是受了些皮外伤。你们坐在废墟上淋着雨，在接二连三的余震中，抱头痛哭了整整一个晚上。哭战胜不了恐惧，但这个晚上这似乎是你们唯一可以做的事情。整个镇都变成了废墟！第二天，你们和其他人一起加入到搜救其他幸存者的行列。偶尔，运气好一点，你能从废墟中救出一个奄奄一息的求救者。大多时候，你救出的那些人已经没了呼吸，身体僵硬。你含着泪把他们抱到空旷的地方，找件衣服或者被子搭在身上，也算是对逝者的一份尊重。地震让家园变成了你和你妻子的伤心地，三个月之后，你们毅然决定搬迁到你妻子的家乡生活。事实上，两地都是断裂带，你妻子的家乡在地震中同样损失惨重。比如说，有个紧靠河边的村子在地震当时就被两座挤在一起的大山活活压在了下面。每次经过那里，你都会不由自主地想起埋在那下面的39条人命，并且，仿佛他们还活着。

叶落归根。但没人再敢在你妻子面前用这个词。这个词等于是在诅咒。尽管种种迹象已经表明你的选择，如同徐志摩先生的诗句：悄悄的，我走了……不带走一片云彩。你给家里留下了你身上所有值钱的物品，奔六的人了，没人相信你愿意白手起家从头再来，这并没有太大的意义。五十二天了，依然没有你的半点风声。

断裂带上的公路像一只巨大的蜈蚣，潜伏在山脚下，面包车一路都在绕来绕去。

阳光已经出来了。

没有消息就是最好的消息。想到你，你那穿得干干净净的妻子似乎来了一点精神。临出门的时候，她还特意涂了点唇膏。夹着两桶梅子酒的腿有些酸。马不停蹄找了这么多天，不累才怪。两个侄儿似乎很疲惫，全神贯注地关注着前方。没人愿意多说话，或者说不知道说什么好。沉默，和车上弥漫的汽油味、梅子酒味混在一起。这时候，仿佛只要迸个火星出来，沉默的局面就能立马逆转。

"你们分析分析，他莫名其妙离家出走，到底在想什么？"她又一次打开话匣子，并且似乎也容不得别人沉默，"他是不是有了外遇？"

"鬼才知道答案。"其中一个侄儿心底想了这么一句。

"除了你，估计还没人看得起他。"开车的侄儿直言不讳。一个话都说不了几句的人，也不适合谈情说爱。

你失踪当天，正是年轻人弟弟的大喜之日。你的不辞而别，为他和他的家里罩上了一层阴影。尤其是他的弟弟，本想有一个单纯而幸福的婚礼，却仿佛什么稀奇古怪的事儿都遇到了。结婚的头天晚上，你的妻子在他家穿着高跟鞋不小心崴了脚，要不是旁边的人眼疾手快拉了一下，说不定会摔得鼻青脸肿。到了深夜，他们的五爸，也就是你妻子的亲弟弟，家里的牛又走丢了，两口子打着手电在山里一直转到凌晨。接下来就是结婚当天，还没到中午酒席开始，你又不见了。

"但总该有个原因吧？"

你的妻子试图将话题引向别处。她知道你不可能有别的女人，你不是那样的人。她接着说，"昨天晚上，我看了一个电视节目，说的是一个男人离家出走多年，经过一番打拼，终于出人头地。那个男人去世之后，竟然给原来的家庭留下了一大笔财产。也正是这笔财产，让他重新浮出水面。"

说这些话的时候，你的妻子语气激动。她理了理额上散乱的刘海，原先染过的头发又长了很长一截，看上去显得不伦不类，倒洋不土。在断裂带，她算是个典型的热衷于时髦的人了，染头发、穿高跟鞋、画眉毛，尤其是她这样的年纪，已经凤毛麟角。爱美是女人的天性。但对生性木讷胆小的你，有这样的妻子，无疑有着某种悲剧色彩或者灾难性。最直接的证明就是，你管不了她，约束不了她，与断裂带上那些一生都在被婚姻所控制的女人们相比，你的妻子相对活得有尊严，也更任性。任何事都有两面性，结婚几十年，你似乎也接受了她的坏脾气，断裂带上的女人似乎有一种共性，那就是，越爱美的女人脾气越坏。不得不说，你的不辞而别升华了你妻子对你的感情，你使她意识到了你在你们家庭的分量。她当众表态，如果你平安归来，定会为你大摆宴席。

"他连身份证都没带。这年头，坐飞机，买火车票，住旅店，干什么都离不开身份证。没有身份证，就像鸟儿没了翅膀鱼儿没了水，寸步难移。"开车的侄儿斩钉截铁地说。从出发到现在，他已经接连抽了三支烟提神。自你不辞而别，他也没少忙活，整天开着车在断裂带上东奔西跑，按他的话说就是"鞋底子都要跑穿了"。他是个直性子，直性子大多是热心肠，也容易心灰意冷。说到头，他觉得你是个不负责任的男人，不值得挂记。

他说，你这样的男人在断裂带上是稀有动物，不，简直是奇葩，死有余辜。

一阵沉默。

太阳出来了，阳光射进挡风玻璃。面包车越来越像个烤箱，有些热。坐在副驾驶台的年轻人这才意识到自己穿得有点厚。上半身，一件外套，一件白色衬衣，里面还裹着保暖内衣。下半身，一条黑色休闲裤，里面是保暖裤，再里面，家伙的外面，是90后女友情人节送他的红色平角内裤。脚上还套着两双袜子。穿这么厚，也是醉了。年轻人有点怀疑自己是不是脑子脱线了。他觉得穿这么厚简直是对天气的侮辱。他喊你的妻子二姨，称开车的那位为堂哥。自始至终，他没有卷入这场谈话。不卷入，也是逃离。与其浪费口水，还不如让自己节约些体力。昨天晚上，跟几个在外地谋生的哥们一起喝酒的时候，谈到一个关于打工的细节，让他觉得很有意思。说的是2009年他们一块儿在浙江一个造船厂打工，试用期工资很低，还没到月底，钱就花完了。他们在宿舍里翻箱倒柜找平日疏忽的硬币和块票，好不容易熬过一天。捡菜叶子，把三个番茄当饭吃又熬过一天。第三天，几个人就躺在床上一动不动，也不说话。这个办法是一个名叫雍光海的伙伴想出来的，他觉得这样可以最大程度减少消耗，节约体力。这些人里面有他的亲弟弟，当时他还在成都读大学。他没想到自己的兄弟竟然吃过这种苦头，对他来说，那几年弹指一挥间，几乎没什么值得一提的事。他只有沿着他们的痕迹，才勉强记起那早已过站的青春，冥冥中还能找到一些光亮，但那些光亮所带来的，也不过恍若隔世般的美好与怅惘了。

面包车正驶过一个巨大的水库。那是涪江的水，绿幽幽的，在阳光照射下波光粼粼。远远望去，灰色的野鸭在涟漪里浮荡，乖巧极了。几只白鹭在水面上盘旋。去年夏天，他还在水库里钓过鱼。他从来没见过那么多的鱼，密密麻麻，成群结队，就是不太容易钓得上来。

堂哥让年轻人帮忙把塑料杯打开，接过去，喝了一小口。水还很烫。年轻人也抿了一口。说了句"苦得要命"，又把积着许多茶垢的盖子拧上了。

面包车正驶过一座危崖，悬崖边上，还立着一块牌子，上面写着：地质沉降路段，过往车辆观察通行。这一带是断裂带特征较为明显之地。从车内往山上看去，山上几乎没什么树，只有一些荒草，每逢下雨，泥石流都会冲下来将公路切断。这样的地方，树是很难长大成材的。副驾驶台上的年轻人本能地将脖子一缩。他经常坐车路过这里，知道上面会经常掉石头下来。缩脖子不过是潜意识地保护自己，同时也折射出年轻人对死亡的恐惧。

过了危崖，便是南坝。地震的时候，这儿属极重灾区。这座簇新的小镇是地震过后重建起来的。牛心山上，两棵古柏安静地站在蓝天白云下面，朝四周观看。到了这里，副驾驶台上的年轻人终于舒了口气，该下车了。明天就要开学，所以学校要开个短会，主要是安排学生报名的事情。他不太愿意和你的妻子待在一起，说不上为什么，虽然她是他的二姨。你不辞而别这么些天，他和他的家人都没太当回事。家家有本难念的经，况且你又不是什么救世主，他的寡母振振有词地告诫两个儿子，她认为你的事给家里添了麻烦，也害怕担上罪名。毕竟，你是在她小儿子结婚当天走的。早上，他的弟弟带着媳妇到江油为肚里的孩子做检查去了。上次，医院已经确信他的弟媳怀上了。虽然自己还没成家，但一想到自己就要当大伯，这个家庭又将多一个人多一份欢乐，他也是满心欢喜。然而事情并没有想象的那么顺利，昨天下午，他的老妈在上完厕所以后有了意外发现，"天哪，厕所里好多血！"家里都是成年人，明白那是怎么回事。刻不容缓，他的老妈用命令似的语气要求还不怎么懂事的小儿子带着过门不久的儿媳明早就去城里检查。想到这些，他的脑子就嗡嗡响。

到了南坝车站，你的妻子下车了。她似乎觉得送梅子酒还有点说不过去。把两桶梅子酒放在路边灰扑扑的台阶上，又到路边的副食店买了几袋茶叶。副驾驶台上的年轻人也下了车。匆匆道了别，面包车就一溜烟似的开走了。年轻人径直朝学校走去，他是南坝小学的体育教师。小学紧挨着江油关。现在的江油关已经和三国时的江油关截然不同，现在的它更像历史的延伸，就像背影和记忆。镇上的人们依然围着各自的小世界忙碌着，少有耐心去研究历史，也不太关心未来。地震以后，家园没了，许多旧日里的观念也起了很大变化，活着与享受，比什么都好。如果没有经历地震的洗礼，断裂带上的所有人很难想象今天会如此关心各自的命运和衣食住行。年轻人匆匆穿过人群，开会的时间就要到了。江油关后面的广场上，很多人正悠闲地享受着断裂带美丽的阳光。

办完事，你的妻子到车站搭上去县城的大巴车。她脸上的皱纹正在变得舒展，今年的低保没什么问题，只是你的名额要暂时取消。你的亲戚还表示，如果找到你，补上也不迟。你的妻子不愿意在南坝久留，毕竟是伤心地，现在，你又玩起了失踪。一个人走在大街上，她会不由得产生一种错觉，满大街都是你的身影，到处都有你在晃动，仿佛你就隐藏在这里。

同时，她害怕遇见你的养父，老头子的脸色黑得叫人心惊胆战。

你不辞而别的一周之后，你的养父才被告知这个痛苦的现实。七十九岁了，老头子当时就号啕大哭，哭得惊天动地。你的妻子害怕你的养父，害怕老头子将罪名降到她的头上。虽然在家里你们一直各睡各的屋。你的妻子心眼多，为了清除这个感情不和的死角，她主动将你卧室里的一切日用品转移到她自己的卧室。本来分房睡也没什么，一起生活几十年，新鲜感早就死了，再让两具麻木的肉体躺在一起，也没什么意义。多一事不如少一事，因此你的妻子没有让你的养父发现你们之间的秘密。

当然，你的不辞而别肯定有原因，原因只有你自己最清楚。

人人都知道你的养父是个狠角色。老头子原先在养路段工作，每个月都能领到一笔不少的退休工资。虽然年纪大了点，但身子骨依旧硬朗。三年之内，他打过你多少回恐怕你自己是清楚的。不为别的，他只是厌恶你赌博，厌恶得甚至有点极端。就像你，喜欢赌博喜欢得要命。不分时间地点不分人，只要看到你在赌博，老头子就不介意下狠手，他甚至建议派出所把你抓起来。无论怎样对你，你都不敢反抗，最多你也仅仅是当着你的妻子用"以后总要'白发人送黑发人'"诅咒你的养父。你的懦弱是他赐予的，但老头子毕竟将你养大成人，还无怨无悔掏钱为你们修房子，为你的两个宝贝女儿交学费直至毕业。所以，你们一家人都害他。害怕的里面，当然也有爱的成分。

你妻子乘坐大巴车刚刚拢县城，就接到南坝派出所打来的电话。

接完电话，她本该昏过去的，但她没有。两小时之前，一个牧羊人的妻子在南坝箭杆岭的半山腰上发现了一具尸体。据派出所的民警初步确定，那个人是你。的确是你。

片刻之后，你的亲朋好友一窝蜂似的朝南坝赶去。你的妻子那上午坐在副驾驶台上的侄儿也接到了噩耗。电话是开面包车的堂哥打过来的，声音像是还没怎么睡醒。他刚刚和学校里的几个同事吃完饭，喝了点酒，几个人醉醺醺地摇到茶楼，准备斗会儿地主，然后各回各的。听到你的死讯，他并没有太多震惊，而是感觉"石头终于落地"。他简单跟同事解释了一番，放下手中的牌，便匆匆朝出事地点赶去。不像是奔丧，更像是履行某种义务。就像你自己，用自己的生命践行了落叶归根这个美丽的传统。

箭杆岭，紧靠着牛心山，但比牛心山高得多。在这儿工作半年了，年轻人并没有去过。山上没什么人烟，谁没事到这山上来呢？你的亲朋好友很快在箭杆岭下碰头，带上必要的收尸物品，就匆匆上了山。热心的民警说你就在半山上，铁塔附近的草丛里。

越是山上风越大。原本晴朗的天空不知为什么，瞬间阴了下来。几个长辈很快跑到前面去了，落在后面的，反而是年轻人。教书的侄儿酒似乎还没醒，累得气喘吁吁，脑子里一遍遍想着这是不是太巧了，这真是太巧了！

刚爬了不到十分钟，他就接到妈妈从家里打来的电话。电话那头，人仿佛受了天大的委屈，哭得稀里哗啦，只重复地说："你弟弟娃儿没了，你弟弟娃儿没了。"最后，还提醒他不要声张这事儿，就挂了电话。接完电话，他的脑子里一片空白。弟弟结婚的时候，你失踪；找到你，弟媳的娃儿又流产了。一前一后，五十二天。这也真太他妈妈的不吉利了。年轻人本想立刻掉头回家，但他还是忍住了。既来之则安之，反正这样了，那就顺其自然吧。

他们很快在几棵青冈树下面发现了你。认出了你的衣服，也就认出了你的人。你的尸骨已经和周围的草木融合在一起。你的样子令人心痛，嘴巴大张着，两手贴着断裂带，像是想要让自己站起来。但你没有成功。周围还有许多碎纸片，显然是你临走的时候撕掉的，像是撕掉了你对这个世界残留的耐心。他们一边叹气，一边为你干着力所能及的事情，他们甚至把你撕掉的笔记本也一并捡了起来。他们把你装进白色的编织袋里，用山里的老藤将编织袋绑在从林子里砍来的木棒上面。抬你下山的时候，天空飘起了小雨。在山下，你的大女儿烧掉了那些被你撕掉的纸片。纸片上的内容一度让她破涕为笑，内容大致如下：

> 2014年10月11日打长牌105+
> 2014年10月17日打麻将250-
> 2014年10月19日打长牌380-
> ……

你莫名其妙失踪的第五十二天，人们终于找到了你。你的亲朋好友为你这样的选择陷入了暂时的难过之中。经过法医尸检，你是喝酒和农药死的。你的死让你的养父一度失去理智，他一口咬定，是你的妻子和她娘家的人将你逼上了绝路。入土为安，尽管死在南坝，但他们还是将你葬在了你妻子的老家，找的熟人，买墓地花了500块钱。

安葬好你以后，你的妻子带着你留下的存折去信用社取钱，这才发现去年你们在新疆摘棉花挣的两万块钱早就被你取完了，她确信这些钱被你输掉了，气得在地上打滚。不管怎么说，你已经走了，你的养父要是知道这事儿，绝不会善罢甘休，毕竟那对断裂带的任何人来说都不是一个小数目。自始至终，你的妻子都没有把你输光家里钱的事告诉你的养父。

你走以后，家里清静多了。清静得让人害怕，每天晚上睡觉，你的妻子都会把电视机打开，一直放到天亮。此外，她还买了一个崭新的塑料盆藏在卧室的角落里，你走了，她夜里不敢独自出门上厕所。

断裂带上的女人们天生闲不住，手上不忙活点什么，便会过意不去似的。因此，你的妻子花了好几天工夫打理家里的菜园，甚至还用竹子编了一个栅栏。今年她准备多种点菜，自给自足，因为你那两个宝贝女儿没事就爱说城里的蔬菜不卫生，吃多了会使免疫力降低云云。

"他说的，'白发人送黑发人'！"

背着你的养父，你的妻子把你说过的话，不厌其烦地讲述给那些想要了解或者对你的死还存在疑惑的人。话的矛头当然是冲着你那凶神恶煞般的养父去的，她似乎并不担心把亲情抹黑。现在，人们开始相信你是带着某种羞愧走掉的，羞愧里还裹着欲望、恐惧和绝望的碎片。

"下一个，是谁？"

你的葬礼上，有人率性地、小范围地抛出这个问题。但没人敢接，它如此深刻，令人毛骨悚然，乃至时间仿佛凝固一般。实事求是地说，你的选择和做法有些不值得，你的死并不会真正阻碍到谁。对断裂带而言，你们每个人都是过客。

女人花

如果我们不能完全像正常人一样生活，

那么至少应当尽一切努力不要像动物一样生活。

——若泽·萨拉马戈《失明症漫记》

岁末的断裂带，太阳如同老妪手腕上的银饰，整日苍白地坐在蔚蓝缥缈中，冷眼俯视着万物苍生，俯视着人间冷暖。

大地如诗般沉静，凋敝与苍凉并驾齐驱，散落在寂静里的村庄日益空透，缤纷落叶犹如一页页心事在断裂带的臂弯里堆积，河流的鼾声日夜起伏，枯藤老树昏鸦，炊烟牛羊山歌弥漫其中，不是世外桃源，胜似世外桃源。

天空不是空的，到晚上，天上的街市会渐渐热闹起来，如同赶集的日子乡亲父老们纷纷拥到街上，在拼凑出来的热闹中各取所需。穿过山谷的风携带着寒冷却让爆米花似的星群变得更为清晰耀眼，满是松林的锯齿般的巍峨高山把天空切割成一块形状极不规则的桌布，星星就在桌布上隐约移动着，轻轻战栗着，闪闪烁烁，成百上千，成千上万，诱惑乡间树林里、草丛里、寂静里的萤火虫拼命往高处飞去——它们一定是把那些星星当成亲戚了。

断裂带人骨子里觉得断裂带什么都好，空气清新，风景优美如画，文化底蕴深厚，民风善良淳朴，诸如此类的带有总结性质的描绘或赞美，早已深深写进每个断裂带人的神经、骨髓、血液。

一方水土养一方人。

去年，知了声声的夏天，苏城子的爷爷同村里人跟团到北京旅游。出发前，老人家专门跑到自家玉米地抓了几把泥土塞进塑料袋，放在鼓囊囊的旅行包里，说要随身带着，却不说为什么。去就去了，还要带上故土！给人的感觉是，他并不是要出门旅行，而是再也不回来似的。一伙人坐了几天火车，逛天安门，瞻仰躺在水晶棺里的毛主席遗体，登万里长城，吃了正宗但并不是传说得那么美味的北京烤鸭。痛快淋漓耍了一圈，然后又坐了几天火车原路返回。首都之行，老人们开了眼界，却也累得够呛，坐火车对遇见吵闹便睡不着、各种程度腰椎间盘突出的老年人们来说，确实是个巨大的考验，用苏城子的爷爷自己的话说："早晓得坐火车恼火，还不如走路去呢！"平日里，老爷子闲得心慌的时候总爱跟乡亲父老们有意无意地抱怨："断裂带到北京要坐几天火车才得拢，妈妈哦，北京太偏僻了！"这句话看似幽默，实则蕴含着无穷智慧，几乎在听过这句话的人嘴上炒过好多遍回锅肉，一传十十传百，那些没出过远门的断裂带人都因此省掉了没出过远门的遗憾，他们不但信了，还很同情苏城子爷爷的屁股，甚至有人愤愤不平："首都那么偏僻，不如设在成都算球！"

断裂带的人就这样儿，说起话来，似乎任何东西都有妈妈了，好像喉咙里长着用不完的妈妈似的。

断裂带的人，说什么都要带个"妈"字，嘴巴才痛快，心里才舒坦，虽然有时候并无恶意——但苏城子还是很反感这样，每次说话之前，他都会把将要说的内容过滤一遍，以免自己出口成"脏"。人的教养，通过说话的内容就能看得出来。这当然是一个容易产生愤怒的时代，但用脏话发泄愤怒，和低等动物有什么区别呢？

在苏城子成长的各个时期，打过不少架，其中很多次都是因为别人与他交谈的时候带了一个"妈"字——骂什么都可以，骂妈不行。

今年，断裂带还没有下过一场雪。冬天不下雪是个什么滋味呢？就好比一个人谈了很久恋爱，却连人家姑娘的手都没有碰过，更不要说亲嘴啦。

天其实早冷了，每天早上，庄稼地里、蓬松柔软的草丛、老鹰般缄默的屋檐上、布满鹅卵石的河床……都坐着一层白白的霜。寒风瑟瑟，吹在身上，能冻得人整个儿紧了一圈，凉得骨头也快要从身体里蹦出来逃之夭夭似的。

往年即便天再冷地再冻，苏城子也是不愿穿秋裤的，今年穿上了。有点情非得已的味道。怎么说呢？毕竟过去人年轻，身体扛得住。现在不同了，青春的尾巴越来越短，再过半载，他就要跨进三十岁门槛，成为中年人了。俗话说三十而立，苏城子现在除了有个吃不饱饿不死的"铁饭碗"工作，好像还真的就是一事无成了。工作和事业当然不是一码事，苏城子把这一点厘得很清，干事业，多多少少需要些头脑和资本，自己头脑还灵活，可是论起资本来，那只能用捉襟见肘来形容。也不是没有梦想，中文系毕业的苏城子一直梦想成为作家，他涉猎过大量的古今中外名著。然而，读书和写作毕竟不是一码事，读书像吃别人下的蛋，写作像自己下蛋。吃别人下的蛋容易，自己下蛋的时候才知道别人下蛋的时候多么不容易！据说，优秀的文学作品往往如此，看似简单实则高深莫测，没有写过作品的读者看了以后觉得自己仿佛也会写，而真正的作家看了只能望洋兴叹自惭形秽。在一口气写了几个看上去更像是学生作文的小说以后，苏城子陷入了迷惘，他觉得自己写的每个字都像一面镜子，镜子里面装的是什么呢？是他的平庸，是他的自卑。一篇自己读了都要反胃的小说别人看了还不是同样恶心。与其这样，还不如不写，苏城子就真的不写了，他觉得还需要多读书，多留心生活，多向生活取经，总而言之，自己还不够成熟。还不够成熟？都要三十岁的人了，秋裤都穿上了，还不够成熟？每天早上，往身上穿秋裤的时候苏城子的内心都有一种无以名状的感伤，他感伤自己年华渐去一事无成，感伤自己壮志难酬两手空空。这个秋裤都穿上了的冬天，苏城子问自己，这样就真的不冷了吗？

苏城子还有一条秋裤没穿——他还没有结婚。这个冬天，他正在打算结婚，他有对象，在城里。"成家立业"，成家，才能立业，是这样吗？苏城子心里也没底，他害怕结婚，虽说结婚和天冷了穿秋裤没什么太大区别，但自己年纪确实不小了，是结婚的时候了，是生儿育女的时候了，有的小学同学的二胎都两三岁了呢！苏城子觉得自己再继续当光杆司令，如何解释，面子上都说不过去，怎么好意思见人？

天真的冷了。

"妈妈，我的雀雀冷得都要缩到肚子里去了！"

早上，在学校背后的一家名叫"喜欢来"的面馆吃炸酱面，苏城子忽然听到邻桌小孩跟他妈妈汇报自己的不幸。几乎每个人都听到了这句话。面馆仿佛干涸的池塘突然涌来一股活水，沉默瞬间被推向深渊。苏城子和店里所有人一样忍不住哈哈笑了起来，一阵阵笑声不断刷新，在空气中形成小小的旋涡。人们把目光投过去，丝毫不顾及那个小孩和他妈妈的感受。穿着一身阿迪达斯运动装身材匀称看上去姿色不错的女人，白里透红的脸蛋都被一群人肆无忌惮的笑声刷绿了。娘俩甚至连碗里的米粉也没来得及吃完，就匆忙离开。

苏城子目送着娘俩的背影，心头荡起层层涟漪，他感觉自己两条腿悄无声息跟在她的后面。断裂带有如此漂亮的女人，简直就是沙漠中的绿洲，黑暗里燃烧的星辰。苏城子感到自己两颗眼珠子也快从脸上射出去了。那个小孩真是瘦弱啊，走起路来飘飘荡荡，完全没有骨头似的，风一吹就能被吹到天上去。女人拉着他的手，如同拽着一只轻飘飘的风筝。

苏城子觉得自己也变成了一只风筝。

差不多到了中午，苏城子才终于想起那个女人在商业街上开着一家鞋店，是个老板娘。而且他可以肯定的是，那家鞋店就在豆豆超市旁边，有一回他进去买过鞋，不是给自己买，而是给妈妈买。前年冬天苏城子妈妈来帮他打扫卫生的时候曾在商业街上买过一双保暖鞋，那种保暖鞋十八块钱一双，去年，她要苏城子再帮他买一双。乡下人买什么其实比城里人讲究，既要质量，还要求实惠，苏城子妈妈就是这样的人。当儿子的就是娘肚子里的蛔虫，苏城子当然知道，鞋要是买贵了，妈妈根本不得穿。苏城子没有买到妈妈想要买的保暖鞋，后面就把这事忘得一干二净了，现在想起来，他突然觉得自己有点对不住她。要知道，现在自己一天的烟钱，就能给妈妈买两双那样的保暖鞋啊。

眨眼，一年过去了，苏城子才再次想起妈妈要他帮她买保暖鞋的事。他发现自己活得很失败。

眨眼，一天又要过去了，日子比翻书还快！

苏城子今天的晚饭是在双胞胎学生家开的餐馆吃的，卤肉回锅，香喷喷的白米饭，外加一小碟用熟油辣子拌过的泡菜，他的最爱。在断裂带，白米饭不叫白米饭，叫干饭。苏城子其实是吃干饭长大的，他不喜欢面食。以前在家里，一天三顿几乎都是干饭。现在参加工作了，偶尔也会吃顿面。

今天运气好，吃饭没碰见过熟人。对苏城子来说，生活中最麻烦的事，莫过于吃饭碰见熟人，因为在断裂带，熟人间的那种客气已经不再是浓烈，而是黏稠。别的地方都是先吃饭后买单，断裂带的人却是先买单后吃饭，给人的印象是，客人是要有意让老板放心自己不是没钱吃饭似的。这样也就罢了，要是碰见熟人，即便买了单，你还得继续买单，不主动买单就是不够意思也就不是什么熟人了。苏城子也染上了这种客气，虽然有时也觉得无可奈何。他最长的一顿早饭从早上七点吃到九点，说是吃饭，其实是不断给来吃饭的熟人们买单。主要是来得早。去晚了，他很有可能被某个熟人买单，可是，骨子里，他不愿欠人情，欠债好还，欠人情就不好说了。

晚上七点，丝丝冷雨在断裂带之上亮出自己小小的喉咙，绵延不息。绵延不息的雨声，似一首悠扬的田园牧歌，在夜的臂弯徘徊；又似一头轻盈的怪兽，在屋顶缓缓游荡。下雨是件喜事，人逢喜事精神爽。苏城子凝神听着窗外动静，他觉得这雨来得恰到好处，大快人心，天遂人愿。平日那些身材臃肿的大妈们热情澎湃的坝坝舞，以及那台她们用来伴舞——恨不得把所有人耳朵震聋的黑色露天音响，都被这冷雨蚀掉一般，没了踪影。窗外并无喧哗。喧哗似乎被雨水冲散了，就像它们舔净了树叶的泥尘，卷走了地上的脏污。对这些来自天空的客人，苏城子心里是满满的感激，他希望每天这个时候都能下雨。因为雨水能够为他挡住镇上那些喧闹，把那些热衷坝坝舞的大妈们臃肿的腰肢和烦躁的音乐困在屋子里，帮助她们不到处吓人。苏城子喜滋滋地用热水棒烧了水，给自己泡了一杯雀巢咖啡，速溶的。他坐在电脑面前，手捧白色玻璃杯幸灾乐祸地试着让自己体味老阿姨们此刻的心情，他想兴许她们已经在心里默默地把雨的妈妈骂很多遍了。但是很快，幸灾乐祸就变成了乐极生悲。绵延不息的雨声似乎并没有让此刻变得平静美好。事实上更坏了。为什么呢？因为苏城子绝望地发现，那群胖得每走一步，地上都要多出一道坑来的大妈们，正在他的脑海里优哉游哉跳舞呢。怕什么来什么。阿弥陀佛，虽说大妈们跳舞是不要钱的，可她们要命啊！那些身体总要比音乐节奏慢好几拍的大妈们在苏城子脑海的广场中央摇摆着，犹如成群的海豚在茫茫大海上欢乐嬉戏，当她们旁若无人地摇曳她们胖乎乎的身体时，世界瞬间瘦下来。动感的舞曲在苏城子的脑海热情似火，他的眉头不由得拧成了疙瘩，于是他用力摇了一阵头，好像要把这种已经转移到潜意识当中的不幸从脑海里摇出去似的，弄得颈椎骨咯咯响。此时此刻，苏城子有些无奈，甚至有些咬牙切齿了，恨不得立马扔颗手榴弹到脑海中间，把"痛苦"夷为平地。人生苦短，没有点爱好怎么行呢，没有点爱好人生和嚼蜡有什么区别？但是，影响甚至破坏他人生活休息的爱好，是否应该收敛一些？自打苏城子到此地教书，一到黄昏，只要天不下雨，大妈们脚没骨折，她们都会不约而同聚集在地震后重建的商业街上跳舞。下午五点左右开始，晚上九点左右结束。租住的民房紧邻商业街。这意味着，不管苏城子愿不愿意，这段时间之内，他的耳朵都必须接受这种撕心裂肺般的折磨。大妈们跳舞并非三分钟热情，要真是三分钟热情就好了，苏城子恐怕睡着了都会笑醒。他也知道，唯一制约她们不让她们影响人们休息的，就是天气。

苏城子在学校门口租住的房子在顶楼。住顶楼，主要是出于安全考虑。学校有教师公寓，苏城子不愿意住，教师公寓的房子除了四面墙一张床便所剩无几。来学校报到的时候热情的校长给他安排了一间宿舍，在三楼，教师公寓总共六层，待遇很不错。然而几乎没怎么考虑，苏城子就决定在学校外面租房子住了，他对地震充满恐惧，他害怕当夹心饼干。在断裂带，地震并非玩笑或者传说，地震是潜伏在地下的恶魔，随时可能出现；也是长在那些幸存者心中的刺，永远都无法拔掉。苏城子的老家在断裂带另一个镇，实际上，那儿和这儿一样，都是2008年地震过后重建起来的，并且死了很多人。在顶楼的最大好处就是如果发生强震，如果房子垮了，人也不会被埋在废墟下面。

透过窗户，苏城子望着山上微弱的零星灯火久久出神。房间里塞满了淅淅沥沥的雨声。淅淅沥沥的雨声像个农夫，在苏城子心头撒下了寂寞的种子。寂寞疯长——他无意间想起那个说雀雀冷得都要缩到肚子里去了的孩子，还有孩子的妈妈，后来，思绪便完完全全落在了那个女人身上。苏城子都不知道自己为什么想起了她，想起她被那些意味深长的笑声刷绿的脸，多美丽的脸啊，不过似乎有某种感伤隐藏在那张脸的后面。他想到了她丰满白皙的身体，想到了她身上那些鲜为人知的茂密与幽暗，他渴望着能和她亲密接触，对他来说，一个结了婚的女人远比一个没有结婚的女人更有引力，此时此刻，苏城子被那种引力彻底征服了，已经无法摆脱。

萝卜蠢蠢欲动。他清晰地感到它的躁动，燃烧的火炬，面朝空气。苏城子觉得整个儿的自己都要燃烧起来。萝卜，是苏城子女友对他下半身那玩意儿的命名。她刚开始这么说的时候，他挺不适应。女友在诗城的一家超市当售货员，她跟他说了，如果苏城子的这根萝卜要是胆敢跟别的女人胡来，她就敢用菜刀把它切了。

"你这是要让我学司马迁写《史记》——'究天人之际，穷古今之变，成一家之言'啊？"

"我这是替天行道。"女友一本正经回答。

此时此刻，灯火阑珊处，想着那个跟自己毫无交集的女人，苏城子有些神思恍惚，当然不会真的发生点什么，仅仅是因为寂寞。他决定给自己洗把冷水脸，镇住体内翻腾的欲望。刺骨的自来水从水龙头哗哗流出来，他的心更乱了。他掏出手机，想要给女友打个电话，但这个冲动很快就熄灭了，他不想背叛自己的寂寞。

还不到睡觉的时间，为了转移注意力，苏城子准备躺在单人床上看会儿书。房间里从当当网上买来的书籍多得差不多可以盖一座房子了。

他正在看的是多丽丝·莱辛的长篇小说《幸存者回忆录》，已经看到一半。"幸存者"这个词，苏城子并不陌生，在断裂带，除了地震后出生的儿童不说，几乎所有人都亲历过地震，然后幸存下来。这些人毫无疑问都是幸存者。有一瞬间，苏城子觉得自己可以写一部关于"幸存者"的长篇小说。不过，这种想法没有维持多久，便被越来越浓的睡意装到它的口袋里去了……

他睡着了。

清晨，苏城子在一连串从容不迫的敲门声中迷迷糊糊醒来。

"讨厌！"

他嘟囔着。他半睁着眼睛，在单人床上摸索着衣物。身上除了一堆肉和骨头，什么也没有。他想不起自己昨晚什么时候睡着的，又是在怎样的情况下把自己脱了个精光。

敲门声越来越大。很少出现这种情况。也不是没有。有一次，苏城子一个小学同学的亲弟弟，说车子刚好路过此地没油了，比没油更恼火的是，身上连加油的钱也没有，来问苏城子借钱加油。还有一次，苏城子喝大了，他的几个同事担心他出状况，深更半夜直接找上门来。这中间有一段插曲，那几个同事开始并不知道他住哪一间，可能也是喝了酒的缘故，他们就挨间找，挨间找等于是扰民啊。更疯狂的是，他们还把别人家的门踢开了，踢开了不说，还撞见了一对赤裸裸的狗男女。怎么说是狗男女呢？苏城子的同事们说，他们进去的时候，开了灯，结果那男的第一反应就是穿起裤子往外跑，而不是关心他们贸然入室的目的。每次喝酒的时候，这个插曲都被作为下酒菜。

敲门的不是别人，是苏城子的妈妈。

"妈，你怎么来了？"

苏城子一边开门，一边揉着眼睛问。他其实知道妈妈是来给他洗被套来了，上周末回家的时候，她就说她要来帮他洗被套。

"我想我儿子了，不能来？"

苏城子妈妈喜滋滋地望着儿子，她满头大汗，气喘吁吁立在门口，好像敲门费了很多力气似的。

"太阳都要落山了，还在睡？"

苏城子妈妈跟在他的屁股后面，唠叨着进了屋。她老是要把某些在她看来不可思议的事情上升到某种高度，以此确认或者指出问题的严重性。睡懒觉在习惯了早起晚睡的她看来，比偷鸡摸狗还要可耻。

苏城子看了看手机上的时间，没有回答她的问题，仿佛身体的某些部分仍然储存在睡眠当中，没有醒来。

"我的妈呀！"苏城子妈妈的声音忽然大得能把屋顶震飞，她问他，"你这里住着一群野人吗？"

这里住着一群野人。妈妈的话让苏城子有些难堪，房间确实很久没打扫了，即使打扫了，房间也会很快恢复成眼下这个样子。

"我事情多得很，没时间！"

苏城子望着墙角没来得及洗的衣物，大言不惭地说。

"都这么大了，还懒得烧虱吃！"

苏城子妈妈气呼呼地说。她当然不会真的生气。作为母亲，她问心无愧，她已经付出得太多，当然付出并不是没有回报，至少她从中发现了自己的价值，这种价值远远超越了生活或者命运赋予她的其余角色。五年前，一场意外带走了她的丈夫，那时，苏城子大学尚未毕业，前途未卜。也正是这个原因，将她从悲痛的泥潭中拽了出来，让她决定振作，和儿子风雨同舟，勇敢地面对人生。作为母亲，她清楚自己的价值，那就是好好活着。

妈妈的到来并没有让苏城子感到惊喜,她的一连串惊讶甚至也没有让他感到内疚,他显得很平静。很多时候,母子两人都是这样相处的,各自都似乎躺在各自的命里,各自都似乎沉浸在各自的角色之中,井水不犯河水。苏城子业已习惯这种生活,他其实并不喜欢依赖妈妈,生活里也能独当一面,但为了不让妈妈无所事事,他必须把自己伪装起来,让自己裹上懒惰的外壳,让她为自己忙碌。他确信,妈妈为他忙碌,她是快乐的,至少忙碌会让她知道他需要她,离不开她。

"你吃了没?"

苏城子问已经忙活开来的母亲,她在收拾他堆在墙角的脏衣服。

苏城子听见妈妈说:"我吃了,你快去吃饭!"

刚出门,苏城子又听见妈妈在房间里"唉"了一声,比起刚才那些话,这一声"唉",格外语重心长,也格外令人浮想联翩。苏城子几乎没费什么工夫就锁定了妈妈的心思,他知道,她一定又是在为他的终身大事着急了。

早饭还是在学校背后的这家名叫"喜欢来"的面馆吃的,还是炸酱面。吃完,苏城子买了一笼小笼包。不管妈妈吃没吃,饿不饿。只要他带回去的东西,她肯定会吃。

回来的时候,房间已经收拾得差不多了。

苏城子妈妈蹲在厕所里搓苏城子的脏袜子,可能是因为水太冷了,她的手冻得通红。

"老大不小的人了,年底,把婚结了吧!别一天三心二意的!"

苏城子把小笼包搁在书桌上,问:"我怎么'三心二意'了?"

"现在你给别人当绿叶，说不定哪天人家就把你变成落叶啦！我说，这结婚是早晚的事，与其晚不如早，别五六十岁还在供娃儿读书！"

苏城子妈妈的这些话，苏城子早都会背了，他若无其事地说："我自己有安排。"

"抓紧。"

……

苏城子妈妈没等苏城子上完最后一节课就走了，他不知道她走的具体时间，也没来得及跟她说声再见。打理得井然有序的房间，以及晾衣绳上那些滴水的衣物、被盖、袜子，让内疚在苏城子体内迅速发酵，又像一条巨大的瀑布那样冲刷着他的每一根神经。去上课之前，苏城子要她等他上完课吃了午饭再走。妈妈没有采纳他的意见，她总是显得那么匆忙，那么固执，那么孤独。值得欣慰的是，苏城子发现自己早饭时买回来的小笼包不见了。

断裂带的天越来越冷，早晨，山上能看到白晃晃的积雪，如同一排排不规则的牙齿，撕咬着天空。

乌鸦整天在天上飞着闹着，加上遍地的荒芜，令人寒意顿生。好在苏城子的"春天"就要来了——假期将至，此外，他的光杆司令在法律面前，就要真正走到头了，婚礼定在大年初六，请人看好的日子。这段时间，他除了工作就是写请柬送请柬，紧锣密鼓地筹备婚礼事宜。不吃葡萄不知道葡萄酸，不结婚不知道结婚麻烦。苏城子经常忙得恨不得有三头六臂，累得人都快走样了。也没时间看书。那本多丽丝·莱辛的长篇小说《幸存者回忆录》仍然只看到一多半。时间被工作和婚礼的事挤得所剩无几。

眨眼就快期末考试，苏城子越来越忙，他教的是五年级一班，科目：语文。同事间有个说法：上辈子杀人，这辈子教语文。刚参加工作那阵子，苏城子并不当回事，教书育人，怎么说也是教师的职责所在嘛，哪有这样夸张！时间久了，他才如梦初醒，从这句话中品咂出些味道，看到其中的艰辛——教书不但需要智力投入，也是个体力活。"功夫在诗外"，其实上课不算累，累的是课后要批改作业，改试卷，纠错，辅导学生。教数学要好些，语文就不同了，你不但不能拣懒，还得有耐心，现在的学生写起字来不是蝌蚪文就是甲骨文，不是缺一横就是少一竖。对苏城子来说，最头疼的莫过于辅导学生写作文，也不知道学生把学过的字词藏哪里去了，翻来覆去就那么干巴巴的几段话，大同小异，缺少逻辑思维，毫无想象力，牛头不对马嘴的情况倒是层出不穷。明白的知道是学生没有找到窍门不会写，不明白的还以为汉字都要死光了呢！

这天傍晚，苏城子正在办公室给学生改作文，一名学生的第一段话就差点气得他晕过去，人家是这样写的：

春天到了，樱桃树上的樱桃花就要开花了。

邱小娥忽然出现在办公室门口，她的腿没有跨进来，银铃般的笑声先扑了进来。已经放学，办公室只剩下苏城子，此刻，他的思维还没有来得及从学生那所谓的"樱桃树上的樱桃花就要开花了"中跳出来，紧接着他又有了新发现，这名学生不但让花开花了，还把"太阳"，写成了"大阳"。苏城子压根儿没有注意到邱小娥已经来到他身边。邱小娥是谁？邱小娥就是武晟景的妈妈。武晟景是谁？武晟景就是那天吃早饭说"雀雀冷得都要缩到肚子里去了"的一年级学生。

苏城子不是武晟景的语文老师。邱小娥却是来找苏城子的。

无事不登三宝殿。邱小娥是专门前来请苏城子出去吃饭的。

天下没有免费的午餐，邱小娥请苏城子吃饭，是因为上周三苏城子帮了她儿子武晟景的忙。

"苏老师，你好！"

邱小娥从苏城子身后轻轻拍了下他的肩膀。她银灰色的指甲闪闪发光。

苏城子转过头，看见一只玉手正化蝶般缓缓从肩头飞走。

"你是？"

他问她。说话间，一股浓烈的栀子花香水味扑鼻而来，将他牢牢锁住了——心跳瞬间奔跑起来。其实，有些明知故问了，当看到长得如花似玉的邱小娥浮现在眼前，苏城子就认出她来了，不但认出来，还想起上周帮她儿子打抱不平的事。说来也巧，那天几个小孩合伙欺负武晟景，苏城子刚好路过，制止了，不但制止了，还严重警告几个小孩以后不许再欺负武晟景。想到这里，苏城子忽然有个肉麻的想法——世界真小，小得我们刚好认识。当然，这话针对邱小娥，不针对武晟景。

"我是邱小娥，武晟景的妈妈啊！"

邱小娥回答，她的声音很柔很妩媚，透着惊讶，意思仿佛是，苏城子不知道她是武晟景的妈妈让她有点意外。又仿佛，她在断裂带无人不知无人不晓似的。

"哦！我记起来了！"

苏城子本该说"我知道了"的，说"我记起来了"出卖了他的内心，让他追悔莫及，记起来什么呢？他恨不得抽自己耳光。幸好，邱小娥没有注意到他的不自在，这可是洞悉他灵魂的引线呢，他觉得。

"苏老师，那天多亏了你，要不是你，都不知道我们晟景会被那些娃儿欺负成啥样！"

邱小娥说这些话的时候，脸绷得紧紧的，看得出来，她对那些不知好歹的小孩有种不共戴天的愤怒。

苏城子不知道如何接话，只好交差似的点点头。

其实，小孩之间就是这点鸡毛蒜皮的事，正因为这点鸡毛蒜皮的事，才是小孩呢，大人其实不必过于干涉。本来，苏城子打算说几句公道话，可是话到喉咙里又被他咽回去了，有些矛盾不是三言两语可以化解的。现在的小孩，在家长心目中，就是天王老子，就是上帝，在同学面前吃不得亏，就是在老师面前，也不行。今天，断裂带的那些家长似乎已经不再是家长，而是孩子的打手。前段时间，学校有同事就因为教育一名不做作业的学生扯了下耳朵吃了大亏。那名学生泪流满面地跑回去告了状，第二天，那名学生的家长冲进学校二话不说就对着同事一顿拳打脚踢，当场将这名同事送进了医院。家长的这些不理智行为其实很让人寒心。细细想来，这些举动也不难理解，最主要的原因还是地震，地震在断裂带造成了太大的伤亡，死了很多孩子。地震当天，学校正在上课。地震以后，生命忽然宝贵了，受重视了，这种宝贵的意识是无数生命的死亡换来的，也是从悲痛和绝望的废墟里爬出来的，所以家长们不再像以往那么重视孩子的成绩，他们关心的是孩子的喜怒哀乐，健康平安。谁要是敢动孩子一根指头，他们就敢卸谁一条胳膊。

"苏老师，今天来找你，是想晚上请你吃个饭，你看你方便不？"

邱小娥笑眯眯地望着苏城子，黑葡萄似的眼睛能把人的魂儿勾了去。

感谢，瞬间落在了行动上。

苏城子虽然忙，但吃饭的时间还是能挤出来的。吃个饭，不是不可以。然而苏城子觉得，一下子就答应别人的邀请未免太随便。还有，为一件小事就吃别人的饭，也不好意思呢。于是他对邱小娥说："你的好意我心领了，饭我就不去吃了，还要改作业。"说完，他特意指了指办公桌上的作业本。

"反正，我是专门来邀请你的。你不答应，我就不走哦！"

邱小娥似乎早料到苏城子不答应，瞬间给出了狠招，她并不是铁了心要死缠烂打，她只是想再试试，心诚则灵嘛。其实也不只是请苏城子吃饭，今天，她外地几个姐妹过来找她玩，请他吃饭纯粹是听儿子说苏老师是个大帅哥，男人不在家，一帮女人吃饭喝酒有啥意思呢？男女搭配干活不累嘛，邱小娥就是在这种情况下想起请帮过儿子忙的苏老师跟她们一起吃饭的。要是人家答应能来，这晚饭岂不是又多了一道菜？为了这一道菜，邱小娥把姐妹们暂时安顿在茶楼，把儿子送到婆婆那儿之后，就回了家。她专门在家里洗了头，精心化了个美美的淡妆，喷了男人打工回来时买给她的香水，还涂了指甲油，然后才来的学校。

苏城子见邱小娥不肯走，瞬间没辙了，只好从座位上站起来。

"这就对了嘛！"

邱小娥又结结实实拍了拍苏城子的肩膀，熟络得如同亲姐弟。

晚饭是在镇上最好的饭店一品香吃的。说是吃饭，其实最主要的活动还是喝酒。

饭前，邱小娥就已经跟大伙儿说好了："今晚，不醉不归。"

开始那会儿，除了邱小娥谁也不认识的苏城子还有些矜持，有些放不开，几杯酒一下肚，就不是那么回事了，颇有些酒量的他越喝越勇，很快就和邱小娥以及她的姐妹们打成一片，玩成一片，闹成一片。酒到尽兴时，邱小娥拉起了苏城子的手，结结巴巴跟在座的姐妹们说道："小苏啊，从，从，今往，往后，你就是我，我亲弟弟了，你，你得叫我小娥，娥姐，知，知道了吗？"

苏城子没来得及说话，旁边就有人起哄："小鲜肉，别听她的，小心，她这是要老牛吃嫩草哦！"

"小娥姐！"

苏城子甜甜地唤了邱小娥一声。实际上，他也不知道自己为什么要那样喊，他模糊地意识到他的理智似乎已经被酒精蛀空了。

吃完饭已经晚上十点，时间尚早，一伙人又跑去KTV唱歌。苏城子不知道自己在KTV究竟喝了多少酒，后来他竟躺在包间的沙发上睡着了。等他迷迷糊糊醒来的时候，包间已经没了先前的喧闹，只剩下邱小娥还靠在沙发的另一头手握话筒安静地唱着歌，梅艳芳的《女人花》：

我有花一朵

种在我心中

含苞待放意幽幽

朝朝与暮暮

我切切地等候

有心的人来入梦

女人花

摇曳在红尘中

女人花

随风轻轻摆动

只盼望

有一双温暖手

能抚慰

我内心的寂寞

……

"醒了?"邱小娥见苏城子醒来,放下话筒,又说,"你喝多了。"

"不好意思,真的喝多了。"

苏城子抱歉地看着邱小娥,这个比他大不了几岁的鞋店老板娘,美得让人心疼。

"她们呢?"

他又问。

"已经回宾馆住下了。"邱小娥说,"我们也走吧!"

苏城子两手撑着沙发,勉强站了起来,"好。"他说。

邱小娥见他醉得路都走不稳,半是责备半是心疼地说:"我来扶你。"

也没有什么不好。苏城子确实醉得路都走不稳了，脚下仿佛是大块大块的棉花，踩上去软软的。

苏城子跟着邱小娥去了她家。走到门口的时候，他本来是要回自己租房的，但邱小娥轻声告诉他："今天家里就我一个人，放心吧，我又不会把你吃了。"

他就跟着邱小娥进屋了。一进屋，邱小娥就端起热水壶开始烧水，又给苏城子打来一盆热水，要他洗个热水脸醒酒。她很认真地做着这些事情，两人之间的距离在沉默中若隐若现。他们都不知道接下来会发生什么。

苏城子坐在客厅的沙发上一动不动。他不想走，又想走。他的内心被一种矛盾充斥着，就是这种矛盾，把他拴在了客厅的沙发上。他不时用眼睛打量着客厅，也时时关注着邱小娥的动静。她正在为他泡茶。

为了让自己尽量显得从容镇定，苏城子跷起了二郎腿。客厅打扫得很干净，布置得也很温馨，明亮的地板，雪白的墙，吊灯吐出的光芒暖暖的，似乎正在把身上的寒意一点一点地逼出来。在靠近厕所的那面墙上，苏城子看到两幅裱在框里的树皮画，这两幅树皮画一定是从非洲，准确点说，是从苏丹带回来的。他的一个亲戚去苏丹修电站，回来也给他送了一幅，据说是非洲特产。树皮画旁边还有一个相框，里面放着邱小娥一家三口的照片，不用猜，右手搂着邱小娥的那个胖子就是她丈夫了，苏城子看着邱小娥的全家福，突然有点担心，那个胖子要是现在从里面跳出来怎么办？会不会把自己碎尸万段？

邱小娥把泡好的茶递到苏城子手上，又问他洗不洗澡，她好去浴缸给他放水。

苏城子摇了摇头，喝了口茶。他看着她，觉得面前的她似乎有一肚子话要跟他说，只是一时没有找到什么突破口。苏城子感觉得出来，邱小娥想和他做爱，此刻，一场痛快淋漓的性爱胜过千言万语。

家家有本难念的经。一个男人在外打工的女人，一个芳华正茂的女人，不该受这样的罪，不该吃这样的苦，可是能有什么办法呢？正如邱小娥自己所说，经营鞋店就是个亏本生意，地震过后，修房子又背了债，还要供孩子读书，不出去打工怎么行呢？她男人又不愿她出去打工。真是个心细又体贴的胖子啊！明里是不想让邱小娥吃苦受累，暗里说不定是担心邱小娥跟人跑了呢！

现在，邱小娥的目光已经有些火辣辣的了，她当着他把外套脱了下来，胸前的一对乳房高耸着，让人想起福楼拜笔下美丽性感的包法利夫人。

客厅里压抑得叫人透不过气。

如果醉意没有过去，恐怕现在一切都已经水到渠成。但是，苏城子分明感到，他现在已经清醒了很多，被酒精蛀空的理智正在慢慢恢复，身体里作为人的那一部分在慢慢凸显。天真的冷啊，苏城子却分明感到自己的脸上正在出汗！他也想和邱小娥做爱，去探索她丰满性感的身体，去感受她的热烈与柔情，并且这可能是趟末班车，他婚礼之前放纵自己的唯一一次机会；另一方面，他又不得不面对自己的道德和良心，考虑冲动的后果或者说代价——欲望只有起点没有终点，即使中途刹车了退出来了，也还有惯性。当然，还有一个重要的原因——他同情邱小娥的男人。断裂带有多少家庭，就有多少他这样的男人，为了养家糊口，为了还债，为了满足家人五颜六色的物质欲望，不得不背井离乡出门打工，把汗水塞进日子的皮囊。

苏城子心乱如麻，就算是伟大的作家陀思妥耶夫斯基，也未必能够吃透他此刻的心境；就算是精神分析学家，也未必能够引领他摆脱内心的矛盾。这是生命最原始的舞台，这是生命最虚无的旷野，这是欲望呼之欲出的源头。

此刻，一切都在苏城子自己手中。是拿主意的时候了。

就在邱小娥缓缓朝苏城子靠拢的时刻，苏城子忽然从黑色沙发上站起来，他耸了耸肩膀。邱小娥显然误解了他的意图，她伸开双臂，似乎在积极地响应他。苏城子却轻轻用手把她的双臂推开，用一种低得不能再低的声音说："小娥姐，对不起，我得回去了。"

说完，他把头埋下了，似乎在向近在咫尺的性福时光认错。

什么意思？邱小娥似乎不明白，又似乎明白了。她已经抬到半空的双手真的不知道往哪里搁了，此时此刻，她恨不得立马把它们砍下来！脸上是明显地挂不住。她望着苏城子，幽幽说道："那好，你回去吧！"

"那好，你回去吧！"

这句话回声一样在苏城子脑海盘旋，并且投下了不可磨灭的阴影。是的，结束了，一切都结束了。苏城子解脱了，他松了口气，推开邱小娥家已经反锁的门，慢慢朝浩瀚而漫无边际的黑暗中走去。

身后传来邱小娥用力关门的声音。

苏城子在漫无边际的黑暗中走着，寒冷撕咬着他的身体。

断裂带的夜晚，可真黑啊，伸手不见五指，可头上星光璀璨，大地上，能有什么事逃得过它们的眼睛？

借着寒假，借着春节的红红火火，大年初六，苏城子和女友的爱情终于修成正果，结婚了。婚礼是在家里办的，办得虽然简单却也闹热，来了很多人。

亲朋好友们都说，苏城子的媳妇是断裂带最漂亮的女人，乐得他合不拢嘴。

苏城子结婚，最激动的不是他，也不是新娘，是他的妈妈，幸福和激动的眼泪唰唰流个不停，眼睛都快哭肿了。她多么希望死去的丈夫在天有灵，能够看见儿子的婚礼和幸福。

得知邱小娥的事，是开学这天晚上，苏城子和几个要好的同事在鸿顺饭店聚餐。

苏城子原本以为跟邱小娥再无交集，自从那天晚上从她家出来，他再也没有见过她，似乎没什么必要再见面了。萍水相逢，好聚好散。

所以，当邱小娥的名字还有噩耗从同事严小田口中冒出的那一刻，苏城子差不多惊得下巴都要掉地上去了。他万万没想到的是，短短一个假期，邱小娥就没了，说没就没了——生命无常到如此地步，简直让人无法接受。

苏城子并不相信邱小娥死了。

但是，很快，其他同事确认了这件事。

苏城子才走出了他的怀疑，相信邱小娥真的死了。

从同事们添油加醋唾沫横飞的描述中，苏城子大致了解了邱小娥的死因。邱小娥确实死了。她不但死了，还把她自己的男人送进了监狱，把别人的丈夫送进了坟墓。与她一起死的，是镇上的一个小公务员。邱小娥和那个小公务员在家里行鱼水之欢被她男人抓了现行，抓了现行不说，怒汉手上还提着一把锋利无比的菜刀，愤怒淹没了他的理智，几刀下去，邱小娥和那个小公务员双双倒在血泊中，一命呜呼了。

这天晚上，苏城子几乎没怎么说话，死亡或者说死亡后面的那些东西，堵住了他的喉咙，封锁了他的嘴巴。他喝了很多酒——半斤土灶酒，四瓶雪花啤酒。喝酒的时候，他高举酒杯的手一直在抖，好像身上来地震了似的。

吃完饭，一伙人又去KTV唱歌，平日里不怎么唱歌的他居然自告奋勇第一个点歌献唱，他唱的是邱小娥那天晚上唱过的那首《女人花》：

……
我有花一朵
长在我心中
真情真爱无人懂
遍地的野草
已占满了山坡
孤芳自赏最心痛

唱着唱着，苏城子的眼泪就下来了。

同事们才知道他今天有心事，只是不知道他今天究竟有什么心事。为安慰他，他们只好硬着头皮不停为他那鬼哭狼嚎般的破嗓子鼓掌，频频献酒，一个年轻的女同事甚至主动邀请他跳舞。

苏城子不知道自己为什么流泪，可能是为邱小娥吧。他为她的遭遇深感不幸，毕竟她只是个女人；也可能是为死亡，为尘世，为生活在断裂带上所有孤独、卑微的个体。

《女人花》苏城子一口气唱到第三遍的时候，终于被他的一个同事打住了。

这位同事抢过话筒，又生怕撞疼了伤口似的小心翼翼问他："苏老师，你在发什么抖？"

苏城子这才意识到自己有些失控。

酒醉心不醉。他不愿别人把他的心事或者秘密挖出来，便故作漫不经心，跟同事们解释道："可能是啤酒喝多了，痛风！"

同事们第一次听苏城子说他有这种病。

通过绿色导火索催动花朵的力量

时值正午，已在茫茫宇宙摸爬滚打数亿年的太阳依然光芒万丈地坐在空中，像个超级灯泡。

天空，浩瀚的鱼缸，谁要是拿猎枪朝它送一颗子弹，没准会漏下水来。天空蓝得不能再蓝，蓝得没有一丝裂缝，让人恨不得立马爬上去取几块下来当玻璃。几片云在那干干净净的鱼缸中央慢慢聚拢，准备开会似的；又像是一群患了懒癌、没长眼睛的巨型生物，漫不经心地，老气横秋地，与波浪般起伏的大地对峙着。

万丈晴空之下，从烟囱里爬出来的炊烟沿着空气的台阶，朝圣般缓缓抬升。风轻轻一吹，炊烟就走样了。炊烟一走样，判断力也就跟着走样，仿佛整个断裂带都在倾斜，都在弯曲，就像乡亲父老们的脊梁，在岁月中日益佝偻。

春已逝，脱胎换骨的草木在初夏的臂弯里加倍可人，沐浴着慵懒的微风，生机盎然。大地巍峨，我们的村庄隐藏在它们的褶子里，隐藏在草木的呼吸中间，在季节的轮回里默默滑向岁月的深夜。在断裂带，死亡善于隐藏，不轻易抛头露面，很多时候，它只会用那些黑漆漆的鸟提示并威慑我们。小时候，我一直固执地认为乌鸦是吸饱了黑夜的寄生虫。

今天天气真不错！如果那些常年活在霾里的人见了这样的好

天气，肯定会激动得落下眼泪，幸福得手脚抽筋。如此天气，不坐在院子里喝茶、晒太阳、打打牌、聊聊天，纯粹是浪费。找本沈从文的书翻翻也行。换作往日，我大概会拍几张照片，写几句漂亮话扔到微信朋友圈，任凭他们的嫉妒潮水般涌来，任凭他们为这梦幻般的好天气点赞。

但是今天不行，现在不行，我没法忽略母亲的哭，冷漠母亲的伤心，除非我的耳朵聋了。母亲关着门，一个人在她的卧室里哭。她好像很久没有这样哭过了，我也好像很久没听人这样哭了。母亲一哭，我的好心情就跳闸了。我的好心情遇见母亲的哭，就如同胖乎乎的菜虫遇见了敌敌畏。

母亲在她平日总是拉着窗帘的卧室里哭，她放下肩头沉甸甸的生活、尊严和热情，像刚刚出世的婴儿，尽情地哭着，她哭得声嘶力竭，日子仿佛又飞回了父亲撒手人寰的那一刻，生命和世界似乎完全失去了重量，只剩下哭。此刻，母亲把她全部的精力倾注在内心的无奈与苦闷之中。男人们似乎有很多办法宣泄，但作为女人，母亲只能把哭作为退路，作为释放无奈与苦闷的突破口。我理解她的心情。毕竟，我是使她哭的罪人。

此刻我心烦意乱，如坐针毡。听母亲这么哭，我恨不得立马把我的耳朵割下来，扔到家门前女娲河的肚子里；或者拿出去喂鸡，喂那些整天都在厕所旁边苍蝇嗡嗡飞舞的粪堆上觅食的饿死鬼；又或者干脆拿把锄头，到菜园挖个坑埋掉算了。

米饭、面条、肉、蔬菜、瓜果是食物，声音也是食物。声音是耳朵的食物。嘴巴挑食，耳朵却不挑食。耳朵见什么吃什么。耳朵的存在，让在锈迹斑斑的生活里挣扎沦陷的我们，表现出难得的宽容与敬畏。

母亲在她的卧室里哭，也在我的耳朵里哭，世界仿佛小得只剩下这一种声音，小得只剩下这一件事情：她在哭。哭让我的母亲变成了一个小女孩，我不知道自己该如何安慰她，一张嘴，像岩石间的裂缝般沉默着。

眼下，我谁都不想，我在想我，我在想我要是能变成聋子该有多好，我要是变成聋子该有多幸福。我不愿意面对母亲的哭泣，也不愿意面对我自己。

前前后后敲了九次门，母亲都没有理我。我只好心乱如麻地坐在堂屋柔软的旧沙发上，一支烟接一支烟吸着，脑子一片空白。

母亲在她那弥漫着樟脑丸气味的卧室里哭，我看了看手机上的时间，快半个多钟头了。我感觉，这半个多钟头，长得像是半个多世纪。这么长的时间，门就像个死人眼睛那样仍然闭得紧紧的，闭得死死的，好像不愿意见任何人，也不接受任何忏悔。所以，我没办法进去安慰母亲，把她从自己的眼泪里捞出来，激活她的笑脸。可恶的门啊，你让我没办法进去安慰母亲，我只好让母亲在卧室里，伤伤心心地哭，轰轰烈烈地哭。

哭，用的是母亲的喉咙、眼泪、鼻涕，耗的是她的时间和体能。此外，对减法得心应手的卫生纸，也是她自己赶集的时候在超市买的。这都是成本，都是浪费。

母亲在她的卧室里哭。

母亲在我的耳朵里哭。

我知道，这哭，是给我听的。

我知道，这哭，是给我看的。

我也知道，这哭的里面，隐藏着她的倾诉，倾诉的对象不是我，不是别的什么人，而是我去世多年的父亲。我不知道自己为什么会有这样的感觉。反正挺强烈的，就像地震时那些摇摇晃晃抖个不停的屋舍，让我既难过又害怕。

我难过，是因为父亲已经不在了；我害怕，则是出于那种蜷缩在心智框架中的"惯性"：一种童年折射到内心的恐惧，或者说威胁吧。我从小就害怕父亲，仿佛他身上携带着一股神奇的魔力——卡夫卡、布鲁诺·舒尔茨的部分作品能够感受到这种魔力。父亲让我屈服于他的意志，接受他的调遣摆布，就是因为这种魔力。尽管他常常把我不当回事。他去世这么多年，那种魔力却没有在我心底消失，我还是那么害怕他，再胆大包天的老鼠，也永远害怕猫。在母亲那儿，父亲似乎从来没有离开过我们，他去世这么些年，每天家里吃饭母亲都会给他备一副碗筷，遇到逢年过节，饭桌上还得放个酒杯买包好烟什么的。母亲现在的手机，都还用的是父亲原来的电话号码。父亲在的日子，也没见她这么重视过他的存在，两人经常因为鸡毛蒜皮的事吵翻天，父亲去世以后，母亲仿佛变了一个人，她开始把他的每件事都记在心里，放在心上，他的生日，他的忌日，乃至逢年过节，她都要去他的坟前探望一番，风雨无阻，雷打不动。

纪念父亲，已经成为母亲日常生活里不可或缺的一部分。他能够给她带来慰藉，还是力量？人总是会从生活中捞一些东西出来，独自占有或者享用，形成嗜好。所以，母亲把自己活成了死去的丈夫的影子。所以此时此刻，听着母亲哭，我无法不想到父亲，想他愤怒的眼中正朝我喷火。母亲哭得大声，好像要把他从空气里震出来似的。

也许父亲的确存在着，眼下的一切，不过是从他的死亡发出的光线。

我不寒而栗。

母亲的哭泣让我深深地卷入了自责的旋涡之中。说起来我也是将近三十岁的人了，至今没有结婚生子，不头疼才怪呢。在断裂带，跟我年纪不相上下的，很多都生二胎了。我呢，却仍然保持单身，当着光杆司令。话说回来，倒不是我身体有什么毛病，也不是长得难看找不到女朋友。老实说，我硬件设施不差劲，身高一米八，五官标致，体型结实不胖不瘦。身边也有好几个单身异性朋友——爱情的土壤谈不上幅员辽阔，但也不至于捉襟见肘。可谓：万事俱备，只欠东风。

都说婚姻是爱情的坟墓，没有爱情为基础的婚姻在我看来更可怕。事情难就难在两颗心没那么容易走到一起。我想，单身有单身的好，结婚有结婚的好，一切随缘吧。我不急，母亲急。在结婚这件事上，母亲比我急，急得就像热锅上的蚂蚁。

母亲希望我早点成家。

母亲在她的卧室里哭。我已经彻底蒙了。我知道我这个当儿子的有罪，我这个当儿子的忤逆不孝，让一心盼望当婆婆的母亲失望了，伤心了。听她哭，我的心难受，我的心也在跟着她哭。我没想到，她会把我随随便便的一句话当真，看得那么重，那会儿，我不该拒绝她为我介绍对象。哪怕对象是一只蚂蚁，我也该欣然接受。

我在断裂带的一个小镇上教书，今天学校放假，就回来了。平时家里就母亲一个人，不容易。父亲的去世，给母亲的精神留下了难以抹去的巨大伤痛，但是母亲似乎并没有因此变得脆弱不堪。她很坚强，把家里打理得井井有条，把日子过得风生水起。父亲去世那一两年，登门给母亲介绍对象的人几乎踏破了门槛，说来也是情理之中，能够理解的事。母亲不老，春节前刚满五十，找个伴儿无可厚非。母亲却二话不说地拒绝了。在我看来，她的拒绝里，既包含着一个断裂带女人的矜持，又包含着一个断裂带女人的忠贞。这个时代已经很讨人嫌的东西，她完好无损地保留着。其实我知道，母亲拒绝改嫁的最主要原因就是因为我这个儿子，她不想让我无家可归。父亲去世后的那一两年，是我最想结婚生子的一两年，我想，结了婚有了孩子，母亲可以帮我们带孩子，带孩子是个冲淡孤独的好办法。眨眼五六年过去，生活还是那么无聊，日子还是那么漫长——我们早已心照不宣。

今天，我真不该回来的。我脚刚跨进门槛，母亲满面春风地告诉我："儿子，妈给你找了个对象！"

母亲如此一说，我瞬间愣住了。见我无动于衷，她又说："结婚是早晚的事，你不看看你，都成老小伙子了。"

都成老小伙子了。母亲就是这样说我的。她总是这样说我。反正，我已经习惯了，死猪不怕开水烫了。每次听到这句话，我都感觉自己好像已经老得没人要，谁都可以成为我的妻子，当她老人家的儿媳妇。

"明天去她家里看看，认识一下。"母亲告诉我，"一回生二回熟……"

我缓过神来以后，就开始用自己的三寸不烂之舌开导母亲，说什么事她都可以做主，唯独这件事不行，我得自己来。爱情是婚姻的种子，没有爱情，怎么能开花结果？况且，我这么大的人了，还得让母亲为我介绍对象，面子上过不去。所以我斩钉截铁地告诉她，我不去，我打死也不去。

没有想到，我话说得重了。

母亲哭了，伤伤心心地哭了。她从来没有因为我的事哭过，这还是大姑娘上轿头一回呢。她这样一哭，我就意识到了事情的严重性；她这样一哭，我就知道我错了。罪该万死。

到现在，母亲差不多哭了整整一个小时了吧。但她还在哭，在她的卧室里哭。虽然隔着门，隔着墙壁，但那哭声好像并未被磨损，并未减弱，它绕过门，穿过墙壁，还是那么惊天动地。

一包黄鹤楼已经抽没了。望着满地打滚儿的烟屁股，我想我该给母亲打个电话了。虽然她在卧室，我在堂屋，近在咫尺。在等待电话接通的过程中，我有些说不出的滋味，那滋味，比地里的苦麻菜更苦。母亲没有接我电话，她把电话挂了。

下午三点，母亲终于从她的卧室里出来了，眼睛红红的。

"妈，我饿了。"

我试探母亲，看她会不会理我。母亲当然没有理我，一个哭过的人，会变得更加坚忍、骄傲。在母亲眼底，我一定变成了空气的一部分，她梦游般地在屋子里穿梭了一阵，然后进了厨房。看着母亲进了厨房，我知道她虽然伤心尚未画上句号，但气已经恕过，瞬间如释重负。

香肠、凉拌鸡肉、土豆丝炒腊肉、番茄蛋汤。迟来的午餐丰盛不已。

我和母亲坐在饭桌上默默吃着。我们谁都不想说话。

家里不宜久留。

吃过饭，我就打算回学校了，虽然今天刚放假。我已经找不到继续待在家里过周末的理由。或者说，母亲用她的哭，把它们都给淹死了。

工作的地方离家不算太远，三十分钟车程。那是个地质结构极不稳定的小镇，2008年地震极重灾区，据说有人每天晚上睡觉之前都会在床头竖一个空酒瓶预警。

家门口就是公路。柏油路因为阳光长时间照射，空气中弥漫着一股软绵绵的沥青味道。等车的时候，母亲没有像往常那样挽留我，她先是在为院子旁边的几株鸡冠花浇了些水，然后又回屋里抱出一堆旧衣服泡在专门用来洗脚的胶盆里——她总是有忙不完的事情，陀螺一样整天屋里屋外地这样转啊转啊。我想要是此刻她能给我一个暗示，微笑或者招招手什么的，也许我会留下来，但自始至终，母亲没有看我一眼，她安静地做自己的事。

很快，班车来了。我头也没回地上了车。

家缓缓掉在班车屁股后面去了。

阳光下，柏油路边的金属护栏闪着光。

坐在臭烘烘的班车上，想到母亲的点点滴滴，我的心开始冒酸。可是除了这样，我别无选择。我再也不是从前那个傻乎乎的下河洗澡连内裤都不想穿的小男孩，有些路，我想自己走。

有人在打呼噜。

星期天，在单人床上差不多躺了一天两夜之后，我早早起了床。再这样下去，人就要发霉了；再这样下去，我恐怕晚上真就要失眠了。

三十岁之前睡不醒，三十岁之后睡不着。我尚未真正跨入三十岁这个门槛，确实不怎么睡得着了，床上躺得越久越吃不消。

之所以说是躺，是因为我这一天两夜不都是睡觉，也看书，而且看的是有大学问的书，明朝兰陵笑笑生写的《金瓶梅》。兰陵笑笑生是否真有其人，我不感兴趣。我感兴趣的是那些通过身体展开的精彩对话。已经看到第八十回：《潘金莲售色赴东床，李娇儿盗财归丽院》。书是我大学毕业那年在成都火车站买的，为买它，记得当时整整花了五十块钱。书里至今嵌着一张售书小广告，广告词里除了售书电话，还引用了一句马克思的话："阅读能彻底改善一个民族的智力和精神状态，一个没有阅读习惯的民族，永远不会进入智慧文明进步的阶梯。"

平日，我把《金瓶梅》压在我的枕头下面，除了贼，恐怕没有人知道它的存在，当然也不可能让喜欢读《知音》的母亲发现，我从来不会把这种书带回家。在断裂带教书这几年，看书的好习惯就是从这部砖头一样厚的《金瓶梅》培养起来的，买书的坏习惯也是从这部砖头一样厚的《金瓶梅》慢慢发展起来的。如今，我租来的房子里已经堆满了书，成了书的世界，书的海洋。书是我买来的，我是书的主人，可这都是些浮在面上的事情，很多时候，我感到它们才是真正的主人，而我不过是伺候它们的保姆，是它们的手，不光要腾出地方安放它们，还得经常打理它们的卫生，要是哪儿虫咬坏了哪儿手碰烂了，还得当它们的医生。书医治的是我的灵魂，我医治的是它们实实在在的毛病。

两天来，睡懒觉，看《金瓶梅》——我用它总共自慰了三次，星期五晚上一次，星期六上午晚上各一次，早上醒来的时候本想来一次的，卫生纸没了。战栗之后，我还是觉得无聊。漫无边际的空虚像血液一样充满了我的身体。黏糊糊的体液在被窝里漫出浓浓的青草味儿，我的内心空落落的，就像一只被挖掉了肉的贝壳。我后悔了，也许我该同意母亲，去见识下那个姑娘。

我就是这样矛盾不已，机会小荷才露尖尖角，我就主动把它掐掉了，把它掐掉了，再来后悔。我忽然悲哀地意识到，现在这个年龄，性的缺席已经是个非常严重的问题，必须得到解决。

去学校后面的面馆吃早饭，加汤的炸酱面，一笼肉包子。我几乎每天早上都在吃这些东西，其实我可以有更多选择，但我似乎太懒了，力不从心。每天早上我来到这里直接坐下就可以了，不用告诉老板我要吃什么，这样倒也方便。

面馆生意堪称火爆，八张桌子已经坐满。等了一会儿，我终于在面馆靠里的位置坐下来。位置是我喜欢的位置，我不喜欢坐外面，因为我怕遇见熟人，工作几年，我对这个镇上熟人间的客套早已心生畏惧。吃饭都是先给钱。买单是一码事，关键是累，但凡遇见刚好在这儿吃早饭的认识的人，你都得挨个儿问一遍：你给了吗？简简单单的一句话说上十多遍，感觉却要比趴在地上做一百个俯卧撑累得多。

阿弥陀佛，我没碰上熟人。

在我风卷残云狼吞虎咽之际，一位坐在邻桌吃米粉的大娘突然高声吆喝起来："哎呀，昨天我们那儿出大事了！"

"出啥大事了？"有好奇的人问。

断裂带种种新闻八卦多是从这些苍蝇馆子变得人尽皆知的。我估计，她说的"那儿"，百分百还是这个镇的事情，再远，也跑不出断裂带的手掌心。她说"那儿"，就是"那儿"，国家划分的行政区域挨不着边。这个"那儿"，可能是某座山，可能在河边，也可能就是镇上的某个角落。

听到有人问，这位穿得土里土气却也还算干净的大娘倒显得谨慎从容起来，她喝了口碗里的汤，漱了漱口，吞进肚里，这才不急不慢地说："昨天下午，我们那山上的一个小伙子被野猪咬死了，可怜啊，才结婚没多久，媳妇肚里娃娃怀起的，造孽啊。"

大娘说完，结结实实地叹了口气，又喝了口米粉汤，吞进肚里。

断裂带的野猪敢咬人了！天啊，咬死人的野猪疯了吗？野猪胆子真大！我脊背瞬间升起一股凉风。湖北作家陈应松的长篇小说《猎人峰》，也写过野猪咬死人的事，可那毕竟是小说，即使真有，也是在天远地远的神农架。我头一回听说这种事。

"这年头的人可比野兽凶残多了，发生这样的事，真的可以上《绵阳晚报》头条了啊！"有人发表意见。

"等找到人的时候，就只剩下一条脚杆了，地上到处是血。"大娘似乎不忍心一次性把话说完，继续补充道。

不得不承认，我已经听得头皮发麻浑身起鸡皮疙瘩，恨不得立马起身就走。吃完早饭，给过钱，我便离开面馆。我离开面馆的时候，大娘碗里的汤已经被她喝干了。她仍然坐在那儿，就像屁股生了根似的，有一搭没一搭地跟人说着话，不过话题的中心已经转移到那个罹难者的媳妇会不会堕胎重新找个婆家的事情上来了。

走到学校后门，我碰到学校里的同事祝雨桐，她是二年级一班的语文老师，比我小两岁，偶尔也在一起吃吃饭唱唱歌什么的，关系还不错。我们一个办公室。

我问打扮得漂漂亮亮的祝雨桐："明天才上课啊，你来这么早干吗？"

途中偶遇祝雨桐也是一脸意外，好像我故意要碰见她似的。

"家里不好耍啊！"她笑盈盈回答，身上洋溢着栀子花香水味。

"哦，怎么不陪男朋友？"我又问。

"到绵阳出差去了。"

"嗯。"

"你呢？咋来得这么早？"

"我也不好耍啊，躲在屋里看了两天书。"我没好意思说我看的是什么书。

"今天天气这么好，我们去落河盖钓鱼，咋样？"祝雨桐忽然提议。

"好啊！"我几乎没怎么思索，就答应下来。一答应下来，我就开始后悔，孤男寡女去钓鱼毕竟不太合适，要是遇到那种唯恐天下不乱的熟人，以后，闲言碎语肯定是免不了的，乡下人的嘴巴，如同刺刀啊。但为时已晚，我想，既然答应了，那就去吧。有男朋友的祝雨桐都不介意，我这个单身狗有什么好怕的呢？

落河盖离教书的这个小镇有十多里路，地方虽说偏僻了点，但的确是个钓鱼的好去处。我已经很久没去那儿钓鱼了。以前，倒是经常去，跟单位几个男同事。

我骑着向门卫黄宝强借来的嘉陵摩托车和祝雨桐出发了。

阳光明媚，普照苍生万物，群山绿得发亮，成群的鸟儿在公路边上的小树林里快活地歌唱着。我骑得快，祝雨桐没有如我想象的那般双手搂着我的腰，这让我颇有些怅然若失，我们就这样保持着身体的、灵魂的距离。在一个拐弯处，一块从山上滚下来的石头使我不得不紧急刹车，因为惯性，祝雨桐不算丰满的乳房瞬间紧紧贴在了我的后背，避开危险，她柔软而富有弹性的身体便闪电一样迅速退了回去，井水不犯河水。我有些意犹未尽，所以途中又故意几次紧急刹车，祝雨桐一路上尖叫连连，身体也和我挨得越来越紧。后来她干脆扔下矜持，两只手死死拽着我的衣角。

花了半个小时，我们抵达目的地。阳光下的落河盖犹如世外桃源，没有一丝喧哗，潭水清澈见底，成群的鱼儿在它们的王国里游来游去。我捡起一块石片子打水漂，被祝雨桐果断制止了，她说："别把鱼吓跑了。"

我轻轻"哦"了一声，把石片子扔在地上。

"小兔子，真乖！"祝雨桐对我竖了个大拇指。

我们并坐在水边的一块大石头上准备钓鱼了。开始钓鱼之前，祝雨桐从背包里拿出一袋花生、一袋薯片、两瓶农夫山泉，还有一本《狄兰·托马斯诗选》，这本书是我向她推荐的。我也买了一本。祝雨桐告诉我，她最喜欢的不是电影《星际穿越》引用过的《不要温和地走进那个良夜》，而是狄兰·托马斯——这个因连续痛饮十八杯威士忌暴毙的诗人的另一首诗——《通过绿色导火索催动花朵的力量》：

　　　　通过绿色导火索催开花朵的力量

　　　　催开我绿色年华；炸毁树根的力量

　　　　是我的毁灭者。

　　　　而我哑然告知弯曲的玫瑰

我的青春同样被冬天的高烧压弯。
驱动穿透岩石之水的力量
驱动我的鲜血；枯竭滔滔不绝的力量
使我的血凝结。
而我哑然告知我的血管
同样的嘴怎样吮吸那山泉。
在池中搅动水的手
搅动流沙；牵引急风的手
牵引我裹尸布的帆。
而我哑然告知那绞死的人
我的泥土怎样制成刽子手的石灰。
时间之唇蛭吸源泉；
爱情滴散聚合，但沉落的血
会平息她的痛楚。
我哑然告知一种气候的风
时间怎样沿星星滴答成天堂。
而我哑然告知情人的墓穴
我床单上怎样蠕动着同样的蛆虫。

　　在时间的栅栏里，祝雨桐用标准的川普轻轻念完这首诗。我聆听着，陶醉着，内心充满力量，眼睛却佯装死死盯着水上的浮标。

　　经历了漫长的等待过后，祝雨桐率先钓到了鱼，一条足有半斤重的鱼，这种鱼身上有很好看的斑纹，我们当地人称之为母猪鱼。我们把鱼从鱼钩上取了下来，放进岸边挖好的水坑里面，母猪鱼似乎并不接受它的命运，在水坑里挣扎了一会儿，便安静了。时间一点点过去，我们又钓了不少，在落河盖荒废的这些时间都变成了鱼。最开始挖的水坑已经装不下它们，所以我们又接连挖了三个水坑，每个水坑里都有七八条鱼。除了钓鱼，我们遇到过一点小情况，鱼钩被水里的石头卡住了，为免挣断钓鱼线，我不得不脱掉衣服潜下去把它取出来。这样的天气，在水里游泳真是痛快，潜水的时候，我都想变成一条鱼了。我水淋淋地从水里爬出来的时候，祝雨桐指着我哈哈大笑："天啊，你黑得简直不像个人了。"

我没想到她会看我的身体。

天快黑的时候，我们准备回去了。我们钓了好多鱼，乃至我们有点后悔，要把这么多鱼拿回去，不是件容易的事。用来装鱼的塑料袋破了。

"我们不该钓这么多鱼的。"我跟祝雨桐说。

"什么？"她没有听见我的话，好像我的话被风吹跑了似的。

我没有重复。

回去的路上，我算骑得慢了，可我还是恨不得再慢一点，就差推着摩托车走回去了。速度是一种残忍——祝雨桐从开始搭车那一刻就把我搂得紧紧的，仿佛我们是一对幸福恋人，有那么几分钟，我甚至感觉到她把脸轻轻贴在了我的背上。所以我想慢一点回去。我还想停下来，风度翩翩吻她，吻这个有男朋友的姑娘。

"雨桐……"我的喉咙似乎被什么堵住了。

"嗯？"祝雨桐似乎也有心事。

"你和你男朋友会不会结婚？"我问她。

"应该要吧。"祝雨桐犹豫着回答，"年底。"

我大声叹了口气。没必要再说什么了。

福克纳在《喧哗与骚动》中写道："一个人是他所有不幸的总和。"确实，我为自己的不幸感到难过，似乎又觉得这也没什么可难过的。

身后，祝雨桐忽然将我抱得更紧了。我无动于衷，仿佛她抱的不是我，而是一种不幸。我们找不到更好的办法安慰自己。沉默。好在天已经黑了，不会亮出我的痛苦。

转眼，星期五又回来了。

上午，我在教室里上完本周最后一节课，刚出闹哄哄的教室，母亲的电话就打了过来，如同掐准了似的。看到母亲大人来电，我多多少少有点意外，担心也随之而来，如果没有要紧的事，母亲一般不会主动打电话。她心疼话费但又迷恋手机的办事效率，即使远隔千万里，两个声音在短短几秒钟便可迅速凑在一块，在她看来比天上掉馅饼这种情形复杂得多。母亲的诺基亚手机是我用当老师的第一笔工资给她买的，很便宜，镇上的导购员——也是我小学同学——给我打了九折，一百八。刚刚得到手机之后的几天，母亲什么也不干，整天在村里跟乡亲父老们炫耀她的儿子给她买了部手机。

母亲突然来电，肯定不是啥好事。我有预感。

"喂？"我拿起电话。

"你回来吧，我生病了，要死了。"母亲在电话那头虚弱缥缈地说道，无论什么时候，她陈述的语调从来都是冷漠的，令人为之困惑不已。

"啊？！"我大吃一惊，不敢相信自己的耳朵。上周不还好好的吗？

　　"就这样……"

　　母亲如此说完，就挂了电话。再打过去，已经关机。这一刻，我真是急火攻心，恨不得长出翅膀马上飞回家，飞回到母亲身边。隔阂再深，她也是我的母亲。该不是我的执迷不悟把她气出病来了吧？我有些猜不透她的心思。与此同时，我又有些憎恨母亲，为什么不把话说完就关机呢，母亲肯定是故意的，电话总不能自己把自己关了吧！从来不把话说完——这便是母亲的风格，说话也要偷工减料，给人留下巨大的想象空间。

　　我回宿舍草草收拾了一番，拿了充电器，急匆匆坐上班车朝家里赶去。路上我又试着给母亲打了好几次电话，手机仍是关机状态。

　　终于回了家。

　　我推开家门，只见母亲躺在卧室里，面色苍白。

　　"儿子，你终于回来了。"母亲有气无力地招呼着我，她揭开被子，试图从床上坐起来，但没有成功。斑驳的床头柜上放着大大小小几瓶药，卧室里弥漫着刺鼻的中药味儿。

　　"妈，你咋了？"见母亲病成这样，我的心像是忽然被大象狠狠踩了几脚，疼得厉害。

　　"你午饭吃了没？我给你做饭吧！"母亲似乎并不急于暴露自己身体正在承受的灾难，反倒关心起我，这令我有些无所适从，不知道该如何回答她的问题，也不知道自己该如何接受她的关爱而忽视她的病情。在她面前，我感到自己真是太过自私了，要是手上有刀，我真恨不得把自己的那些自私一块一块割下来。

　　"我不饿。"我回答她，说完，我看着这个将我含辛茹苦养大的人，目不转睛，生怕什么风把我们吹散了似的。

"还在生气？"

"没有。"

"上周，我说的那件事，你再考虑考虑？"

不知怎么的，我忽然觉得躺在床上病快快的母亲怪怪的。"等你好了再说吧。"我说。

"万一，我死了呢？"

在乡下生活了大半辈子的母亲忽然抛出如此沉重的话题，让我哑口无言。良久，我才下定决心鼓起勇气跟母亲说："那我试试？"

事实上此时我才真正地放弃了我那自以为是的自由，或者说认命了。命运的确存在着，就如同通过绿色导火索催动花朵的力量，它无形无体，隐藏在个体还有个体与个体微妙的联系之中，谁也抓不住它，谁也无法改变它。或许，接受它比抵抗它更容易得到幸福与快乐。

"这就对了嘛！我看啊，这件事咱得抓紧时间，明天就去？"母亲一时心花怒放，仿佛身上的病已经好了一大截。

"嗯。"

我认真点了点头。

晚上，母亲为我做了一顿丰盛的晚餐，让我想起以前每逢期末考试的前一天晚上，她也是这般犒劳我。相亲，也是一门考试吧！至于她的病，似乎并没有我想象的那么严重，她也没有告诉我她究竟得了什么病。

直到很久以后，母亲才告诉我相亲那会儿，她骗了我，为了让我同意相亲，她故意装病，花了几十元钱到药店买了些药……

现在就是后悔也晚了。

我已经跟母亲托人给我介绍的这位姑娘结了婚，有了一个女儿。

自国家开放二胎政策以来，母亲又开始督促我梅开二度。她盼着我们给她生一堆孙儿孙女。

偶尔，忆及过往，忆及祝雨桐，我不得不喟叹时间的胸襟，它，其实容得下所有。

火房子

　　我爸妈刚认识那阵子，正是两人生命中韶光时代的开始，年龄旗鼓相当，同生于1964年，生肖都是属龙。两人是经人介绍认识的，也就是相亲。三岁小孩都知道，这是那个年代最为普遍的套路。初次见面，两人就像羌人史诗中的木姐珠与斗安珠那样相见恨晚一见钟情，先后碰了几次面后，爱的火花如喷泉四溅，两人似乎都有了永结同心百年好合之意。事不宜迟，他们闪电般地领了结婚证把两颗心拴到一块儿，告别了枯燥苍白的单身岁月。新婚没折腾几天，我妈肚子里就怀上了我。我响应人间召唤出生不足两月，夫妻两人甚至没来得及享受初为人父人母的喜悦，结婚前一年从沈阳退伍归来的我爸继续发扬军人勤劳务实艰苦作战精神，让家里的人口眨眼之间又有了量的突破，进一步走向繁荣：我妈肚子里又怀了一个。

　　两人刚成家，便被我那唯我独尊的婆婆逐出家门，让他们另立门户。慷慨无比出手大方的婆婆分家时给了我爸妈五十斤粮食两把面两副碗筷，让他们不至于在短时间之内饿肚子。

　　我出生那会儿，家里就经常揭不开锅了，我妈那时候的眼泪比天上的雨下得还勤。穷人事多，我爸作为家里的顶梁柱，既要想方设法填饱一家人的肚子，还得准备一大笔钞票缴纳超生款。他每天骑着一辆飞鸽牌破自行车到别的镇上收购鸡蛋、蔬菜、粮食、野猪肉啊什么的，弄到我们镇上卖给青梅街那些有门面的老板赚取差价。我妈成了家庭主妇，负责家务，洗衣做饭，喂马劈柴，但又不能太过操劳，毕竟，肚子里又有了，需要好好休息，免得动了胎气。为减轻负担，缓冲疲惫的身体和终日紧绷绷的神经，我妈决定把我送到外婆家，让大半辈子都在生孩子带孩子的外婆帮忙照看一段时间。

俗话说，酒是陈的香，姜是老的辣，从民国的臂弯中姗姗而来的外婆生孩子带孩子经验丰富，容易得像是中国人用筷子往碗里夹菜，带我肯定比我妈带我合适，经验闲着也是浪费，趁它们没有完全在外婆的生命里散掉，就应该把它们积极利用起来，在广袤的生活中继续发光发热。此外，外婆家生活条件生活环境不赖，人也多，伟大领袖毛主席的话——人多力量大人多好办事——确实让外婆家受益匪浅，否则分到头上那么多土地早就杂草丛生，野花遍地，成了蟋蟀、蚂蚱、七星瓢虫、蚂蚁和毛毛虫的王国了。一家人伺候几十亩地，照看尚在襁褓中的我自然是不在话下。

我是在家里待了四个月零八天之后被我妈裹在碎花布里送到外婆家里来的。计划赶不上变化。话说，我妈二胎又生了个儿子以后，生活的色彩并没有如他们想象的那样鲜艳夺目起来，仍旧的灰暗侵蚀着他们的婚姻和呼吸，荒废着他们有限的精力，泥菩萨过河自身难保——接我回家的计划，从此在时光的流逝中悄然沉没，如同撞上礁石的船，如同被黎明刮灭的星辰。

"靠山山倒，靠人人跑。人呀，都是靠不住的。"我外婆在做某些不得不亲力亲为的力气活时经常这么自言自语，话语中垂挂着一丝难以言传的失落和感伤，落寞时的孤芳自赏。我知道，外婆是在抱怨她那几个陆陆续续嫁为人妻的女儿帮不上她的忙，包括我妈。如今她们帮她做事的兴趣再也不如以往那么虔诚、卖力，好像她们在各自的小家把力气都用光了似的，偶尔回娘家来，也只是象征性地到满载着回忆的厨房做做饭、炒几个菜，或者皱着眉头在堂屋、院子里打扫打扫卫生。

种种不堪，涂抹着我的童年，也潜移默化地塑造着我的心灵。命运不济，全靠自己争气，外婆家，我蜗牛般顺着时间的墙根成长着。有加法，就有减法，这几年，外婆其余几个女儿也陆陆续续嫁了出去。

而我，在外婆家慢慢长大的我，只有在逢年过节才能跟爸妈见见面。通常，他们会带着弟弟一块到外婆家来，每次来都是当天来当天走，从不过夜，就好像我外婆家没有多余的床和被盖似的，非要回去睡。他们从来不提说带我回家，估计他们早就把我当外婆家的人了。我觉得自己不是。当然，我也不好意思主动要求跟他们回家，强人所难其实很没骨气。我等着，我忍着，盼星星盼月亮，希望有一天爸妈主动地到外婆家把我接回自己的家，和他们一起生活。

我才学会走路、说话，不知道什么是"骗人"那会儿，外婆家的人没少"欺负"我，尤其是我那满肚子馊主意的舅舅，他经常命令走路摇摇晃晃的我帮他干这干那，自己没有长手长腿似的。几个孃孃也不例外，她们一会儿说我是从路边的草堆里捡来的，一会儿又说我是从我外婆的胳肢窝里钻出来的。有时，她们会故意用手轻轻捏一下我的鼻子，或者扯一下我的耳朵，然后，一边说着"扔了"一边迅速完成正把什么东西扔出去的动作。每次，我都哭得稀里哗啦，会花很多工夫满地急忙去找我的那些被大人们随手扔掉的鼻子、耳朵。人家呢，在一旁幸灾乐祸地看着笑着，仿佛在观察另外一个世界。连起码的尊重都没有。

没过多久，我就不再搭理这些稚嫩的谎言，不再担心我的耳朵和鼻子被扔掉这些事情，身体上的这些零件终归是我的，外人就是想怎么样，也不能把它们怎么样。我倒是跟外婆家的人厘清了界限，人心都是肉长的，他们喜欢"欺负"我，我又何必用热脸贴人家冷屁股呢。寄人篱下就得忍气吞声，小不忍则乱大谋——人生的许多道理，我都是跟电视里那些穿着奇装异服的人学来的，虽然似懂非懂，但说老实话，电视里那些人对提升我的眼界功不可没，我视其为偶像，无论好人坏人，光是他们不吃不喝就能精神百倍地行走江湖这一点，就让我佩服得五体投地。我也想成为他们那样的人。

但是，外婆说我是靠白糖水和石臼里磨碎的米糊长大的。她还说，我吃过的白糖要是装在背篓里，十背篓也背不完。

二嬢说，我两岁那年生了一场大病，高烧两个月不退，她每天骑着自行车到医院给照看我的外婆送饭。

幺嬢说，我小时候的尿片都是她亲手洗的，即使寒冬腊月，即使手被冻得没了知觉，她也风雨无阻毫不在乎。

舅舅则告诉我，他经常背着我到街上买零食，冰糖葫芦、棉花糖、两毛钱一根的冰糕、娃哈哈，都是些奢侈品。

我过去的点点滴滴早已被累累尘埃覆盖，自己能想起来的很少，不过也有。我最早的记忆是有一天外婆抱着因为没奶吃哭得要死要活的我在堂屋转来转去，堂屋正对的墙上供着神龛，香火弥漫。然后，我外婆抱着我来到竹影婆娑的院子里，在一根长板凳上缓缓坐下，坐下以后，外婆东张西望了好一阵子，这才掀开衣角，把她那一只早就被我妈和她的兄弟姊妹们吸得干瘪的乳房塞进我嘴里，我的哭泣方才打住。

我向外婆打听她是否记得这件事，她腼腆地摇头，坚决否定。以前可不是这样，外婆老喜欢当着外人的面宣传这些事，现在我亲自过问，她反而不好意思了。可能外婆已经老得记不清是哪一次了。经常是这样，一件对你来说意义重大的事情，在别人眼中可能一文不值。我已经长大，而我的外婆，已经是个满脸皱纹面容枯朽的老人了。老人，其实就是变老了的孩子吧，我想。

我过去的生活轨迹大多是外婆家的人告诉我的。他们比我更了解我过去的吃喝拉撒，我是在他们的地盘上长大的，比起我本人更不幸的是他们似乎很喜欢、也很享受——当我的面吃我过去的"碗底子"，表情中淌着一股焦虑，好像生怕我今后忘了他们的恩惠似的。事实上，我印象最深的还是他们怎样欺负我，耻辱钉在记忆深处，像小学生胸前骄傲的红领巾一样鲜艳，很难被时间滤掉，至于别的事，我倒是很难记得住，就好像有什么人故意把它们当宝贝挖走了似的。

借着外婆家的人滔滔不绝的讲述，我穿过被我遗忘的日子慢慢醒来，黯淡的幼年迈向童年的脚印与走向逐渐变得像刚刚用抹布擦过的玻璃那样清晰。我其实不喜欢我的过去，就好像让你把自己吐出来的东西再吃进肚里。幸好，人永远去不了的地方就是过去，至于那些陈芝麻烂谷子，就让它们堆在那些角落里好了。

长这么大，最让我震惊的，就是有一次我和外婆在路过一片坟茔的时候她告诉我：每个人都会死。我们都会死。外婆说，这是个公开的秘密，从我们出生开始，死就一直躺在我们身上，脑髓、血液、神经，那些生命较为脆弱的地方。我不寒而栗，为此深感沮丧。

我已经六岁了。也就是说，爸妈把我扔在外婆家已经快六年了。眼下我最大的渴望就是回到他们身边，和他们一起生活。也许到哪儿都不轻松，我觉得，总比待在外婆家自己和自己玩有意思吧。

我过六岁生日那天早上，外婆给我煮了六个鸡蛋。早就吃腻了，一下子煮这么多——又不是喂猪。所以，我干脆一个也没吃，把它们偷偷扔到草楼下面的猪圈给那些猪吃了。从我的这段不幸起步，也就是我爸妈把我送到外婆家来的那天开始，我就已经很被动了，所以我不愿被人颐指气使。即便外爷从来不许我浪费粮食，要是发现了他老人家准会火冒三丈，但生日那天早上我这么做了，并且不觉得是浪费。不管怎么说，反正不是浪费自家粮食，我似乎为自己的浪费找到了一剂可以麻痹罪恶感的良药。

在外婆家，我时时被一丝忧伤笼罩着：我觉得自己在这个家就是个外人。更重要的是，我已经厌倦这个家庭施予我的暮气沉沉的呵护。我想回家，我渴望回到爸妈身边，渴望真正的像春天那样朝气蓬勃的父爱母爱，乃至兄弟情。

外婆和外公总共有五个孩子，一个儿子四个女儿。我妈已嫁为人妻有了自己的家庭那会儿，她的其余姊妹尚未成家，他们仍然是外婆家里的一分子。这几年，除舅舅之外，外婆的宝贝女儿们像我妈一样，先后离开这个家，开始了新生活。已经从一个二流职业技术学院毕业的舅舅面色苍白得就像是他白读过的那些书，一个人两耳不闻窗外事地整天徜徉在《农村百事通》《畜牧与饲料科学》《新农业》之类的书里研究致富捷径，瘦得风都能吹跑的舅舅已经不太喜欢跟我玩"开火车"（一种简单的纸牌游戏）、滚铁环、用弹弓打鸟这些游戏了，这些明显的疏远和抛弃，让我意识到我们之间的亲密关系已经走到了尽头。我们之间，除了空气，还有距离。

我不清楚外婆为什么会生那么多儿女，然后眼睁睁看着这些从她身上掉下来的肉远走高飞，她就一点也不难过？我不是个铁石心肠的人。三四岁那会儿，我就有了自己的忧虑，并且我忧虑的不是我自己，而是那些在我妈肚子里排着队等待出生的弟弟妹妹，如果她也像外婆生那么多儿女的话。我经常担心着，担心我尚未出世的弟弟妹妹们将来会不会像我一样，出生不久便被爸妈狠心送到外婆家——成为有妈生没妈养的可怜虫？爸妈是否经历过同样的遭遇？每每想到这些人为的灾难，我的心就像踩到了钉子一样疼，疼得无可救药，我不希望我的弟弟妹妹重蹈我的覆辙。老君庙救苦救难的菩萨，让我一个人吃这些"苦"受这些"罪"好了。也许是我的忧虑被菩萨知道了，自从生了弟弟之后，我妈的肚子果然安静了，当然，他们也没有把弟弟送到外婆家来。

外婆家的这些人，包括外婆、外爷、二嬢、三嬢、舅舅、幺嬢，曾不止一次告诉我，我是他们手把手带大的。滴水之恩当涌泉相报，但是，我还是难以忍受外婆稍稍有空就会冲着我唠叨个没完，好像说话能让她减掉满身的肥肉似的。已经嫁人的二嬢、三嬢、幺嬢更不消说，她们每次回娘家都要跟我提起她们为我做过的事，以此为乐，不厌其烦，弄得我感觉自己欠了她们天大的人情似的。纵然欢乐已经远去，只在悠悠岁月中留下沧桑的背影，我的存在给她们带来的欢乐，她们也不应该视而不见，只字不提——真是叫人寒心啊！

不瞒你说，我这个有妈生没妈养的可怜虫自从过完六岁生日那天，回家和爸、妈、弟弟一起生活的念头又比过去上涨了几厘米。也许，成长的显著特征之一，就是那些日益坚固并且稳定的想法吧。最近，回到爸妈身边的想法老是冒出来，我没办法将它掐灭。想法是行为的妈妈，我之所以对外婆家产生厌倦，不想留在这里，最主要一个原因就是没人陪我玩。他们不过是我生活上的云梯罢了。

这几天，我一直在想几天后的清明节爸妈会不会来外婆家，去给那些地下长眠的老祖宗们上坟？外爷已经为此忙开了，忙着给那些老祖宗做纸钱，糊纸人。人死了之后，被活着的人惦记当然是一种福分。可是，我想到可能又要和爸爸妈妈弟弟团聚了，就觉得自己比那些作古的老祖宗们幸福得多，幸福得快要化了，仿佛刚刚吃到嘴里的棉花糖，甜丝丝、美滋滋的。

清明节的脚步声越来越近。断裂带上，被春天治愈的伤痕累累的树木，和荒芜渐渐疏远，更加生机盎然了。如果说三月是野樱花、梅花、梨花、油菜花的海洋，那么四月就是绿的天堂，感觉到处都是绿的火苗绿的燃烧绿的呐喊绿的呼吸绿的光芒。田野，坡地，蜿蜒的女娲河河畔……除非是黑漆漆的夜晚或者眼睛失明了，没有任何力量能够忽略它们的存在，把它们逐出视野。

今天，天气好得就像是不要钱似的。这是个比较笨拙的比喻。的的确确，天气再好也没人收费。天空蔚蓝，让人恨不得想要取一块蓝下来当玻璃。太阳大得像个超级灯泡，阳光把我外爷的老花眼也擦得雪亮雪亮的，似齐天大圣火眼金睛。

可是，真倒霉啊，就因为这对火眼金睛的汗马功劳，我把外爷得罪了。具体原因，无非是我把本该吃掉的鸡蛋扔到猪圈里，被提着饲料桶猪喂的外爷碰巧看到，并且掌握了证据。

外爷从小跟着后妈生活，所以他几乎从来不生气，但要是生气了，就是斑竹笋子炒坐墩肉——棒子打屁股的节奏。这回想必是在劫难逃了，屁股肯定要开花，要红上好一阵子了。

六岁生日那天我才开始尝试把不愿吃的鸡蛋扔到猪圈的——可见，有些事一旦开了头就会变得没完没了，简直和我妈他们把我送到外婆家来没有区别，只有开始，没有结束。

要怪，就怪自己粗心大意，让外爷抓住了把柄。

此刻，外爷手捧被猪拱得面目全非的罪证，风一样飘到我面前。我正埋头把一只从伞形科植物茴香上面捉来的长得肥滚滚的青虫用小木棍推到蚂蚁军团旁边，它一直都在挣扎，拼命反抗，试图逃跑，每次都被我挡了回去。我没想给它活路。意识到有人正在朝我走来，一抬头，我就看见外爷手中那半个还穿着半件"衣服"的熟鸡蛋，在阳光下熠熠生辉，油菜花色的蛋黄，白色的蛋白，一起骄傲地从蛋壳里爬出来，懒洋洋露在外面，想要晒会儿太阳似的。我心里咯噔一跳，来者不善啊！得赶紧逃。

"兔崽子，你说，是不是你扔的？"外爷凶巴巴质问我。兔崽子是他对我的习惯性称谓，但我明白这和我属兔没有半毛钱关系。长这么大，我从来没见外爷冲我发这么大的火，这般愤怒，一个鸡蛋，就让他恼火得像是谁把他的心挖出来了一样。

我望着外爷，没有回答，也没敢点头。眼皮子底下，青虫又开始逃亡了，瘦小的蚂蚁们壮着胆子英勇的猎人般跟在它后面疯狂追击。要不是外爷的突然出现，可以想象，我不会如此轻易地结束这场游戏。外爷离我越来越近，感觉他的怒火都快把他点燃，烧成灰烬。所以，我只好把尖尖的小棍子使劲儿插到青虫那没有一根骨头的肉身，直接把它送到另外一个世界去了。我站起身来，急急忙忙朝院子旁边的那棵老枇杷树跑去。我跑到它身旁，抱着它粗糙的树干，猴一样轻松迅速地往上爬着，如此训练有素，连我自己都惊讶不已。

　　外爷差点抓到我了，就差一点，我感到他那结实有力、布满死茧的大手在我屁股上猛地蹭了一把，便消失到空气里面去了。

　　"兔崽子，快滚下来！"外爷怒火中烧，额头上那颗大黑痣快乐地颤抖着，好像要从他脸上跳出来似的。要不是枇杷树容不下他这样的重量级乘客，估计他早就跟着我的尾巴爬上来将我绳之以法了。

　　"外爷，我再也不了。"我站在叶子又老又硬的枇杷树上向外爷忏悔，可心里却如同一枚镍币的正反面那样截然不同，满是敌意的火花，我想的是：来啊，你要是有本事，就上来抓我啊！

　　外爷似乎没办法接受我如此牵强的忏悔。像一块铁板似的。他一只手遮着前额避开刺眼的阳光，一只手握着那半个鸡蛋，如同语文老师正拿着课本，威风凛凛，令人肃然起敬。枇杷树一直在恐惧地摇晃着，想把我这个不速之客撺走。

　　"有本事，就待在树上，永远别下来！"外爷淡定地这么一说，我就不再理他了，我们没办法交流。遇到如此苛刻的外爷，不如扔进厕所。说起来，我倒还真想在树上有个房子啊什么的，顺着这个念头，我暂时抛开眼下的烦恼，想象着自己变成了一只自由自在的小鸟，正轻盈地飞过锯齿状的茂密山峦，掠过三五成群的屋顶和那些高高的傻站在地上的树，我神气活现地跟那些熟人们打着招呼，沐浴着他们羡慕的眼神，开心得意极了。

外爷也不说话，他就像一朵乌云那样慢悠悠地在院子里飘来飘去。我们在沉默中对峙僵持了几分钟，院子里的外爷和阳光都让人陌生，好像眨眼之间，有什么人突然用刷子在上面刷了一层你不认识的东西。终于，外爷走开了，到堂屋里去了，他边走边说："你外婆扯猪草回来再收拾你。等着吧，兔崽子，会有你好受的！"

揍我，也不屙点尿照照镜子看看自己是谁！我一边这么想着，一边冲外爷凉冰冰的背影扮了个鬼脸。我有保护伞，外婆就是我的保护伞，外爷与外婆的关系，也只能用老鼠和猫来形容两人在漫长婚姻中模糊而艰难的进化史了。想到外婆，我的委屈如同清晨的太阳，在情绪的穹窿中缓缓爬升。外婆疼我，平日里无论我有什么要求，只要不过分，她都会想方设法满足；要是谁欺负我，外婆准会替我出头。

早上刚起床那会儿，外婆告诉我说今天镇上买猪的人要过来。圈里的猪卖得了，过一天就要多喂一天粮食，再喂下去，这个家也要被它们吃垮了。外婆说到卖猪，我就开始琢磨自己在她家白吃白喝。外婆该不会把我卖了吧？此外，猪没了，我不愿意吃的鸡蛋该往哪里搁？真的是兔死狐悲。

左等右等，大半天过去，买猪的人迟迟没来，外婆闲不住，就到地里扯猪草去了，还没回来。想起外婆，我的耳畔不由得滑过一片草被扯断时的尖叫声。

本来我以为猪既然要卖今天的粮食就节约了，没想到，平日精打细算惯了的外爷比往日还要大气慷慨。据我所见，他前前后后已经喂过三次。

我估计扔掉的鸡蛋也是外爷那时候发现的。什么事都撞到他身上去了。

灿烂的阳光从枇杷树的枝叶间鬼鬼祟祟地爬下来，匍匐在我肩上，像一簇簇安静的火苗，但不是很烫。我准备"着陆"了，总不能因为得罪了外爷就把自己留在树上，因为害怕外爷就这样上不着天下不沾地。同时，我又有些担心万一被外爷逮着了羊入虎口。远处，被寂静笼罩的绿色汪洋里，一柱炊烟缓缓升起，犹如一把神奇的宝剑，直刺蓝天的喉咙。一截公路，像无家可归的浪子，沉默地寻找着什么，冲向大山深腹。我忽然感到心酸，喉咙发痒，想起外婆教我唱的那首歌："世上只有妈妈好，没妈的孩子像根草……"

没妈的孩子像根草，我这个有妈生没妈养的可怜虫，又算什么呢？我轻轻叹了口气，心里回家和爸、妈、弟弟一起生活的念头又比过去上涨了几厘米。即使站在枇杷树上，我还是担心自己被它淹没。事到如今，只能走一步算一步，听天由命。

思绪如柳絮纷飞的时刻，舅舅来了，或者说，是门把他从嘴唇里吐出来的。门是房子的嘴唇。不修边幅的舅舅终于从他的书丛里爬出来似的，显得疲惫不堪，老态龙钟，走起路来轻飘飘，没有骨头似的，脸色依然苍白，浓密的头发依然乱得如同鸡窝，犹如蛰伏在洞穴远离喧嚣的野人，突然暴露在光天化日里。眼前的舅舅有些陌生，我仿佛已经好多年没见到他。这段时间，舅舅的作息时间毫无规律，我们开始起床的时候他才刚刚躺下，睡一整天，晚上倒精神得像夜猫子，废寝忘食地熬夜看书，通宵达旦。外婆给他提意见，让他不要把生物钟弄乱了，他不但不领情，还显得挺不耐烦，好像外婆把他生下来却没有给他生耳朵似的。

"舅舅！"我在枇杷树上故作轻松地冲嘴里正嚼得津津有味的舅舅打招呼。

一丝诧异就像老鹰掠过村庄一样掠过舅舅的脸。显然，他听见我的声音了，于是，轻飘飘的脚步就像正在冲上云霄的炊烟那样渐渐慢下来，直至钉住一般。

"我在这儿。"我继续为舅舅导航，他仍然没有看见我，睁着一对熊猫眼睛，疲惫地扫描着四周。用光速跑了八点三分钟才照射到断裂带来的阳光，像狗一样猛舔着他的鸡窝头，不知他多少年没有洗头了，乱蓬蓬的头发看着毫无光泽，油腻腻的，好像阳光里的营养统统被头发吃掉了似的。

"你爬到树上做啥，小心摔下来。"舅舅发现了我，面无表情地说。

我抱紧裂着皮的树干，从枇杷树上滑下来，或许下降速度太快，小弟弟像是磨掉了一般，火辣辣的疼痛在两股间迅速扩散。忍不住把手伸进裤裆里安抚自己受惊的小鸟。过程中，我突然想起了舅舅的打火机，马上清明节了，我想把它借过来，到时好在爸妈和弟弟面前显摆显摆。

"把你打火机借我用用。"我故意让语气傲慢而强硬。人贵有自知之明，我想，舅舅自己应该知道原因的。他也口口声声答应过我，要是我不在外婆外爷面前说那件事，他随时可以把他的打火机给我玩。山里的乡亲父老们生火做饭吃烟全用的是五毛钱一方的火柴，一方里面十小盒，像打火机这样的新鲜玩意儿，本地要是没出过门的人，别说见了，就是听也没听过。我舅舅手里有这么个宝贝玩意儿，真是太拉风了。据他说是毕业时同寝室的兄弟送给他的"纪念品"。虽说火柴和打火机都是取火装置都能取火，但毕竟还是有天壤之别的，连一向自以为是的外爷，也对舅舅拥有的这个玩意儿兴趣十足，充满好奇和由衷的敬意。外爷一直把打火机称作"洋火"，正如他把点烟说成"热烟"一样。自从舅舅有了这个打火机，外爷抽烟的时候不再好意思当着他的面摸荷包里的火柴盒给自己点烟了，他会用一种商量的语气跟他儿子说："添个麻烦，把你的'洋火'用一下。"

"洋火"，外爷正儿八经是这么叫的。

"别叫得那么土，好吗？这个东西，名字叫'打——火——机——'。"舅舅把"打火机"三个字在空气里轻轻隔开，让声音的尾巴拖得长长的，说完后，这才故作漫不经心地把手伸进荷包，掏出打火机，大拇指轻轻一摁，一股火苗便听话地从紧挨着拇指的细孔里蹿了出来。帮外爷点过烟，舅舅也不急于让打火机结束使命，大拇指继续摁着打火机的发火机构，让火苗在空气中停留几秒钟后，慢慢松开大拇指。舅舅不止一次向我们普及有关打火机的常识："打火机的上半身是打火机的发火机构，下半身则是打火机的贮气箱，发火机构动作时，迸发出火花射向燃气区，就有了火。"

没想到的是，舅舅竟然爽快地满足了我的请求。

我一直以为他说着玩的呢。

我们似乎都不希望对方的承诺打水漂。

我之所以理直气壮地向舅舅要他的打火机，是因为我掌握着他的"秘密"。

　　不久前的一个傍晚，我到舅舅的房间找他，想用他的指甲刀修理修理我脚上那些长得快要把鞋子戳破了的脚指甲，指甲刀就在他的钥匙串上面，就像古时候的侠客剑不离身一样，舅舅在哪里，他的钥匙串就在哪里。舅舅在他的房间里，他的钥匙串自然在他的房间。平时舅舅一个人睡一个房间，我和外爷外婆同住一个房间，舅舅不让我和他睡一块儿。暮色正在封锁大地，我进去的时候，舅舅的房间很暗，舅舅没有开灯。没有开灯，房间里就不是那么光亮了，这种时候，我感觉房间里所有但凡高过膝盖的家具、摆设之类，都梦幻般悬浮着。我进房间的脚步太轻，动静太小，只有六岁那么大，所以舅舅并没有注意我的贸然闯入。只见他赤身裸体地仰跪在床上，双眼紧闭，右手套住他的小和尚，迅疾地前后摩挲着，好像要把那个已经肿起来的地方从身体里拔出来似的。

　　我真是吓傻了，我被舅舅的古怪行为吓傻了，我以为他在练什么功夫，走火入魔了。为证实自己的猜想，我顺手拉下开关，估计只有十五瓦的电灯泡瞬间把自己稍显虚弱的光芒布满整个房间。舅舅莫名其妙地"啊"了一声，松了手，紧接着，一股米汤一样黏稠的白色体液就像火山突然爆发瞬间从他撒尿的地方喷薄而出，喷在了他那像是野人糟蹋过的皱巴巴的被盖上面。舅舅像落水狗那样抖了一阵子，终于停下来，疲惫地看着我，脸上透出一股醉意。舅舅是不爱喝酒的。他的酒量比不上外爷的半个脚指头，闻一闻都会醉的。

"你进来干吗？滚一边去。"舅舅吼着，眼睛因为愤怒瞪得像牛铃铛子。

我是越来越不喜欢他跟我说话的方式了。不过，又有些同情他，书读得屙屎都困难，草都长到裤裆里来了。我是第一次见到别人的小和尚，我撒尿从来不像他们那样含蓄，背着人，生怕别人的眼睛把小和尚挖掉似的。望着舅舅已经变得蔫头耷脑、周围生长着茂密胡须的小和尚，我无奈地解释："我想用你的指甲刀。"

"下不为例。"

舅舅吐了口气，好像在把多余的担心和我贸然闯入造成的惊惶释放出来。他顺手拿起床尾的牛仔裤，把钥匙串掏了出来，递给我。我接过钥匙串，转身就走，房间里浓烈的草腥气让我想吐，没准儿再待半秒钟我真的会吐出来了。可想而知，味道正是那些液体发散出来的。舅舅却叫住了我，似乎有什么事情要交代，他说："听着，丑话说在前面，要想在这个家继续混下去，最好把嘴巴管紧点。不要跟你外爷外婆说这个，你要是说了，我就杀了你。"

我就杀了你。舅舅就是这么说的，也许他真的走火入魔了，动不动就说杀人。不寒而栗。我嘟了嘟嘴，欲言又止，心想我的嘴又不是你的嘴。

"只要你答应不说，以后我的打火机你随时可以拿去玩，想怎么玩就怎么玩。"舅舅眨眼之间改变了策略，声音变得客气起来。说完，他从荷包里翻出那个给我们生活带来无穷趣味的打火机，轻轻一摁，一股火苗便听话地从里面蹿了出来，像条忠实的狗。

舅舅给出的条件不错，足以清空他内心的顾虑。毕竟，每个正常人都希望自己的生活简单快乐一点，谁也不希望破坏乃至毁灭那种隐匿在生命周围的平衡。

"那好吧。"我故作镇定地说，"一言为定。"内心却为这突如其来的收获激动不已，我冲舅舅比了个手势：OK。

快到中午那会儿，买猪的人来了。他们开着一辆破破烂烂的皮卡车来的。总共来了两个人，一男一女，男的高高壮壮，一身乡下人朴实打扮，脚上的绿色胶鞋好像是新的，让人觉得踏实；女的又矮又胖，丰乳肥臀，嘴边一颗大黑痣，却让人隐隐不安。

阳光不似先前那么和颜悦色，此时形如锯齿，烘烤着大地和村庄。知了声在房子周围的树梢上此起彼伏，吵得人耳朵疼。

乡下人客气，好像客气也是他们的命。买猪的人一来，外爷就忙得团团转，又是端茶倒水，又是递烟，也不直奔主题说卖猪的事，而是家长里短有一句没一句地寒暄着。外婆扯猪草回来了。在一旁赔着笑脸，她把自己变成了一个微笑。我一手捂着荷包里的打火机，生怕它飞了似的，一边围着那辆皮卡车转来转去。实在忍不住，才小心翼翼地伸手去摸一下——要是我有这么一辆车，睡着了也会笑醒的。

恍惚之际，那个走路像是在修路的女人慢悠悠向我走来，这让腼腆的我有点惊慌失措，想要躲起来。

"小朋友，你今年几岁了？"她擦着额头上的汗珠，问我。

"六岁。"我回答，把荷包里的打火机拽得紧紧的。

"长得好乖哦，来，"她说，"阿姨给你糖吃！"

她给我了三颗水果糖。我没有拒绝。

"你们家的猪在哪儿呢？"

真把我当三岁小孩了。我指了指不远处草房子下面的猪圈，没有说话。

"你家里人喂猪了没有。"

莫名其妙的问题，这还用问吗？猪，也是要吃饭的。我想了想，气呼呼地说："我外爷光是上午都喂了三次！"

我满以为她会高兴的。没想到，女人的脸色瞬间天黑了，嘴巴翘得比马尾巴长。我看着她慢慢朝那个男的走去，在那个男的耳朵旁说了几句什么。不知为什么，过了一会儿，那个男的和外爷因为什么事吵起来了，吵得很厉害。我想，这事和我有关。因为我看见那个男的用手指了指我。我正把那个女人给我的水果糖剥了一颗，塞进嘴里，一股甜味瞬间浸透了整个身体。他那么一指，我就知道我又做错事了。我完了，心里乱极了，却不敢走过去一探究竟。

他们似乎想走，但最终没有走成。外爷大概又说了些好话，几个人重新变得和和气气。生意成交了。外婆家的几头大肥猪被五花大绑用磅秤过完秤之后，被扔到了皮卡车上。

买猪的人用皮卡车把外婆家的几头大肥猪拉走之后，我挨揍了。

外爷拿扫帚打的屁股，在堂屋里，我六岁的屁股没有开花，只是疼，钻心的疼，疼痛一遍遍刷新我对这个家的畏惧，直至冷漠。外爷为什么如此揍我，因为那个鸡蛋？我没有跑。外婆也没过来保护我，她让我意识到在这个家持有的种种特权正在生锈，变成一堆破铜烂铁。我也没有哭，一直以来，我视为武器的眼泪仿佛已经枯竭，躲在眼睛后面。

晚上睡觉的时候，外婆抱怨似的跟我说道："你一句话，让人家减了二十斤秤。"

黑暗中，她的声音既陌生又苍老，仿佛它再也没有多余的力气来穿过这块搁在我们之间的夜晚。

我离开这个家的渴望正变得声嘶力竭。

清明节不下雨，如同过年家门口不贴对联。所以，今天的天气确实有点叫人失望，失望的皱纹粘在每个活人心坎。清明时节雨纷纷，路上行人欲断魂。不管怎么说，总该下点雨的吧。清明是死人们的节日，可是今天老天爷故意要让那些活着的人轻松愉快一点，既没有下雨，脸也没阴，太阳还是像超级灯泡那样大大的，天很蓝。

大清早起了床。从舅舅那儿拿来的打火机在荷包里和我一起耐心等待着在爸妈面前大放异彩，之前特地试了试效果，它依然那么听话，已经被火苗熏黑了的铁质小孔吐出来的火苗生机勃勃，就放了心。这些天，回家的念头一直蹭蹭长着个子。幸亏有打火机。它让我变得踏实，足以帮助我战胜这些年在外婆家独自成长的孤寂、寒冷与匮乏，并且我感到我身上有一股难以言说的满足感，一种带着雾气的快乐。不过，也许它们和我的年龄一样，太小太嫩，只有六岁那么大。

吃过早饭，我开始在院里等待爸妈。我用眼睛等待他们的到来。院子旁边的小路是通向山下、也是山下通往外婆家的唯一道路。从一数到一百，然后睁一下眼睛，失望的次数不断累积，却毫不气馁，一遍遍卷土重来。

外婆似乎看出了我的心思，告诉我："他们今天不来了。你妈生病了。"

我的心情瞬间一落千丈，坏到极点，沮丧得像是外婆家那些今天毫无用武之地的金黄色斗笠。怎么说呢，我的命确实不好。我真想把自己的那块命从身上取下来，跟别人换换。老天爷不下雨，可是我的心里却下着暴雨。

期待就这么结束了。

"他们今天不来了。"外婆的话在耳膜里反复回荡，我真希望她在骗我。

外婆、外爷和舅舅出门上坟去了，我独自留在家里。核心任务就是帮他们看门，当看门狗。外婆要我"哪都不许去"。

我无聊得要死。先是用打火机放了会儿鞭炮，好几次差点炸伤自己。然后又鬼鬼祟祟到舅舅房间翻了一阵子东西，我在他的枕头下面翻到了一张报纸，皱巴巴的，不过内容还好看，上面有三个没穿衣服的女人，表情暧昧，乳房高耸，搔首弄姿。我认真研究了一会儿，觉得索然无味，就把报纸放回了原处。

在院子里徘徊了一阵，走路回家的念头便像电视里那些鲸的背脊冒出海面那样探出了脑袋。我已经长大，有能力奔赴新的生活了。至于路上的蛇啊狗啊妖精啊什么的，不一定能把我怎么样。并且我的身上有打火机，可以防身。

想到自己马上就要离开这个家，我顿时变得轻松起来。我确信自己真的不想再回来过寄人篱下的"苦日子"了，所以临走之前，我迷迷糊糊走到外婆家的草房子那里，开始纵火，我决定把外婆家所有的房子都烧了，付之一炬，干干净净，好像这么办能把我的过去由此尘埃一般抹掉。草房子在猪圈上面，是用木头和篱笆搭建起来的，远远望去像一座原始人的屋舍，里面堆放着大量的玉米秆、干柴什么的，外婆家的那些母鸡经常跑进去下蛋。在我的努力之下，草房子很快燃了起来，火势越来越猛，场景令人叹为观止。火，伸着长长的舌头，舔得人浑身冒汗。我满意地远远观望着自己的杰作——火房子，觉得自己干得很漂亮，漂亮得没有必要再烧外婆他们住的这几间青瓦房了，就把它留着吧，况且晚上他们也都还要做饭、睡觉啊什么的。

　　我穿过被风扫得空荡荡的院子，踏上归家之路，心情愉悦，路上的花儿伸着细长的脖子，鸟儿欢快地唱着歌，好像都在为我饯行。我走得越来越快，好像不是我要走那么快的，而是和落满大地的阳光一样美美的心情催促着我。我走了一里多路，转过身，还能看见外婆家那座还"活着"的火房子，我知道它很快会化作灰烬，就如同身后那些杂乱无章的记忆。我想，外婆他们可能已经回去了，没准儿正对着一座已经无力回天的火房子热锅上的蚂蚁一样急得团团乱转呢，不过都和我没什么关系了，因为，我已经走远了。

　　我真的走远了。

娃娃鱼

在这个被称作是唯一的世界里，

收起你的冷嘲热讽是明智之举。

——J.M.库切《耶稣的童年》

1995年夏日的一个黄昏。

匍匐在燥热之中的断裂带，鸟儿似树咳出的痰，一只只从浓密的树冠喷出来，翅膀闪闪，射向半空。它们昏昏沉沉，在辽阔的虚空里飞来飞去，飞去飞来，好像要把久违的夜晚与清凉完完全全收拢。鸟儿飞过的地方，有一只看不见的黑色口袋，会把它们永远地装进去。如同我们的呼吸，会把我们永远地装进去，所以，有人说，我们正在经历的每时每刻，都是我们在这个世界最最年轻的时候，当我们活着。

这个向夜晚慢慢靠拢的黄昏，万物苍生恰恰是在它们生命最最年轻时候的黄昏，夜晚是父亲手掌上粗粝的死茧和血泡，在比它自己更隐蔽的地方沉睡。

雄伟苍郁的众山之上，骄蛮的太阳仿佛被胶水粘住了，迟迟没有落到山那边去。它孤单而又任性地沉浸在半空，像自命不凡的神。没有落山的太阳染红了断裂带的角角落落，山，河，房子，花草树木，还有人，都红得像被血水洗过。

· 221 ·

天还是之前那么燥热。燥热，像狗一样猛舔着断裂带。断裂带，像巨大的蒸笼，将地下的蚯蚓也给蒸了出来，地上随时能看到死去的蚯蚓，和热得满地打滚儿的豆老虎——一种肉乎乎的青虫。

薄薄的树叶被烘成了夹心饼干，卷曲着，掉在地上，能踩出一串串尖叫和脆响。

早先大朵大朵的云，也被太阳晒成一根根白花花的肋骨，不安地漂浮在蔚蓝的幻觉中，好像随时可能落下来，落在低矮的屋檐上，落在寂静的草丛里，落在女娲河，或是砸中人们热乎乎的脑袋。

一片连着一片的知了倒是在炎热的皮肤下安静了，这些狂躁而又不知疲倦的家伙，早就把自己的嗓子吼哑了。耳根子清净多了。

在女娲河潺潺的流淌声里，柱状的白色炊烟袅袅升起，此起彼伏，争先恐后，像夜里的虫鸣，弹奏着岁月的皮肤；像浩瀚的星群，整夜整夜守望着这片美丽、古老的土地。

即将过去的一天里，断裂带有很多人因为害怕热过头，害怕被毒辣辣的阳光晒成干尸，已经在女娲河泡了整整一天，浑身上下晒得闪闪发亮，脸上像抹了面粉那样刷白，嘴皮子像吃多了桑葚那样乌亮。真是太可悲，太不幸了。

老话说得好：乌鸦说猪黑，自己不觉得。

同情别人的时候，不要忘了同情自己。没吃到的葡萄都是酸的。其实，比那些人更不幸的是我和弟弟。因为今天，我们没能下河洗澡。想去也去不了。父亲一个眼神就把我们钉住了，活动范围仅限于他的视线之内。他希望我们留在家里帮他搬砖，把那些他从河边捡来的旧砖，从院里挪到臭烘烘的猪圈旁边。父亲说，他准备在猪圈旁边再修一个猪圈。猪圈旁边长了一大片我们本地人叫作"臭老婆子"的植物，花开得凶猛灿烂，以至于苍蝇成群。"家里猪养多了！"父亲擦着他额头上的汗跟我们说。我觉得他的话里面还有别的意思，他没有明说而已。

自己动手，丰衣足食。恨不得马上完工的父亲干得风生水起，汗水打湿了他的灰色背心，短裤后面也湿了一大片，像尿屙在裤子里了。他丝毫不在意，沉浸于忙碌和喜悦中，丝毫不关注他外面的世界，比如，我和弟弟脸上深深的不悦，以及无意间表现出来的愤怒。

如此燥热的天不让人下河洗澡，简直恼火死了。

我和弟弟心里比猫爪子抓了还要难受，却不敢偷懒，我们不想让父亲生气。更何况，他的一个眼神就能吓得死一头牛。父亲在家中的地位无可撼动，他要我们往东我们往东，他要我们朝西我们朝西，连母亲跟他说话，嗓门也是清风细雨的。实话实说，我们有点怕他，那种发自内心却又无可奈何的怕。所以整个上午，我和弟弟埋头搬砖，我们相互监督，绝不让对方偷奸耍滑，绝不让自己吃亏。在我们心里，上午的每一分钟都很漫长，上午的每一寸光阴都有一块砖头那么重。

中午吃过饭，父亲也许累了，他和母亲，都在卧室里午睡。

午睡之前，他们还把门闩上了。尽管动作很轻，我和弟弟仍然听到了，插销像老鼠那样"吱吱"叫唤了几声。门闩上了，意味着，如果有事麻烦他们，我们得先敲门，不能像往常那样随便。我和弟弟不过是门上多余的插销。隔着门，母亲冲我们吆喝，让我和弟弟到地里给猪扯点猪草回来。这么热的天，他们让我们去地里扯猪草，存心要把我们往火坑里推呢！

父母随随便便的一句话，就能把儿女们冲得远远的。不过，我和弟弟打心眼里高兴，高兴得恨不得手舞足蹈，因为我们终于自由了。虽然，自由总是要付出点代价的。扯猪草对我们来说，仅仅是小菜一碟。

"午睡不过是个障眼法，说不定他们在卧室里干别的事情。"弟弟鬼头鬼脑地跟我说，说话的同时，还朝我挤了挤眼睛。

刘家院子空荡荡的，燥热把一切都收拢了，夹在它的腋下。

我很自然地想到了"做爱"，这个既恶心又下流的词语，是不久前从弟弟那儿听来的，他信誓旦旦地告诉我，人长大了，结了婚，这件事就跟吃饭没什么区别了。我不确信弟弟说的是不是真的。有时候，我觉得比我小不了多少的弟弟确实渊博，确实比我懂得多。虽说茫然，我却并不为此惭愧，无知不会缩短有限的生命，它毕竟是永恒的，也许正是因为无知，正是因为无知每天都会澄清一点，这个世界才变得如此丰富，如此神奇。

"闲事管得宽，莫得裤子穿！"我不知跟弟弟说点什么，就这样莫名其妙地敷衍了一句。说实话，我更愿意我们在沉默中相处，说话只能让我们变得尴尬。虽然我和弟弟是这个家的一部分。如同我们家，是刘家院子的一部分。

刘家院子不算大，但在盛行单家独院的断裂带，也不见得小。

说是院子，其实是一排低矮的青瓦房，中间的隔墙，为相邻两家人共有，你中有我，我中有你。院子前后果树环绕，苹果树、李子树、杏子树、樱桃树，还有一棵无花果。用石灰粉刷白了的外墙，被我们从学校里拿回来的粉笔或者蜡笔画得面目全非，张牙舞爪的恐龙，肥得就像水桶的蟒蛇，屹立在沙漠深处的金字塔。此外，我们还画了几窝抽象无比的向日葵，只是跟凡·高差得太远太远。

如果以面向女娲河为基准，刘家院子，从右至左，依次是大伯家，幺爸家，我们家，大孃家。刘家院子与女娲河挨得很近。大人们到河里洗澡，走拢大概只要一分钟，我们这些后生最多只要半分钟，那遥遥领先的半分钟，是基于我们迫切的心情。

母亲常常说："你们真是恨不得一天二十四小时都待在水里啊！"

这句话几乎是我们的真实写照，很多时候，我们觉得我们就是一群鱼：我，弟弟，还有堂哥。堂哥，大伯的儿子，我们年龄差不多。不管是下河游泳，去地里扯猪草，还是去偷别人家的果园，我和弟弟往往要叫上他，朝夕相伴已经让我们难舍难分。任何人的缺席，都会影响我们这个小圈子。

断裂带的人，就算没见过我们，也听说过我们：刘家院子几个娃儿都是清一色的"守嘴子"。我们也不在乎什么名声，我们在别人眼睛里长什么样子，一点也不重要。我们只对吃感兴趣。只要是吃的，我们都会想方设法满足自己。奇怪的是，家人对我们的这些不良表现始终保持着微妙的宽容，睁一只眼闭一只眼，不曾打骂。伯娘甚至善意地将这些表现归纳为我们这个年纪的天性，她说："人都是这样走过来的嘛，长大了自然就懂事了。只要不伤天害理。"我觉得，伯娘要是把前面的那个"人"字去掉，改成"我们"就更好了！

扯猪草不过是障眼法。我，弟弟，还有堂哥，去了潘德贵家的桃园。

桃园在一道生机勃勃的缓坡上。弟弟庄严地把这个果园命名为"花果山"。

到果园，走大路能很快就到，但我们不至于傻到那种程度，做贼心虚。做贼，心就得虚，胆子太大，反而不是什么好事。我们从一块比长篇小说还长的玉米林里绕路到的果园。为防止被发现，我们模仿打仗的军人，用棉葛藤和树叶做了头盔，打扮得像群野人，不用说，这种鲜为人知的感觉美妙至极，我们很兴奋。潘德贵对我们恨之入骨，他在桃园中间修了座简易的凉棚，就是专门用来对付我们的。今天，他不在。我们偷了很多桃子——水蜜桃，不是本地桃子。临走之前，堂哥跑到潘德贵的凉棚里拉了一泡屎。"权当还他个人情！"堂哥得意扬扬地说，他的酒窝上刚好有颗痣，笑起来的时候，那颗痣就刚好躲进酒窝里面去了。堂哥确实比我们懂事。今天，我和弟弟还未拢屋，背篓里的桃子已经一个不剩，统统钻进了我们的胃。而堂哥呢，背篓里还剩了许多桃子，堂哥说他要和家里人有福同享。堂哥的举动让我和弟弟不由得自惭形秽。不过，已经毫无意义，木已成舟。但是，我好想在心里痛痛快快哭一会儿！

我们扯猪草回家不久，麻烦事就来了，大概是桃子吃多了，我的肚子，说疼就疼起来了，而且越来越疼，疼得要命，疼得我整个人缩成一团，恨不得从这种折磨里偷偷滚出去。过了很久很久，母亲见我疼得如此撕心裂肺，才跟我说："看来是打得蛔虫了，你去买点宝塔糖回来吃了吧！"

母亲的这几句贴心话，犹如春风吹散了阴霾，让我黯淡的心情瞬间亮堂了。

我毫不犹豫点点头，生怕母亲立马反悔似的。

弟弟也在场，但他的存在并没有缓解我的痛苦。血浓于水，全是屁话。看我受苦，他幸灾乐祸还来不及呢！母亲的话，却实实在在让弟弟的态度瞬间拐了个大弯。说时迟那时快，弟弟迅速撤掉脸上那种刚才还幸灾乐祸的表情，朝着母亲大声吆喝起来："哎哟！不得了了，妈，我的肚子好像也疼起来了！"

我注意到，他用了"好像"这个词。随即，弟弟就真的弯下腰，两只手死死插在肚皮上，好像有人用刀子在他的肚子上划了条缝似的，满脸痛苦，让人感觉不是他的脸在扭曲，而是空气在扭曲。

真是恶心透了。我瞪了弟弟一眼，没见过如此脸长的人！

我以为母亲会戳破弟弟的阴谋，然而她却慷慨地说："你们两个一起去！"

弟弟听过母亲的吩咐，显然有些受宠若惊，眼睛里闪烁着幸福的光芒，不乏得意，好像自己的演技真的骗过了母亲的火眼金睛，其实他不过是她肚里的蛔虫。不过，人贵有自知之明，弟弟深知自己不能太过得意忘形，为了保卫胜利果实，只好继续往下装，于是他又接连无比凄凉地"哎哟"了好几声。直到母亲给我们拿了钱，弟弟才飞机着陆般小心翼翼地平静下来。他平静下来，空气就平坦了。

现在，太阳终于落山。断裂带上，暮色越来越稠，一些灯慢慢睁开了眼睛。

我和弟弟，一前一后，走在回家的路上。我们走过的地方有一只看不见的黑色口袋，会把我们永远地装进去。

路过的农家小院飘来邓丽君柔美的歌声：

甜蜜蜜，你笑得甜蜜蜜，

好像花儿开在春风里，

开在春风里，

在哪里，在哪里见过你，

……

我们的脚步在歌声中慢了下来。虽然已经走了很远，我们的耳朵好像仍然贴在那个农家小院。

空气中弥漫着动物干巴巴的粪便味道，我想可能还有人的屎尿味，不怎么刺鼻，算不上恶臭，却很浓烈。夜晚是一间大大的厕所，为那些急于行方便的人提供了天然的庇护，他们随随便便的，就把体内的垃圾倒了出来。我想，一定是这样，必须是这样，人不是小猫小狗，没人好意思在白天随地方便。

我嗓子干得冒烟，喉咙深处，好像有片腾格里沙漠。暂时喝不到水，我只好一遍遍咽着口水解渴。沿路都能遇见长得异常茂盛的芭茅，一丛挨着一丛，让人感觉到那里面随时可能跳出几个脸上涂着油彩的印第安人。小学一年级的时候，为了让我们尽快学会数数和加减法，父亲专门砍了许多芭茅回来，用菜刀整整齐齐切短，不用的时候，我们就用小红绳把它们绑起来。父亲也许还帮过我们别的什么忙，但我真的记不住了，印象深刻的，就是这件事。

宝塔糖已经买了。我们买了四块钱的宝塔糖。走路的时候，我们把手死死插在各自装着宝塔糖的荷包里，生怕到家后才能吞到肚里的宝塔糖长翅膀飞走了。出门前，母亲特地提醒我和弟弟宝塔糖买回去等她看了我们才能吃。她担心我们把钱花到别的地方。宝塔糖不是糖，看参考说明书就能够知道，宝塔糖是驱肠虫类非处方药药品，用于蛔虫病，具有麻痹蛔虫的作用，使蛔虫不能附着在宿主肠壁，随肠蠕动而排出。宝塔糖不是糖。虽然是药，但在我和弟弟眼中，宝塔糖就是糖，因为它是甜的，不像一般的药，除了苦还是苦。

我和弟弟走得很慢，我们气喘吁吁，身上的汗流得像一只猪似的。

到青梅街的小药房买宝塔糖的时候，我们也是如此，一前一后，保持着恰当的距离，既不是太远，又不是很近。这一点，像我们的年龄，我和弟弟，相差不到一岁。我们不是双胞胎。我明白每次说到这个话题人们总是发笑的原因，是很久很久以后的事了。有些真相，只有时间能够揭开它的盖子。

公路两边的灰尘很厚，每每踩下去，地上就会多出一个脚板印印。平时倒真的无所谓，关键在于，我和弟弟的泡沫凉鞋是昨天新买的，我们舍不得把它们弄脏。每年夏天我们都要穿坏好几双这样的泡沫凉鞋，但母亲已经表过态，她说："今年只买这一双。哪个砍脑壳的把鞋穿坏了，就打光脚板。"母亲摆出一副事不关己的样子。

我和弟弟若无其事地走在公路中间。偶尔来车了，我们才骂着娘，不情不愿、慢吞吞地闪到路边。在路边，我们会手忙脚乱地紧紧捂着鼻子，摆出一副嫌弃的模样，其实谁都知道，只要憋气，灰尘就不会落在我们的呼吸里，不会把它们的头伸进我们的喉咙。等车走远了，斯文够了，我和弟弟迅速摆脱我们各自的妥协与矜持，回到公路中间，继续移动，继续赶路。

来往车辆划出的土烟久久不散，我们没有再捂鼻子。

路过灵官庙，家就不远了。这时，我和弟弟却停了下来。我们抬头看了一会儿风筝，看那只挂在老核桃树上的风筝。每次途经这儿，我和弟弟都要停下来，为了这只风筝，待上一会儿。风筝的外形是一条金鱼。春天的时候它就挂在那里了，那时候风筝还完好无损。有好几次，我和弟弟想爬上去把风筝取下来，但没有成功，树太高了，也太粗了，根本抱不住，而且中间可以停下休息的枝杈很少，除非用梯子，我和弟弟都觉得为了一只风筝搞得这么麻烦，根本划不来。几个月过去了，历经风吹日晒的风筝只剩下一副摇摇晃晃的骨架。弟弟说，风筝早晚会从树上落下来。看得出来，他想把它带回家，弄些糨糊和报纸，重新糊一个风筝。我也有这个想法。

　　但是，我不会轻易把自己的任何想法拿出来跟弟弟分享，他也一样，我们把各自的想法绷得紧紧的。我们总是把自己缠在自己的各种想法上面，殊不知，缠得久了，容易累。

　　灵官庙到家门口之间，会经过一个石板和石头搭建的涵洞。石板不是现在的石板，而是古人的墓碑，不知道那些修涵洞的人从哪儿弄来的，上面的字迹就像女娲河河底的那些石头、沙子和水苔一样清晰，用手拍掉上面的灰尘，能读到古人们的丰功伟绩，几乎全是丰功伟绩。外公曾经告诉我："断裂带以前有本事有钱的人死了，才会立碑，才立得起碑。大多数人就像地里的野草，死就死了，总之，能留下儿女来的已经很不错了。"我听完，想到我们家很穷，就问他，"那我们是不是那'大多数人'的后代？"外公没有理我，他把我当外星人那样，认认真真看了一会儿。我猜测他的这种态度有两种可能：要么是他根本说不清楚，要么是他认为我脑袋出了毛病。不管怎么说，涵洞里的这些墓碑只会让人感到，死变得虚无了，虚无得让人感到悲哀。我想，如果自己的墓碑被后人用来修涵洞的事让古人们知道了，他们会不会生气，会不会被气得重新活过来？从这中间得到的教训或者说启示当然毋庸置疑：风光也好，凄凉也罢，人死后都最好不立碑。当然，这有点自私。

涵洞就在灰尘扑扑的公路下面，如同人的某些想法，相当隐蔽。周围，会咬人的荨麻已经长疯了，挨挨挤挤的一大片，看着都会不寒而栗。涵洞不远处有块菜地，我们家的。菜地一角有棵梅子树，母亲把我们家那些死猫死狗埋在树下面，已经不是秘密。

我和弟弟经过涵洞上面的时候，弟弟忽然在后面喊了我一声"哥"，我转过身体，表示已经听到他的召唤。天快要黑了，弟弟的脸有些模糊了，他胖乎乎的身体微微晃动，好像有些不得不即刻摆脱的沉重，正在折磨着他。

弟弟看着我，说："我想拉屎！"

弟弟的意思是要我等他一会儿，想得美，不过我没明说，只是不耐烦地告诉他："你要拉就拉吧！"

"我想到涵洞里解决。"弟弟瓮声瓮气地说。

"你想在公路上解决，也是你的事。"我漠不关心地回答。

"哥，你陪我嘛！"弟弟捂着肚子，痛苦地望着我，加了一句，"求你！"

事情就这么奇怪，话刚说完，我就发现自己也想方便了。心有灵犀啊！其实，我是个服软不服硬的人，我想了想，说："那就一起解决吧！"

就这样，我和弟弟袋鼠一样跳过路边灰最厚最多的地方，下了公路，匆匆朝涵洞走去。快走拢的时候，弟弟大概想到了什么，走在前面的他停了下来，意味深长地跟我指了指那些触手可及的水麻叶。我瞬间心领神会。弟弟考虑周全，我们身上根本没有擦屁股的纸。于是，我们迅速扯了几把水麻叶，小心又小心地捏在手上，生怕它们掉了飞了似的。

扯水麻叶擦屁股其实算不上稀罕事。农村嘛！

只有顺从自然，才能征服自然。培根说。据我所知，外公就常年坚持用宽大柔和的树叶擦屁股，既方便，又实惠。外公为人俭朴，赶集从来舍不得在街上吃碗米粉或者面条，无论多远，他都坚持回家吃。用卫生纸擦屁股，在他看来完全等同于纸醉金迷，他拒绝一切奢侈、浪费。"我们不是继承了父辈的地球，而是借用了儿孙的地球"，外公喜欢用《联合国环境方案》里的话教育我们。除了宽大柔和的树叶，外公也用削薄了的竹片擦屁股，竹片的边缘是很锋利的，稍不注意，屁股很容易划伤。以前在外婆家，外公经常给我们弄吃的，他做的水擀面，远近闻名，吃过的人都会赞不绝口。自从我知道外公擦屁股方面的特殊习惯以后，就决定再也不吃他做的任何东西了，打死都不吃。

走到洞口，弟弟再次停下来，他扭头望着我，希望从我这汲取勇气。说到勇气，不知为什么，我居然想起海明威的小说《老人与海》，想起那个与一条巨大的马林鱼在离岸很远的大海上搏斗的老年古巴渔夫，他筋疲力尽拖着一副鱼骨头的场景令人震撼，难以忘怀。

涵洞里面黑乎乎的。因为是夏天，水也干了。父亲告诉过我，他小时候，这条涵洞里能捉到好几种鱼。眼下，水都没了。

"喂！"弟弟忽然朝涵洞喊了一声。

"喂！"涵洞涌出回声。

弟弟吓得差点拔腿就跑。他知道那是回声。

"哥，你说涵洞里有鬼不？"弟弟问我。

"有，装神弄鬼。"我回答他。然后，我弓着腰杆进了黑黢黢的涵洞。走到一半，我转身望着洞口，发现外面还很明亮，光线如同一位仁慈的老奶奶，抚平了我的忐忑。女娲河离涵洞不到二十米，所以能清楚地听到它缓缓的、永恒的流水声。我脱下短裤，从容不迫地蹲了下去，蹲下去的时候，我感到手上的水麻叶子柔软极了，仿佛捏着一叠厚厚的钞票。我从来没有体验过那种感觉。

我和弟弟终于回来了。

空荡荡的河风吹过院子，周围的树便哗啦啦拍着巴掌，在欢迎我们凯旋似的。

幺爸家的灯是亮着的。一个大大的光挖出来的窟窿，静静蹲在刘家院子里，和四周暗涌的夜色默默地僵持着。天还没怎么黑，横过屋顶的一排电线，能点得清数。几只蝙蝠在屋檐下飞来飞去，白天，这些哺乳动物只能静静地倒挂在阴暗的角落。人类的白天，就是它们的黑夜；人类的黑夜，才是它们的白天。

整个院子，只有幺爸家的灯是亮着的。

这个伟大的发现，让我大吃一惊。我之所以吃惊，是因为幺爸是只铁公鸡，平日里又抠又省，一毛不拔就不说了，还省得不得了。父亲有时背地里说他弟弟，屁都舍不得放！其实幺爸家的日子是刘家院子最好过的。婆婆爷爷挨着他过日子，子女不是嫁人就是分家了，剩下的好房子好地，自然都成了幺爸的"独食"。正如同母亲总结的那样，越是富人越是抠门。幺爸就是典型的例子。为了节约电费，幺爸家通常是刘家院子睡得最早的。平日里也难得见他们屋头开灯。

更奇怪的是，幺爸家门前里里外外站着很多人，不光刘家院子里的，还有许多外人，都是熟面孔，不是沾亲就是带故的。我和弟弟的好奇心刹那间膨胀起来。人群中，堂哥也在，他瘦得像根牙签，扎在人堆里，听别人聊天。

堂哥看到我和弟弟突然冒出来，就朝我们挥了挥手，走到我们跟前，问我和弟弟："你们干啥去了？"

也不是不能说，但是我和弟弟似乎都不愿回答他的问题。他把桃子拿回家的事，我们还有点耿耿于怀。于是，我们不约而同地摇了摇头。

"幺爸家有啥事？"我反过来问堂哥。

"幺爸，幺爸发达了！"堂哥忽然兴奋起来，怕我们没听清楚，他又重复了一遍，"我们亲爱的幺爸发达了！"

我和弟弟一头雾水。

不过，我体味到堂哥言语中的谄媚和肉麻，就像空气那样紧贴着他的呼吸。

"幺爸今天下午在河里捡了两条娃娃鱼，两条，刚才有人已经买了一条走了，光是那一条，就卖了一千，人，民，币！"堂哥没卖关子，就像一架火力凶猛的机关枪，在我们面前噼里啪啦说了一通，打消了我们的疑惑。

原来如此。听到"娃娃鱼"三个字，我和弟弟都激动起来，仿佛自己就是那个捡到娃娃鱼的人。娃娃鱼，闻名已久，却从未见过。这年头，断裂带的飞禽走兽一旦遇到人，都能变成钱，已经不算新鲜事。

"在哪里捡到的哦？"弟弟问堂哥。

"我们经常洗澡的地方。"堂哥回答。

我和弟弟绕过人群进了幺爸的家门。虽然就在隔壁，我们已经很久没有来过。母亲因为父亲在原来分家时表现出来的惊人的无能和懦弱耿耿于怀。这种耿耿于怀很快就转化成对幺爸、婆婆和爷爷的憎恶，她把她心头的那些苦恼和委屈种在了我们身上，她不许我们到幺爸家串门。冒如此大的风险，我和弟弟不过是想看看幺爸从女娲河里捡回来的娃娃鱼。

幺爸真的捡到娃娃鱼了。在幺爸家那弥漫着柴火气息的厨房，一条足有十来斤的娃娃鱼，正一动不动待在墙角用水泥打造的水缸里，仿佛已经睡着了。水缸，就像一只黑色口袋。

撞了大运的幺爸满脸春风得意地站在水缸旁边，如同一位富有耐心的讲解员，耐心向前来看热闹的人讲述着他是如何发现娃娃鱼，并如何机智地将它们一网打尽的经过。虽然之前我并未见过娃娃鱼，但通过读书我已经掌握了不少关于娃娃鱼的知识，此刻，我感到它们已经急不可耐地要从我的嘴上爬出来了。在如此可遇而不可求的背景中，我当然愿意卖弄卖弄，挣些表现，于是我故意把脸转向弟弟，不慌不忙地说了起来："娃娃鱼，是世界上现存最大最珍贵的两栖动物！"

或许是还有些不习惯在大庭广众之下抛头露脸，或许是觉得自己的公鸭嗓子难听，我停顿了一下，调整了一下情绪，便接着说了起来："娃娃鱼之所以叫娃娃鱼，是因为它的声音像婴儿的哭声，所以叫娃娃鱼。"

说到这里，我相信有人已经开始注意我了。我成了除了娃娃鱼之外的另一个焦点。模糊的愉悦感让我的脸不由得红了，心跳加速，有些紧张。我想我应该接着说下去，继续跟大家分享或者普及一下娃娃鱼的外形特征、栖息环境、生活习性、繁殖方式、分布范围、种群现状、保护等级、主要价值等。

没等我继续说下去，弟弟却打断了我，不耐烦地说："哥，你说个锤子啊，净说些莫球用的！"

弟弟随口一说，就招来一片哄笑。幺爸正怀着孩子肚子大得像南瓜的媳妇尹丽阿姨也跟着笑了起来。这个打击来得太过突然，我瞬间失去了显摆的热情。黑熏熏的厨房之上，几只蛾儿在恶狠狠地撞击着电灯泡。我恶狠狠瞪了弟弟一眼，脑袋便像秋天成熟的水稻那样耷拉着。我无地自容，恨不得立马找个地方躲起来。

如果沉默仅仅是一种力量，那么我根本不屑于沉默。

我沉默地离开了幺爸家，我的身体后面，有一只黑色口袋，把我们所有人都装了进去。

我和弟弟擅自到幺爸家看娃娃鱼受到了父亲的严厉惩罚。

我想，这可能是母亲的安排或者指使。有时候母亲是父亲的另一个身体，有时候父亲是母亲的另一个身体，婚姻的力量修改了他们身体的界限，让他们你中有我，我中有你。生活中，他们总是这样相濡以沫，互帮互助。

已无关紧要。围着电灯泡拍拍打打的蛾儿们何尝不是自讨苦吃？

刚回到家里，父亲二话不说，狠狠地踹了我两脚。我没有闪躲，只是让他的脚垫在了我的屁股上面。本来，他踢的是侧面。

荷包里装着宝塔糖，我得靠它们镇压肚里的蛔虫，所以，不能让父亲踢到它们。第一脚父亲并没有用上力，可能是因为我调整姿势的缘故，他脚上的力气在空气中消失了一部分。第二脚算得上力大无比，踢到我屁股的不是父亲的脚背，而是脚尖！怎么说呢，这滋味如同一支利箭射进了屁眼。我疼得尖叫起来，一只手捧着火辣辣的屁股，不知道自己该继续站着，还是该立马躺倒在地。

家里没有开灯。厨房里传来柴火燃烧的声音，那声音也是火辣辣的。

"妈了个巴子。"父亲在黑暗中说。鬼知道他为啥发这么大的火。

这时候，弟弟屁颠屁颠地回来了，父亲也给了弟弟两脚，听上去，像是在帮弟弟拍打屁股上的灰尘。

"你们两个兔崽子，给老子跪好了，今晚不许吃饭！"

父亲说完，便嘭的一声把堂屋的门关上了。我们家成了一只黑色口袋。

我和弟弟老老实实跪下了，黑色口袋里我们什么都看不见。

弟弟哭了，他哭得很委屈，哭得很小心。哭，把他缩小了。

吃饭的时候，灯的眼睛睁开了，屋子里瞬间亮堂起来。

"给你们说过多少次了？不要到人家屋头去！你们耳朵聋的？！"母亲厉声厉色地问我和弟弟。她面前的炒土豆丝和白米饭同样在教训我们。

几只苍蝇在黑色口袋里嗡嗡飞着。

我们没敢回答母亲，只是一个劲儿摇头。隔壁传来幺爸说话的声音，他的声音里装着两条娃娃鱼。不过，我已经没法关心这个，我的肚子饿得呱呱叫，我想吃饭。

母亲也许是因为听到了幺爸说话的声音，停下手中的筷子，像一只机警的兔子那样凝听着隔壁的动静。母亲经常坐在堂屋里听隔壁幺爸家的说话声。

"幸福的小尾巴都要翘天上去了！"母亲突然冒了一句。听得出来，她是在跟父亲说幺爸捡了两条娃娃鱼的事。

"关你屁事！"父亲似乎有点不高兴，捡娃娃鱼的人毕竟是和他有着血脉关联的亲弟弟，亲着呢。不过，我好像理解错了。

"听说卖给镇上的'兄弟饭店'一条，一千块啊！"母亲说。

"该他吃药。"

"你明天到河边转转，有本事，也捡一条回来。"

"我？世上哪有这种好事！"父亲一边说，一边往地上吐了口痰。不知是我视力好，还是家里的灯泡太亮，我发现那口痰里面有零星的血丝。此外我还惊讶地发现，父亲的眼睛和往日有所不同——红得像兔子的眼睛。

"万一有呢？"

"那我明天去碰碰运气吧！"父亲似乎答应了。

晚上，我和弟弟真的没有吃上饭，只好把买回来的宝塔糖当饭，吃了个精光。

睡觉的时候，躺在床上，我因为想到狼外婆吃小孩的故事，就问弟弟："注意到没，父亲的眼睛红得像兔子的眼睛，你说，他是不是兔子精附身上了？"

我们家养得有兔子。

弟弟哈欠连连地说："哥，我饿得一点力气也没有了，你不要在那儿吓我！"

我怎么会吓他呢。我相信自己绝对没有看错。绝对！

母亲的眼睛不是红的。

天刚刚亮，我突然醒了。

弟弟起床的声音，冒失地将我从另一个世界里活生生地拽了出来。做过的梦在眼睛睁开以后迅速蒸发，很快消失得无影无踪。

我揉了揉眼睛。

苍蝇在罩子外面嗡嗡飞舞。

屋外鸡啼声此起彼伏，庆祝黎明到来。

卧室昏暗，光线的匮乏让屋子朦朦胧胧。即使是在大白天，即使是拉开窗帘，你也永远不要想着能把这里面的东西看得一清二楚。破旧的书桌，装满化肥的口袋，一台很久没有用过的洗衣机，一张摇摇晃晃的木架子床，以及挂在墙上的棕绳，力不从心地占领了整个卧室，卧室很大，农民家的房子都很大。当然，我和弟弟也是整个卧室的一部分。

其实我不愿意和弟弟睡一个屋。我说他的脚臭得伤心，他说我的脚臭得心慌。最终，我们没有一刀两断，学会忍受并最终接受这种考验的很大一个原因，不是因为意志，而是因为恐惧，它如同阳光那样辐射着我们的每一根神经。弟弟害怕家里一到晚上就变得肆无忌惮的老鼠。我则害怕我脑袋里面的那些东西，或者奇奇怪怪的念头，睡觉之前，我总是会不由自主地去想它们——满嘴獠牙的鬼怪，各种冤魂。我有一本《聊斋志异》，舍不得跟任何人分享。我并不自私，只是太过喜欢这本书罢了。书是我从废品收购站淘回来的。事实上，书里面的故事远没有它的名字那么灰暗，令人害怕。

　　弟弟已经起来了，他小鸭子般摇摇晃晃地穿好衣服，走到书桌前，抓住以前的语文课本，撕了几张，上厕所去了。在家里，我们上厕所都用以前的课本。一定是昨晚吃了宝塔糖的缘故，此刻，我的肚子隐隐作痛。该起床了。

　　母亲在厨房里烧水。白色的水蒸气沿着锅盖边缘徐徐爬升，灶孔里的火苗呼呼作响。但我没敢看她，她也没有看我。空气对空气。我像一阵风吹过厨房，奔向厕所。厕所在厨房旁边，正对檐沟，檐沟窄，蛛网密布，能一直走到堂哥家去。我在厕所外面耐心等待了足有五分钟，弟弟仍然没有出来。

　　"你落到厕所里去了？"我捂着肚子问。

　　"等下。"弟弟的声音里闪烁着艰难的火花，他哼哼唧唧，仿佛在翻山越岭。

　　"速度点。"我说。

　　弟弟没有理我。

　　不知过了多长时间，弟弟终于从厕所走了出来，他面色红润，一副大功告成的模样，擦肩而过的同时，他高高兴兴地说："我屙了好多蛔虫出来！"

　　我已经顾不上听弟弟废话，迅速闪进厕所。

　　断裂带天气变幻莫测，说变就变。我从厕所出来，刚刚还好端端的天气，已经乌云密布，狂风在屋顶上呜啦啦响着，那些剧烈扭着腰肢的树条，像一群发了疯的蛇。

　　"要下雨了，快到河坝里喊你爸赶紧回家！"母亲跟我说。

　　我走到院子的时候，母亲忽然把我叫住了，她说："你把雨衣穿上，在卧室里，你找找看。"

我没有找到雨衣。母亲的卧室，或者说他们的卧室，比我和弟弟的卧室更乱，乱得像有一群野人来过。家具、生活用品、衣物……如同刚刚经历了地震，伤痛还没有完全沉淀，或者平静下来，给人心头涂上一层潦草和不幸的幻觉。一张皱巴巴、褪了色的结婚证，随意撂在茶几上，如同一位苍老的见证者，有一瞬间，我甚至感到我和弟弟，母亲父亲，我们整个家，都在被这张纸后面的神秘力量操控着，它，是一切情感、行为的源头。

父亲不是三岁大的小孩儿。我觉得，母亲让我去女娲河喊父亲回家，相当于她经常说的那句话：脱了裤子放屁。但我不得不这么做，因为这是母亲的意思，她总是需要我和弟弟帮她做些事情，并且觉得理所当然，而我们自己也在不断强化她的统治。在家里，父亲母亲关系就像天气那样时好时坏，爱随时都在被创造，也随时都在被抛弃。

我出门的时候，巨大的雨点已经落下来。公路升起片片土烟。

刚走下公路，雨水已经把我浑身都打湿了。女娲河上白雾缥缈，犹如仙境。我淋得像只落汤鸡，不过，我好像并不对此感到怨恨，内心反而充斥着一种虚无的欢乐。因为雨下得太大，视线受到了限制，十米之外便很难看得清楚。我在雨中大声呼唤着父亲，但是我好像并不指望得到任何回应，我这么做仅仅是为了证明自己正在执行任务。

我和父亲碰头了，他蹲在一块褐色的大石头上面，望着正在变得浑浊的女娲河，心事沉沉。嘴上叼着的烟早已被雨水打湿了，但是，父亲似乎并没有意识到这一点，他的目光久久沉浸在宽阔的河面上，像只鹰正耐心寻找猎物。

父亲在守娃娃鱼？

我轻轻走了过去。

"你来干吗？"父亲问我，他的语气中透着惊奇，以及被打扰的愤怒。

这个苍白的问题把一切都变得苍白了，我索性不回答他的问题。

在我准备转身回家的时候我才注意到，父亲的眼睛跟昨天一样红。女娲河的河水在慢慢上涨，把父亲的眼睛挤得更红了。

中午过后，因为暴雨始终没停，我，弟弟，还有堂哥，在他们家的屋檐下弹珠珠。

女娲河的水已经涨得很大了。大得仿佛整个断裂带都在缩小。

我上午淋了雨，有些感冒，脑袋也有些晕，以至于挺着个大肚子的尹丽阿姨什么时候过来的，我竟然一点也没有察觉。

"你们老大不小了，还玩这个，唉！"尹丽阿姨轻轻摸着她的肚子，笑呵呵地对我们说，"我肚子里这个家伙都在笑你们了！"

"尹丽阿姨！"

"尹丽阿姨！"

"尹丽阿姨！"

堂哥，弟弟，我，分别招呼着面前这个穿着碎花裙子的幸福女人。

尹丽阿姨一边甜甜地应着，一边在墙角的长板凳上坐了下来。白石灰粉刷过的墙上爬满了大大小小的乌龟，大多是我和弟弟用锅烟煤画上去的，堂哥在我们家的墙上也画了不少。也许是因为目光无意间触到了尹丽阿姨那两座小山一样的胸口，我的脸瞬间红了。

"娃娃鱼呢，死了不？"堂哥问尹丽阿姨。

幺爸给堂哥取了个绰号：假精灵。堂哥问的问题，让我感到这个绰号的确很形象。

"瓜娃子，娃娃鱼哪有那么容易死，在水缸里活得好好的呢！"说完，尹丽阿姨又大大方方地表示，"看什么时候把它杀了熬汤喝，给你们也一家端一碗！"

我们高兴得恨不得拍巴巴掌——

"尹丽阿姨就是好！"

毫无疑问，尹丽阿姨嫁给幺爸是刘家院子的一大幸事。

用堂哥的话来说，尹丽阿姨是我们刘家院子的开心果。

无论什么烦劳，无论什么忧愁，只要在善解人意的尹丽阿姨面前一晒，就都灰飞烟灭荡然无存了。

在刘家院子，除了母亲——她总是张口闭口称平日酷爱打扮的尹丽阿姨为"狐狸精"——对尹丽阿姨不怎么感冒以外，几乎所有人都喜欢尹丽阿姨。父亲从来不对尹丽阿姨发表任何意见，更提不上攻击了，从平日相处他的漫不经心的笑容里感受得到，他其实并不讨厌她。他讨厌的只是他的弟弟，我和弟弟称为"幺爸"的那个人。两兄弟关系一直不怎么好，很长一段时间，我和弟弟都以为那是母亲的缘故，她对幺爸继承了婆婆爷爷的大部分财产耿耿于怀。

尹丽阿姨让我们猜她肚里怀的是男孩还是女孩。

我、弟弟还有堂哥都说是"男孩"，乐得尹丽阿姨一个劲儿地夸我们"懂事"。

其实，这个无聊的游戏我们已经玩腻了。

有时候，婆婆也会指着尹丽阿姨的肚子这样问我们，要是我们有谁说是"女孩"，婆婆的脸肯定会一下子拉得老长老长。我们自然不会那么说——明知山有虎偏向虎山行，傻瓜！

尹丽阿姨给我们一人发了一颗水果糖。

为了表示感谢，我们决定在尹丽阿姨面前炫耀一把。堂哥表演了他的扫堂腿，弟弟展示了侧空翻，不过因为场地的缘故，他只能侧翻一次，所以展示完之后，弟弟还有些意犹未尽。我表演的节目是倒立，面对着墙，双手撑在地上，然后双腿突然发力，人就如同膏药那样倒贴在墙上。我倒立的那面墙正对着尹丽阿姨背后的那堵墙，所以当我激情四射地投入表演，尴尬出现了，我竟然一下子望见了尹丽阿姨碎花裙里的白色内裤，以及她雪白雪白的大腿。真是措手不及！尹丽阿姨似乎也意识到了这一点，她迅速将腿并拢，以防止走光。这个微妙的举动，让我承受整个身体重量的双手瞬间没了力气，手一软，我的脑袋便"咚"的一声——插头那样重重地插在堂哥家的水泥地上，紧接着我的身体狠狠摔倒在地，扬起一股烟尘。

我的"出色表演"博得尹丽阿姨、堂哥还有弟弟的捧腹大笑。

欢乐随时都在被创造，也随时都在被抛弃。眨眼之间，时间把一切脱了个精光。

不知在地上躺了多久，也没人拉我一把，我才狼狈地、慢吞吞地从地上爬起来。脑袋晕晕的。雨下得很大，房檐水像瀑布，我却似乎什么也听不见了，只想在床上好好躺一会儿。我一声不吭朝家中走去，朝卧室走去。我的后面有一只看不见的黑色口袋，会把刚刚发生的意外，以及见证与经历这场不幸的人，统统装进去。

身体玩笑，有时候也是生命玩笑。如果世界上有什么办法能让时间倒退一两分钟，我们的错误、灾难甚至悲剧，就不会如此惨烈，也许我就不会狠狠摔这么一跤了。

我这一跤摔得不轻，脑袋瓜子嗡嗡作响。回到家里，躺在床上，我感到我背上的骨头已经不是骨头，而是一堆碎片，一堆玻璃碴子，包在肉里面，疼得钻心，疼得我恨不得用炸药包将堂哥家的水泥地炸一个坑。

屋漏偏逢连夜雨，身体继续跟我开起了玩笑，我感冒了，发起了高烧。摸着滚烫的额头，我才想起上午不该那样淋雨，不拿身体当身体。病疼是我那样做的回声，也是报应。身体玩笑，有时候也是生命玩笑——无知每天都会澄清一点。我暗暗发誓，以后要善待身体。

直到深夜，暴雨也始终没有停过。

第二天上午，暴雨还在继续，弟弟告诉躺在床上奄奄一息的我，女娲河涨水了，洪水都快把李家院冲跑了。李家院就在对岸，地势比较低。水涨那么大，我倒是有点吃惊。其实，不用弟弟说我也知道女娲河涨水了，听声音就知道。

每年女娲河涨水，会有很多人去河里捞柴。

此刻，肯定有很多人在河边捞柴，很多人都在洪水边上用生命舞蹈！

从昨天晚上直到现在，我的身体一直处在极度的虚弱当中，睡了醒，醒了又睡。不过也说不上是坏事，早上母亲还专门来看过我，她说她和父亲已经捞了不少柴了，我想母亲肯定是想来叫我去背柴的。母亲的眼睛是雪亮的，如果装病，她一眼就能识破。

见我确实不能为家里发光发热，母亲只好不甘心地离开了卧室。

此刻，家里除了我就没人了。刘家院子，除了我和尹丽阿姨就没人了，她是孕妇，不可能到河边去。就在这个百无聊赖的上午，我发现了父亲和尹丽阿姨的私情。

我和弟弟的卧室紧挨着堂屋，因此要是有人进门，立马能听到动静。迷糊中，我竟然听到父亲和尹丽阿姨在堂屋里说话的声音。怎么说呢，开始我并不相信我的耳朵，还以为太阳从西边出来了呢。太阳真的从西边出来了。父亲和尹丽阿姨真的在堂屋里聊天！他们说话的声音很小，不过每句话我都听得一清二楚，因为每句话都像是被锋利的水果刀削尖了一样！听到他们聊天，我的精神也瞬间被锋利的水果刀削尖了一样！

"三哥，求你别这样，你大娃还在屋头！"尹丽阿姨似乎在哀求我父亲。父亲在家里排行老三，幺爸也叫他"三哥"。

"就亲一下，放心，没事，大娃高烧得估计连他老子也不认识了！"父亲似乎有点心急火燎，紧接着，我听到一个响亮的吻，在空气中爆炸了。说真的，我恨不得立马冲出卧室，将这个不要脸的男人一脚踹到河里去。但是，我忍住了。

"以后你真的不要再来破坏我的家庭了，你再这样，我只有死给你看了！"尹丽阿姨似乎生气了。

"尹丽，你别一天死啊活啊的，都这么久了，你还不明白我对你的感情？"父亲的样子肯定就像他说的话一样无耻。

"久走夜路总要遇到鬼，你不要脸我还要脸呢。我不想再让他戴绿帽子了。"尹丽阿姨说完好像哭了。

"那你肚里的孩子，怎么办？"父亲突然问尹丽阿姨。

听到这里，我感到屋顶上面的天都要塌了。尹丽阿姨居然怀的是父亲的孩子！

"我不会把这个孽种留在世上。"尹丽阿姨坚决地表示。

"随便你，但是我不想我们就这样散了。你休想！"父亲一字一顿地说。

"你这是要赶尽杀绝，要我生不如死！"尹丽阿姨几乎在咆哮，看来是要跟父亲撕破脸。

"尹丽，实话告诉你，我就是他娘的如来佛，你他娘的这辈子都别想逃出我的手板心。你不死，是我的女人。你就是死了，也还是我的女人！在我面前，装什么纯洁？！"父亲厚颜无耻地说。

紧接着父亲的冷嘲热讽，尹丽阿姨似乎摔门而去了。

反复咀嚼着他们刚才的谈话，我的心情变得沉重起来，仿佛有人在上面放了很多个秤砣。

我害怕极了，不知道接下来父亲会干出什么疯狂的事情。

当然，这已经够疯狂了！

时间把一切都脱了个精光！平日看上去斯斯文文的父亲，原来是披着羊皮的狼！

暴雨变成了催眠曲，不知不觉，我又睡着了。

我要是知道我睡着了，我真希望自己永远不要醒过来。

尹丽阿姨摔门而去的第三天傍晚，弟弟忽然捧着一盆热气腾腾的汤进了屋，他眉飞色舞地告诉母亲："妈，这是尹丽阿姨要我端回来的'娃娃鱼汤'！"

母亲一直看不惯的人竟然大大方方地给家里送了这么大一盆汤，有些受宠若惊，她问弟弟："那你说'谢谢'了没得？"

弟弟把头点得就像鸡啄米："说了说了！"

"等下把盆子拿过去，再说一遍。"母亲命令弟弟。

"我干脆给人家磕几个响头，母亲大人，你说要得不？"弟弟调皮地看着母亲。

"你这个兔崽子，净说瞎话！"母亲说完，似乎记起了什么似的，她问弟弟，"你尹丽阿姨他们真的把娃娃鱼杀了？"

"真的杀了。"弟弟肯定地说，不过，他又告诉母亲，"我也没看到，反正炖了一大锅，家家有份！"

"这家人才舍得吃哦！"母亲自言自语，不知道她是在夸人家，还是在讽刺。

我的病好得差不多了，只是没什么精神。父亲骂了我好几次"瘟神"，我都没有和他顶嘴。我怕自己一念之间就把他和尹丽阿姨的丑事说出来，完全可以想象，这将会在家里掀起怎样的风暴！尽管这个家已经被侵蚀得千疮百孔，摇摇欲坠。可怕的是，母亲和弟弟似乎对此浑然不觉。

晚上，我和父亲对娃娃鱼汤都没什么兴趣，我不知道我们在"装什么纯洁"？

母亲和弟弟倒是吃喝得津津有味，好像真能长生不老似的。

父亲心情似乎不怎么好。我忽然有种不好的预感。

果然，第二天下午，刘家院子出了大事，这件大事就像长了翅膀一般，很快传遍断裂带的五脏六腑——临盆在即的尹丽阿姨跳河自尽了！事情来得太突然太意外太蹊跷太扑朔迷离了！几乎所有人都不敢相信这是真的。一个人，两条命，说没就没了。

据说尹丽阿姨跳河的那一刻，就有水性好的人立马跳进河里救人。只是，滔滔洪水无情，过了很长时间费了九牛二虎之力营救者才将尹丽阿姨从洪水的肚子里拖上岸来。那时，尹丽阿姨的呼吸已经没了，她平静了，自由了，她和她身上的是是非非，也都被汪洋恣肆的洪水卷走了。当然，留下的，除了尸体，还有巨大的谜团，永远都无法解开的谜团。每个人都想知道她为什么要死，为什么会这样死，为什么死得这么干脆，这么坚决。

噩耗来袭，幺爸一家伤心欲绝。

刘家院子的人既为此事难过，又生怕跟这件事扯上任何关系。就在尹丽阿姨出事的这天晚上，父亲和母亲把我和弟弟送到了外婆家。他们让我们在外婆家好好待着，哪儿也不许去。好像我们也会被洪水卷走一般。

我和弟弟，差不多是在半个月之后回到刘家院子的。离开的日子确实不短。堂哥说，他天天都在盼望着我和弟弟回来陪他滚铁环。大伯专门给他焊了一个大大的铁环，我和弟弟羡慕得心都空了。

从母亲口中，我和弟弟得知：幺爸捡的那条娃娃鱼并没有死，仍然完完整整地待在幺爸家的水缸里。也就是说，那天尹丽阿姨愚弄了大伙儿，她让弟弟端回家里的"娃娃鱼汤"并不是真的"娃娃鱼汤"。

"也倒是，像她那样抠门的人，怎么会舍得熬娃娃鱼汤给我们喝？！"母亲似乎对此耿耿于怀，似乎尹丽阿姨的死，并没有冲淡她对美味的膜拜与憧憬。弟弟也是。

人死如灯灭。呼吸是开往远方的慢船。尹丽阿姨离我们一天天远了，刘家院子渐渐恢复了往日的宁静。

夏末的一天，母亲到街上买菜去了，她荷包里的钱和她平日穿的那身衣服一样，皱巴巴的。她的人也是皱巴巴的。

我、弟弟和父亲在地里掰玉米。蟋蟀在慢慢枯黄的草丛里唱歌，动听宛如天籁。在我们生命周围，死亡是一只看不见的黑色口袋，会把我们永远地装进去。玉米叶子会割人，我们身上都在不经意间留下了轻微的擦伤。记忆，也有擦伤。

歇气的当口，父亲仿佛突然记起来什么似的，他感伤地跟我们指了指不远处一块玉米地，告诉我们："你们尹丽阿姨就埋在那儿。"父亲说的是我们的阿姨尹丽，而不是他的情人尹丽。好像她们不是一个人。

我们这才知道尹丽阿姨就埋在那儿。我和弟弟不由自主往那块玉米地认真地、认真地瞅了两眼。

坟，回忆像它一样凸起。坟头的草长得太深了，像一个披头散发的线团，一种迟迟无法凹去的痛苦。

父亲从烟盒里摇了一支烟出来，默默点上。

我没有说话。我无话可说。心里也没有一点恐惧。

弟弟问抽烟的父亲："爸爸，尹丽阿姨为什么要死？"

父亲抖了抖烟灰，含含糊糊地回答弟弟："人早晚都是个死。"

弟弟点了点头，然后似乎想起了尹丽阿姨让他端回家的"娃娃鱼汤"，他又问父亲："尹丽阿姨怎么会骗我们呢？"

弟弟说的是"我们"。那盆美味的"娃娃鱼汤"是弟弟与尹丽阿姨之间的一个死结。

弟弟有些言过其实，我想没他说的那么严重吧：骗！

父亲深深抽了口烟，过了大概三十秒钟，他才让那些张牙舞爪的白色烟雾从他鼻孔里爬出来，不是嘴。然后，他以已经深思熟虑过的那种完全肯定的语气大声说道："她，是个骗子！"

父亲像在自言自语，又像在跟我们说，他脸色难看极了，得了什么不治之症似的，吓得我和弟弟都没敢搭腔，我们只不约而同地看了看他，表示我们听到了。

心里仿佛有条娃娃鱼在哭泣。

我知道，尹丽阿姨不会再死第二次了，她好像一直活在我的生命周围，跟我的生命做了邻居。至于她和父亲之间的小秘密，则始终卡在我的喉咙里，卡在1995年夏日的臂弯之中，如同断裂带上超级灯泡般的太阳，一如既往地雕刻着断裂带苍生万物的生死枯荣，见证着那些实际上也不会在我们身上逗留多久的喜怒哀乐。

现在谁还记得他

不是在痛苦中，也绝不在欢愉中

而是在遗忘中

呼喊春天，在这古老的冬天

他将死去，

我们的呼吸将吹冷他的腮帮，

并在他宽阔的嘴里找到归宿。

……

他不再吃什么，也不再担心

被我们的邪恶或欢乐所击伤。

而谁将告诉这恋者，

遗忘是何等的冷漠。

——［英］狄兰·托马斯《不是在痛苦中而是在遗忘中》

这是她今天第十三次到卧室看他是否睡醒了。

没有。卧室里静悄悄的，掉根针也能听见。答案和进卧室之前猜测的结果一模一样。期待一次次落空，仿佛断裂带柏油路边上那些银光闪闪的防护栏，一个连着一个，没有紧挨着没有，还是没有。立在卧室衣柜旁边，失望宛如秋天断裂带上漫山遍野的金黄落叶，在她的心蕊上层层累积，互相混淆。欲盖弥彰。

等他睡醒，比等死人活过来还难！她无从想起自己过去是怎样克服这种局面，或者说应付这种无奈。也许忍受和遗忘一样，是人类——这颗古老星球上最高级动物与智慧的结晶——较为普遍的天性。她无法将过去遗忘，就像任何人无法回避金钱在现实中的意义那样。尽管，人永远去不了的地方就是过去。和"遗忘"比较起来，"忍受"的波及面更广，这个字眼，几乎可以看成是一切生命体无奈与卑微的集中营，有时候忍受还需要很大的勇气和耐性。给人的感觉是：你的财富、地位、尊严、名誉等，都是由忍受等量代换出来的。

他仍然没有睡醒，期待，再次打了水漂。昨晚九点钟睡到现在。哪里像睡觉，分明是冬眠。她完全可以趁他睡得死去活来之际，朝他细皮嫩肉的脸颊来一记响亮的耳光，把他弄醒。并且在他醒来后温柔地告诉他，他在睡觉的时候胡言乱语，朝三暮四，喊着别的女人的名字，并且还有下流举动。总而言之，言而总之，这个玩笑足以让他不知所措。但她不愿意这么做，神叨叨的。与此同时，她也不确信他醒过来对她有什么好处，自己是否真的打算跟他商量点什么。他懒得烧虿吃，平时家里大大小小的事情都是她做主。所有的事她都做得了主，唯独这件事，她得和他商量商量。

没见过这么把睡懒觉爱得一贫如洗的人。卧室的窗户是关上的，城市的喧嚣被隔离在外；厚厚的咖啡色窗帘是拉上的，使得早已过去的夜晚在这儿阴魂不散，如果不开灯，卧室里还真是伸手不见五指。

床头上手机充电器疲惫的提示灯亮着微弱的血色的光芒，针灸着卧室里的昏暗与沉闷。窗户是卧室的眼睛，那么这道深棕色的实木门，就是卧室的耳朵。从她清早起床开始，门的耳朵就这么一直清醒着。每次从卧室出来，满面乌云的她都会不由自主摸摸后脑勺，好像那个地方有块磁铁似的。

她使劲儿摁了摁卧室里的开关，不光是为了开灯，而是要把心里的一肚子火统统摁进墙壁。乳白色的光亮瞬间填满卧室。卧室里，一个赤身裸体的男人正呼呼大睡，仿佛这白日里的一叶孤舟，还没有翻过夜晚，还没有靠岸。她鄙夷地望着他完全暴露在有着牡丹花图案被盖外面一丝不挂的身体，下面风景独好，只剩一片黑草，淹没了最重要的部位，给她的印象是它好像已经完全钻到他的肚子里去了。

即便是在卧室里听，客厅电视的声音仍然很大。中央五台，NBA现场直播，解说员嗓音洪亮，激情四射。卧室紧挨客厅，从那儿到这里走不了几步。她故意把电视声音调这么大，确切点说，已经是最大音量。眼皮子底下这个呼呼大睡的男人，除了整天在床上挺尸，没别的爱好。有时候她觉得他就像块旧电池，毫无用处。即便过了三十岁这道门槛，他白发苍苍的老母亲，仍在为他当牛做马，处理生活中人人都会遇到的困难，几乎都是些鸡毛蒜皮的事情。出于某种内疚，她把近在咫尺的男人放进了黑名单，排除在感情的城堡之外。近在咫尺，也代表不了什么，肉体和灵魂从来是矛盾的，貌合神离的，一言难尽，否则印度伟大诗人泰戈尔先生不会绞尽脑汁写《世界上最遥远的距离》那么感伤绝望的诗篇。心里边，她和他保持着一种微妙的距离，不过度亲密，也不会太疏远。保持距离，当然不是为了让距离产生美，而是因为潜意识里她觉得自己身后有许多双眼睛在看她。每句话每件事都坐着别人的眼睛。她却难以做到不在乎，装作无所谓。毫无疑问，她心里边深爱着的那个男人不是眼皮子底下这个男人。她对他没感觉，更谈不上夫妻情分。

人心都是肉长的。

她不是个铁石心肠的人。

她是个善良的女人。

眼皮子底下这个男人是她现在的丈夫。打一开始，她对他的态度，而非感情，就没有绕过弯子，如同终日沉迷在牌桌上的赌徒，恐怕不是为了输钱去穷开心的。路漫漫其修远兮，作为失去丈夫的女人，选择再嫁，把举步维艰的生活维持下去，实属人之常情。再嫁乃明智之举，过去不能当饭吃，她的肩膀又不会因为前夫留下的那点英雄事迹而如有神助。要是那会儿他有时间想清楚后果，方方面面多一些考虑，一切都不会是今天这个样子了。但她不敢完全打包票。她知道，前夫就是那样的人，即便整个世界都冷血得掉渣，他也还是个热心肠。可是再热心肠，也不该把自己当救世主，也不该因为外人连自己的命都搭进去。药店里没有后悔药，人死不能复生，说什么都晚了。现在，连她和孩子，也变成别人的人了。对于自己改嫁这件事，她相信前夫是不会怪罪她的，她有她的苦衷。

她那被地震卷去了生命的前夫永远是她心里的一道疤。心里的这个他，断裂带一个普普通通的初中化学老师，一个让她想起来就痛不欲生，痛得仿佛身上被割去了好几斤肉的好丈夫，儿了心目中的好爸爸，父母眼中懂事的孝子。而在教过的那些学生面前，前夫的为人更是有口皆碑，好像还从来没有人给过他差评。遗憾的是，他已经不在世上。2008年地震时，他被几吨重的水泥块压在了教学楼的废墟下面，走了，落到时间的那边儿去了。有时候，她多么希望他在地震来临那一刻选择为自己而活，为家人而活。但是，那个提前赶到教室准备上课的人，那个傻得不要命的傻瓜，选择留在已经被吓得六神无主的学生中间，指挥祖国的花朵和未来逃离灾难的魔爪。他压根儿就没考虑过自己。

她至今不能理解前夫的无畏、大爱、崇高，灾难之际涌现的人性光芒。尽管她也试图跳过私心，去接受他的慈悲和勇气，最终都失败了。前夫已经罹难了，不在了。她时常感觉他仍然在她身边，在她生命周围，陪伴着她，从未离开过半步。无论亲戚朋友还是陌生人面前，她从来不愿意让话题触及死亡。每个人都在死亡的阴影下面生活。但是，她还是讨厌诸如"死亡"之类的字眼，就算是"罹难""牺牲"这些委婉的措辞，在她心里边也都是带刺的，会刺伤到她。如今，失去的幸福、思念的痛苦，好像全都被转移或者说压缩到她的体内，多得快要从她的喉咙、鼻孔冒出来似的。她没有那么长的指甲，没办法将它们从自己的生命中抠出来，扔掉。可以扔掉的是垃圾，不是命。命，是扔不掉的。所以谁也没办法。

眼皮子底下这个呼呼大睡的男人，她的第二任丈夫，是无可救药的瞌睡虫。他没工作，也不需要工作。家里不缺钱花。他的父母原来在绵阳市剑南市场做水果批发生意，挣了不少钱。否则，这个家早就穷得喝西北风，穷得散架。

每每想到自己这辈子已经结了两次婚，她都会变得难为情，像小学生考试作弊被监考老师发现了一般，抬不起头。她甚至觉得是命运故意跟她开玩笑，有意要消磨她的意志，卷走她的幸福似的。她心里边无法忍受这种考验，但是有什么办法？

白驹过隙，现在这个男人的出现，也都是好几年前的事了。三年，还是四年？她自己不太清楚。并非没有时间观念，只有在某些无关紧要的事情上，时间才会变得如此含糊不清，让她一头雾水。

　　在她亲自设计、找人装修出来的田园风格的卧室里，雪白的墙壁上挂着两张色彩绚丽、透着某种古老气息的树皮画。它们来自生机勃勃、"野草在歌唱"的非洲，一个名叫苏丹的国家。装房子那会儿，他的什么朋友送的。每隔一段时间，她都要小心翼翼把它们取下来保养一番。此时此刻，她恨不得把眼皮子底下这个身材臃肿、呼呼大睡的男人，做成一张树皮画。她心事重重，眉头紧锁。再过几天就是清明了，清明时节雨纷纷，她想回断裂带为亡夫上坟。地震后的第二年，经历白发人送黑发人的痛苦，公公婆婆先后撒手人寰，现在，除了她，谁还记得他？前夫指挥下幸运逃生的那些学生娃儿，恐怕也早把他忘得一干二净，就好比洗洁精清洗过的菜盘子。

　　她在想他。每年这段时间，春天来临之际，大地复苏百花齐放之季，思念也开始在体内醒来、发芽、生长，仿佛思念是季节性植物、蔬菜。她打算清明节回断裂带为亡夫上坟，却不知如何在这个丈夫面前开口。男人，没几个不是小肚鸡肠的。好几年没回断裂带，要是如愿以偿，也算是旧地重游吧。

　　如果不是地震，她不会与断裂带形同陌路。

　　如果不是地震夺走了前夫的生命，她不会带着孩子离开断裂带。

　　回忆，在她身体里嘎嘎作响。生命就是生命，没有如果。

睡到现在还不起床，她有点生气了，这个睡得天昏地暗的男人像是知道她的心事，故意装睡似的。他不喜欢她在他面前提起过去的人，过去的事。他像个心智尚未发育健全的孩子，生怕自己的糖果喂到别人嘴里。他的睡相，夸张点说，让人看了吃不下饭。鬼知道他为什么长这么胖。个子不高，身上的每一个部位，像是被故意放大了好多倍，与常人拉开距离。他走路的样子，看着都会觉得吃力，一身赘肉，机械般甩来甩去，跟跳舞似的。她打心眼里不喜欢她和他一起拍的那些照片，总是给人造成一种强烈的错觉，仿佛他随时可能把人从照片上挤出去。

　　现在是上午十点，再过两个钟头，就该吃午饭了。眼皮子底下这个男人仍在呼呼大睡。早上她为他留在餐桌上的稀饭，以及他最爱吃的木耳肉片，现在还没动过。这是要往死里睡啊？她忍不住轻轻拍了拍他的脸，希望叫醒他。没有成功，他睡得太死了。物竞天择，比较，人的天性，她也不例外。她的脑海又一次浮现出前夫的音容笑貌来。前夫从来不睡懒觉。记忆中的他，永远都在为学生操心，为祖国的未来忙碌，早上起得很早，晚上睡得很晚。除了吃饭睡觉时间，他要么是在办公室批改作业，要么是在教室。地震那年，他教的是初三毕业班。

　　再过些天，就整整八年了。

　　在她生命周围徘徊的前夫，依然被她爱着的人，已经走了八年了。

　　现在谁还记得他？

　　恐怕只有她了。

　　连儿子也早已扔掉过去，把眼皮子底下这个一生似乎都想在睡眠中度过的男人喊爸爸了。当然，不能怪儿子，她带他过来时，他刚满四岁，那么小，脑瓜子肯定装不下多少复杂的人类关系。她把他的照片藏在书房。反正，他喜欢和它们混在一起。准确点说，照片夹在费奥多尔·陀思妥耶夫斯基那本跟砖头差不多厚的长篇小说《被侮辱与被损害的》里面。除了她，没人知道这个秘密。《被侮辱与被损害的》也算是亡夫的遗物。他一直喜欢看小说，古今中外各种名著，加上武侠的，言情的，侦探的……加起来总共有两百多本。结婚的时候，她把它们全都盘过来了。

过去不能当饭吃。那些书，被她整整齐齐搁在书房里。为避免睹物思人，她平时很少去书房，害怕它们勾起伤心过往。过去的事就让它过去好了。安心眼下的生活，比沉溺过去重要得多。在家里，书房就是她感情上的禁地，回忆被牢牢拴在那儿。不去书房的另外一个原因，是因为她不想让过去的记忆影响她现在的生活，也许，这种举动里面，还隐含了对现在这个丈夫的尊重。至少她是这么认为的。

记忆，像我们这个国家的节日，没有长腿，无须等待，自动送上门来。对前夫的思念也一样。这段时间，她坐卧不宁，日有所思夜有所梦，清明节回断裂带为亡夫上坟的愿望，老是在心底萦绕盘旋。对大多数人来说，在这样的一天，提着香蜡钱纸，带着纠结伤痛的心情，到坟前祭奠逝者，是件极平常且很有必要的事情。但是，对她来说，对她眼前这个家庭而言，为亡夫上坟，就像给蚂蚁穿上靴子，给白云系上围巾，似乎小题大做、画蛇添足了点。

断裂带路途遥远，自己还没拿到驾照，无法开车回去。家里的丰田越野，一般都是他在开。说起来，去年就去驾校报了名，眼皮子底下这个男人让她报的，说等她拿到驾照就给她买辆代步车，虽然他也知道世界上有一种杀手名曰"女司机"。目前，她刚考完科一。到断裂带足足要坐六个小时的班车吧。她已经考虑好了，最好是自己一个人回断裂带，不带孩子算了，她不指望他小小年纪便被扯进那段伤心史。当然，她也不指望身边这个男人，想指望也指望不上。她甚至觉得他若是能同意她回断裂带为亡夫上坟，就足以让她感恩戴德、欢天喜地了。

眼下最最麻烦的事情，就是把自己的想法说出来，告诉他，告诉她眼皮子底下这个男人。这是她应尽的义务，也是她最担心的，她担心他不同意。要是他不同意，这次出行只能打水漂。如同上次几个同一小区的铁杆麻友自驾游到西藏一般，本来说好了的，临出门之前，他忽然不让她去了。她也没问为什么，不去就不去吧。没想到的是，去的几个人路上出了车祸，不小心撞上了高速路上的防护栏，造成一死一重伤。她并不觉得这仅仅是个意外，或出于偶然，不是的。这都是命，命让她不该遭此一劫。以前她不信命，现在是宁可信其有，不可信其无。人越往下活，就越相信它的存在。在她看来，世界上的路和人生的路，其实毫无差别，那么多路，水路陆路空路，而你只能选择一条，在它的崎岖坎坷中跋涉、风雨兼程并观望远处的风景，这就是命。

俗话说，天无绝人之路。

命，其实就是一条绝路，它像流水那样一去不返，让人欢喜，也叫人恐惧。

她在厨房边的阳台上，将洗衣机洗好的衣服捞出来，挂在衣架上。

她不知道他什么时候起的床，又是什么时候来到身后的。直到有两只手伸过来猛然将她环腰抱紧。突然的拥抱让她猝不及防，吓得差点尖叫起来。光天化日的，这是要干吗？她本能地打了个激灵，使劲儿甩了甩胳膊，好让自己摆脱骚扰。

别这样。她转过头，言辞中有些愤怒，她看见男人那张正陶醉于某种欢愉的脸，这才松了口气。只见他紧紧闭着两粒杏仁般的小眼睛，呼吸急促，口里透出快活地呢喃。不过这都不是重点，重点是他没穿衣服，一丝不挂，只趿着一双拖鞋。如此情形已经不是一次两次，而是很多次了。无论说过多少回，他总是左耳朵进右耳朵出，还当自己是模特呢？也不照照镜子，看看自己那魔鬼般的身材！

亲爱的，我想要。男人直截了当地说，牛一样气喘吁吁，一只手在前面上摸下探，一只手在后面鲁莽地捏着她的屁股。

要要要，要饭去吧！去去去，闪一边去！她连珠似炮地说。

男人的放肆，点燃了她的怒火，又有点无可奈何，嘴上这么说，她心里却在想，确实好久没有那个了，岁月不饶人啊，正常的生理需要仿佛已经随着年华的褪色悄然枯萎。她已经提不起兴趣来了。那种既美又疼的感觉，早就被时间冲得远远的。以前和前夫在一起生活的时候，这方面的质量还可以。现在不行了，男女相互渗透的那些美好体验，她已经很久不曾有过了，每次身体之间实质性的对话时间都短得像兔子的尾巴，光这一点，就足以让人厌倦。她不喜欢跟他那个，究其原因，还是因为他太胖了，要是压在自己玲珑小巧的身子上面，肋巴骨不断几根，简直是奇迹。每次做爱，只能是她在上面，那滋味不消说，难受得很，感觉自己就像是在和一堆肥肉打架。所以对于男女之事，她最通常的表现就是拒绝或者逃避，不是万不得已，她才不想和他打架呢。虽说，能咚咚响的都是鼓。

能咚咚响的都是鼓。葡萄牙作家若泽·萨拉马戈长篇小说《失明症漫记》里提及过的一句话。她读过这部小说，书里，能咚咚响的都是鼓——这句话的下面，前夫用打了碳素墨水的钢笔画了一道醒目的横线，不知用意。

能咚咚响的都是鼓，她当时就记住了这句话，这句话被她当作是前夫留给她的礼物，还有指引，是很久以后的事情。自从嫁给现在这个整天就知道睡大觉的男人，她经常用"能咚咚响的都是鼓"这句没心没肺的话鼓舞自己，鼓舞自己和这个各方面都还不太成熟的男人好好生活下去。孩子不能没有家。

他性趣盎然，心急火燎，好像一条饿疯了的狗。她却心如止水。不过，很快，僵持冰雪消融，她的身子在他的爱抚中软成一团棉花，被他整个儿地搂在怀里，抱进卧室，由他去了。完事后，她开始穿衣服，准备到厨房做饭。快十二点了。男人继续躺在床上，满头大汗，闭着眼睛，气喘吁吁。

穿好衣服，她在床上坐了下来，心事重重地整理着就像野人来过一样凌乱的床单。她正犹豫呢，自己要不要趁热打铁，把憋了一上午的话说出来。落叶迟早都要归根，丑媳妇早晚要见公婆，那就说吧。

跟你商量个事。她故意大着嗓门，给自己增添信心。

你说。男人的唇角艰难地挤出两个字来，累得好像又要睡着了似的。

清明节，我想回断裂带走一趟。她故作平静地说。

回断裂带走一趟。他听到这句话，眼皮子就像熟透的八月瓜，一下子裂开了，他狐疑地打量着她，仿佛要把人看穿似的。

好几年没回去了，我想去看看。她的声音有点委屈，有点哀怨。

我看啊，你这人就是三心二意，身在曹营心在汉啊！说完，他故意醋溜溜地看着她的反应，心里却是满满的温柔和理解。他是地地道道的城里人，却没有一般城里人的狡猾，心眼不坏，唯一的毛病就是偶尔爱吃点醋。

和她一样，他也结过两次婚，他的第一任老婆原本是市人民医院的一名医生，地震那年，准确点说，是地震后第三天，她和同事们深入断裂带灾区救苦救难，碰到余震引起的塌方，不幸罹难。在断裂带，像他和她这样组建家庭的不计其数；在断裂带，所有人的命都不在自己手上，而在脚下。听他这么一说，她的脸瞬间红了，不知道如何回答他，她愣在那儿，像一个稻草人。

怎么，不好意思了？哈哈，亲爱的，想回就回吧。他乐呵呵地告诉她，如果不介意，我可以陪你。

她这才意识到他的那番话不过是玩笑，心里的石头瞬间着了地。不，我一个人回去就行了，你不用管我。她想了想，觉得自己还是独来独往比较好。断裂带，熟人多，那么多双眼睛看着，那么多只耳朵听着，多不自在。你不用管我。她的意思是说，各管各，好生活。只是，她没想到他这么爽快地同意了自己，太阳打西边出来了。

他之所以同意，是因为他虽然吃醋，但不会吃死人的醋。此外，将心比心，他的爱人和她的爱人一样，都是因为地震，在各自平凡的工作岗位上献出了生命。同病相怜也好，相濡以沫也罢，人，毕竟是感情动物，还是要讲感情的吧！其实，这几年清明节，他都想主动让她回去为她前夫扫墓。只是每次话都被卡在喉咙里了。这种事，他觉得还是让她自己拿主意为妙。

嗯，那好，随你，路上注意安全。他说完，再次闭上眼睛，看样子又要睡着了。

清明节前一天上午十点，她背着背包，拖着行李箱，准备出门了。

临走之前，他叫住她，从保险箱拿出一沓钱，塞到她手上。这个，你拿着。他说，一副还没睡醒的样子，迷迷糊糊，哈欠连连。嫁给他这几年，她还是第一次看他起这么早，并且还是为了送她出门。

要我拿这么多钱干吗？我这又不是去旅游！她的声音有些哽咽，几乎热泪盈眶，第一次感觉自己和这个男人之间，有什么东西比手中的这一沓钱还要厚实。

万一要用呢？他回答。

所以，你就给了我一万？她幽默地说。

快出发吧，早去早回，上车了给我发个短信，到了也给我发个短信。他站在门口，像是又要睡着了。

嗯。她也没问为什么是发短信而不直接打个电话呢，将钱放进钱包，朝电梯走去。

城里的天空永远都是这样一张脸，灰扑扑的，从来没有干净过，而且她有预感，快要下雨了。等车的时候，她想的是，也该下点雨了，不下雨的清明节，压根儿就不是清明节。她打的到了平政车站，给了二十块钱，觉得稍稍有点贵。

到售票窗口买好了车票，就上了班车，离出发还早，车里面空荡荡的。好心的司机帮她将行李箱放在后备厢，提醒她途中有人下车的时候一定要注意，以免别人拿错了。她选择尾排靠窗户的位置坐下，一来可以看护行李箱，二来也是出于安全考虑。一般来说，到断裂带的直达班车只有司机位和尾排的车窗可以自由开关。以前，前夫搭车的时候，总是会想方设法坐到车尾，他要求她也必须这么坐。他的意思是，即便遇到车祸，也可以为自己选一个有利的逃生出口。

她掏出手机，给家里的男人发了条短信：我上车了。

刚发出去，就收到回复，一个字：好。

忙完这些，她又从背包里取出一个碎花防尘口罩，戴上，取下，又戴上。口罩是专门为这次出行准备的，她不想任何人知道她回断裂带了。她不害怕撞见熟人，害怕撞见冷漠。

一路颠簸，班车终于在断裂带上的停车点缓缓停下来。她三步并作两步，下了车，取了行李箱。天上飘着毛毛雨，她的心情也是湿漉漉的。停车点还是那么热闹，卖樱桃的，卖凉粉的，卖核桃花生的，卖豆腐干的，候车的……到处都是人。

她站在路边，茫然地望着久违的断裂带，眼前的它，是那么熟悉，又是如此陌生。春风吹绿了大地，漫山遍野，草木生机勃勃，空气中弥漫着泥土的清香，令人心旷神怡。时隔八年，支离破碎的群山，也几乎荡然无存，被远远地掩盖在时光后，被远远地掩藏在草木交错的根系下面，变成了记忆，变成了过去。女娲河对岸的山腰，零星还能看出些许痕迹，不过给人的感觉已是无关痛痒。曾经让人痛不欲生的地震，改变了她的命运，改变了在这儿土生土长的乡亲父老的命运，也改变了整个断裂带的命运。她看到，过去低矮的青瓦房不在了，无论镇上，还是附近的村庄，几乎全是两层三层的漂亮楼房。

她立脚的这个位置，能大致判断出前夫所在的那个墓地方位。那是个宁静美丽的老坟园，背东向西，风水极佳，就在一截缓坡上，上面松柏林立，鸟声虫鸣此起彼伏，不绝于耳。遗憾的是，因为下雨，山里起了雾，乳白色的雾霭淹没了老坟园，看不太清楚。

天色渐晚，一声声狗吠牛哞，一道道灯火炊烟，撞击着她爱得一贫如洗的心扉。她拖着笨重的行李箱，慢慢朝着镇上走去。其实用不着带这么多东西，搞得跟搬家似的，她边走边埋怨自己。先吃点饭，然后找个旅馆住下，明天赶早去给亡夫扫墓。

一路上，想着亡夫，她忍不住有些自责，这些年都没回来看过他。你真是狠心啊，她对自己说，心里边一股股疼。走到镇上时，天已经黑了，伸手不见五指。她找了家餐馆，勉强吃了些东西，就在一家还算干净的小旅馆住了下来。

夜里，她失眠了，躺在床上翻来覆去。窗外涛声依旧，摇曳着她的思念。这阵阵松涛，也是卷走她睡眠的罪魁祸首。一种不可抑制的恐惧，在她的心头盘绕：今晚，该不会地震了吧？前来住宿登记的时候，她问过年轻貌美的老板娘，这几年，断裂带还时常地震吧？

地震？还时常？那还得了！脑子有病吧！老板娘不认识她，拿她是外地人，就不怎么客气了，白了她一眼，算是回答了她的问题。

现在躺在床上，剥了一根香蕉，一边吃一边想起那个白眼，她就觉得不寒而栗，最熟悉的土地和乡亲父老，怎么变得如此冷漠？这个老板娘她太面熟了，就是他当年的学生，只是叫不出名字而已。他的学生都认识她，以前见到她亲热得要命，现在呢，连个招呼也没有，即使戴了口罩，还有身份证呢。不过，话说回来，认识、记得、知道一个人，并不代表什么，又不能当饭吃。人家凭什么跟你套近乎？人心、记忆就像人一样，也是会苍老的吧？想到这些，她的心不由得一阵绞痛。

世态炎凉，果然不假。亡夫在断裂带总共教了十年书，可谓桃李遍天下，但是现在谁还记得他？地震那年，他救了那么多学生，可是，谁还记得他？那些口口声声说要报答恩师的人呢？全是狗屁！她越想越觉得前夫的死划不来。她越想越觉得窝火，以后每天想想这个，都可以不用吃饭了。

人字好写，人心难测。现在谁还记得他？法国批判现实主义大师福楼拜对人性的解剖可谓一针见血：有些人是专门为别人搭桥的，但人家过了桥就扬长而去了。想着被水泥块压得失去人形的丈夫，想着被地震挖走的亲人和幸福，她的眼泪就忍不住了，吧嗒吧嗒掉下来，枕头湿了一大片。

窗外涛声依旧，如泣如诉。

天说亮就亮了，在她身体里亮了一晚上的失眠，也顺着黎明的墙根飘走了。

火红的太阳似乎已经忘掉了今天是清明节，不该出门的，它从翠绿起伏的群山深处一跃而起，用它的光热驱散了黑暗，刷新了大地，被夜晚剥去颜色和形状的断裂带，再次变得美丽、明亮、辽阔。

鸟儿在窗外的石榴树上尽情欢唱，风在伴奏，草木在舞蹈。

露水滑下树梢，就像眼泪滑落面庞。

她特意穿了身漂亮衣裳，前段时间在成都春熙路买的，一直没舍得穿。化了淡妆，涂了口红，收拾妥当，戴上口罩，走出旅店。她要漂漂亮亮高高兴兴去看他，也让他看看漂漂亮亮高高兴兴的自己。

清明节并不是逢集的日子，街上却是人来人往。人来人往，却没有碰见一个熟人，也没有一个人认识她。她只是个过客。有那么短短一瞬，她甚至希望有人在主动招呼她。可是没有。时间，把一切都交给了遗忘。

在一家以前经常光顾的超市买上坟用的香蜡纸烛。她认出了超市的老板，还是老样子，只是肚子上的游泳圈更大了。她没有打招呼，一个看上去还挺年轻的女人在帮他卖东西，她记得他的妻子也在地震中罹难了，这个，恐怕是新的吧。这个发现让她有些失落，其实没有谁离不开谁。超市生意火爆，她等了十多分钟才付好钱。

好久没爬山了，爬起来挺累的。

她一边爬山，一边想起有次在人民公园，现在这个丈夫指着孩子惊心动魄地命令，以后再也不许爬那么高的山了！他指的山，其实是一座假山。

清明时节雨纷纷，路上行人欲断魂。今天没有下雨，心里的那些感伤啊怀念啊疼痛啊什么的，也好像被太阳晒干了似的，无影无踪。

去墓地上坟的人挺多，她尽力让自己走得快一些，后脑勺即使没长眼睛也知道，他们嘻嘻哈哈的，一路走一路拍照，现在的人都喜欢用镜头看风景，而不是用眼睛。

爬山的时候，也许思念都被别的事情耽搁了，她的心头没有一丝感伤。但是，当她走拢亡夫的坟前，眼前杂花野草丛生的坟墓，眼前几乎已经看不出轮廓的坟墓，还是让她大吃一惊。来之前，她还在想，不管怎么说，至少他救过的那些学生多少还有人记得他，偶尔来看看他的。可眼前的情形，无一不在说明他真的被遗忘了，根本就没人来给他扫过墓。

瞬间泪如雨下。她一边哭，一边为亡夫打理坟墓，眼泪打湿了面庞，打湿了口罩。她索性摘下口罩，口罩上的眼泪，估计能斟满一个纸杯了！

烧完香蜡纸烛，该做的都做了。她没有下跪，她觉得自己这辈子都不会原谅这个大英雄、大好人。她蹲在他坟前，依然泣不成声。

不知什么时候，一个小孩跑过来，对她说，阿姨，别哭了。阿姨，他是谁啊？

她止住哭泣，仿佛抓住了救命稻草。她问那个孩子，你读书了吗？

嗯。小孩的声音嫩嫩的，像地里刚刚冒出头来的小草。

他是一个老师，地震的时候为了救学生，死了。她伤心地告诉小孩。但她不知道自己为什么要说这些往事，这些一文不值的往事。

老师好可怜，阿姨，我给他磕个头吧！小孩说完，便认认真真跪在地上，按大人们教他的方式，给面前碑都没立的坟墓认认真真磕了一个头。

兔崽子，快给我滚回来！

不远处，一个男人的声音如狮吼，正带着某种怒火慢慢朝她走来。

你干吗啊？

她觉得这话像是在指责她，又像是在责备小孩。她没敢偏过头去看人。

　　男人拉着小孩的手气呼呼地走了。

　　差不多了，该走了，最好再也不要回来，把自己整个儿地藏起来，藏得远远的。让记忆喂狗去吧！有满肚子的话语，但她一个字也不想说，一个字都不想留下。

　　下山的时候，她目不斜视，两腿生风，走得很快。

　　这哪是在走路？完全是落荒而逃。

　　她赶上了离开断裂带的班车，仍然坐的是尾座。仅有的思念和寄托，被不经意地镶嵌在这细微的举动之中。班车启动那一刻，她的心终于缓缓平静下来，就像一块落进水中的石头，再也不会荡起涟漪。她想，即使后脑勺长得有眼睛，我也不会往回多看一眼的，何苦老去挖自己的苦难呢？生活不会因为某一个人的缺席变得更好或者更坏。活着，就该像班车上的这些乘客一样，身体朝前，眼睛朝前，心也朝前。

　　后脑勺为什么不长眼睛？人，永远去不了的地方就是过去。过去了的，就让它过去吧。再见了，亲爱的；再见了，英雄。她闭上眼睛，整理着内心紊乱的情绪，好让自己不再次陷入感伤与疼痛的裂隙之中。班车在断裂带的柏油路上飞驰，犹如离弦之箭。

超级灯泡

　　我的名字如同断裂带上穷人们那随便打个喷嚏便能震垮的土坯房子，简陋得让人想哭。

　　不骗你，我叫兰天。身份证上躺着的，就是这个名字。身份证是名字的自然保护区，但那儿寸草不生。我的脸和身份证有种遥相呼应的默契，因为近四十年来，我没用过剃须刀，没刮过一次胡子。

　　兰天，多可笑的名字。有时候我巴不得请断裂带的铁匠把它炼成一条铁环，好让它顺着岁月的墙根滚回去。人们招呼"兰天"的时候，我总感觉身上有群虱子在皮肤的荒原上开运动会，空气里长满了笑声，快把我的呼吸胀破了。

　　名字给我带来的唯一好处就是读书那会儿，为我节约了不少墨水钱。但是，阿弥陀佛，要是能把这个名字从身份证上抠出来，我宁愿把它拿去喂鸡算了。

　　从诞生那一刻起，人和他所诞生的土地就结结实实拴在一块了，时间，中间的死结。有着你永远摆脱不掉的东西，像你头上的天气，你呼吸的空气，它会永远在你的生命附近，纠缠你、影响你，甚至控制你。

　　我和断裂带的关系正是如此。断裂带，就是我的根，我的天堂，我的地狱，我的一切。

从小到大，我很少离开断裂带，就像鱼儿离不开水，鸟儿离不开天空，婴儿离不开母亲的怀抱。城市的繁华与喧闹在我看来毫无用处，那种滋味比让人突然变成无头苍蝇还要难受。对我来说，断裂带不仅仅是家园，一种隐秘的滋补，像母亲的乳汁，草尖晶莹的露水。同时她也是一种无形的灾难，制造地震和废墟的机器。

人，永远去不了的地方就是过去。

儿时，断裂带的夏天像妈妈藏在碗柜最顶层的红糖，甜滋滋、亮闪闪的。生活有时候真的很奇怪，有些事物，包括人，明明躲起来了消失了，你却能够感到它的存在。妈妈藏在碗柜最顶层的红糖是这种情形，我远去的童年是这种情形。有时候，我感到自己的生命就像是一团从五颜六色的童年生活里膨胀出来的棉花，并不真实。

儿时，断裂带的夏天危机四伏。地里肥沃、阴森森的荨麻，躲在叶子下面的大阴谋家火辣子——读书那会儿我才知道它的中文学名为刺蛾科，浪荡不羁的马蜂，尖锐、冷冰冰的荆棘，林子里神出鬼没的蛇，河里鬼魅的漩涡，以及妈妈讲过的鬼故事，层层叠叠挤在断裂带总是蓝得要死的天空下面，挤在我们乌云密布的生活里。我不得不时刻保持警惕，像草丛里的壁虎，有着一小截闪电的机敏，随时准备逃离。

那些记忆中永远不会枯萎的夏天，欢乐总是与恶作剧相随。恶作剧是欢乐的设计师。没有恶作剧，就没有欢乐。为了追寻那需要实物填充的欢乐，我皮肤下面的暴力蠢蠢欲动，与之遥相呼应。夏天的断裂带总是充满了亢奋的知了声。从叶子上挂着露水的清晨到让断裂带锈迹斑斑的黄昏，知了都在拼了命地歌唱。歌唱卑微的命运，歌唱时光短暂。所以，即使是断裂带这样偏远的地方，也很难有一块寂静让你舒服。

空气里藏着死亡的味道。每天，我都要从门前屋后的树林子里捉许多知了，从不三天打鱼两天晒网。我喜欢徒手征服它们，而不用蜘蛛网。徒手，考验的是个人技巧，包括速度和爆发力，蜘蛛们应该为我没有占用它们的捕食工具感激我。花了好长时间，我才明白自己天生不太喜欢做容易的事。不太喜欢做容易的事，大概好多中国人都有这种天性，掺杂着激情、欲望和斗志的自我，难以解释的勇气。我从容地扯掉知了的半边翅膀，而不是全部，我认为自己没必要像父辈们小时候那样把篾签穿进笋子虫的大腿玩那么残忍。我把它们挨个丢进闹哄哄的鸡群，并且不断变换方向，好让快乐会持续得久一点。

我的影子是从我身上长出来的，鸡肉是知了身上的肉长出来的。除了知了，鸡肯定还吃别的东西，比如厕所边上的蛆虫、苍蝇，还有魔芋地里营养丰富的蚯蚓。家里的鸡是些苦孩子，妈妈舍不得用粮食喂它们，但它们照样长肉，活得潇潇洒洒。

在家里我几乎很少吃鸡肉。即使吃，也只是蜻蜓点水尝个味道而已。不是嫌嘴，而是怕那些知了的冤魂会在我的肚子里作威作福。死掉的人在断裂带的泥土里继续活着，死掉的知了在鸡身上继续活着。这种吃鸡肉就像把它们吃过的东西也吃了一遍的潜意识让我产生了轻度的恶心。爸爸妈妈不会因为这种事情为难我，我遗憾他们不能像我那样把问题想得深入、透彻一点。更遗憾的是，我的名字不能让鸡长肉。如果我的名字可以喂鸡，我绝不会吝啬。我不喜欢我的名字。

那时候，我们全家人住在断裂带的一座山上。那几乎是断裂带最大的一座山，高耸入云，山顶上有草甸，冬天的时候可以滑雪。我总觉得大诗人李白的"手可摘星辰"就是在那儿写出来的。但它没有名字，断裂带的人们还没有找到一个足以和它的巍峨、气质相匹配的名字。距家不远处有块墓地。家族里死了的人都葬在那儿。周围栽了许多桑树和柏树。墓地里荨麻肆虐，稍不注意，准能遭殃。"都是我们的人啊。"爸爸把我带到墓地里，表情严肃、庄重，又透着一丝儿跟熟人见面的激动。他指着那些大小不一的土堆，如数家珍似的给我介绍，爷爷、婆婆、祖父、祖婆，还有一些素未谋面的亲戚。"以后你脚长得再长，飞得再高，也不能忘了他们。"爸爸命令似的告诉我，然后他卡壳了，抽烟。人钻到土里去了，名字也就跟着他们的屁股钻到土里去了。我想知道他们的名字是否和我的一样，特别特别土。但爸爸没有告诉过我那些长辈们的名字。他忌讳说他们的名字，仿佛一张口，就会把内心的疼痛与怀念从嘴巴里吐出来似的。

你的名字比你跑得快。

妈妈告诉我。妈妈把她的嘴从沉重繁多的家务活里让出来跟我说话。她的话总能把我带到眼睛看不到的地方。跑是一个多么生动的字眼啊，仿佛我的名字真的长了腿似的。妈妈的语速比蜗牛还慢，她做任何事情都慢条斯理，爸爸却截然相反，他做事雷厉风行，从不磨磨蹭蹭，屁股像着了火似的。

慢性子的人善于扬长避短，我想妈妈之所以喜欢卖关子，就是这个缘故。她那张有些地质疏松的脸变得越发温和，一双眼睛泛着记忆的光芒。妈妈不准我在夜里吹口哨，她说那会把断裂带的孤魂野鬼招来。

"说来话长……"妈妈长长地吐了口气，好像这能把那些已经久违的记忆重新吹亮。说完，妈妈总是习惯性地保持沉默，眼巴巴地看着我，等待提问，并且对接下来的问题如何给出合理的解释胸有成竹。在妈妈的嘴皮子下面，大概一切事物都是活的，有热乎乎的生命。或者说，她说话的方式让它们有了与人相似的灵魂和光芒。一个毫不起眼的名字，妈妈也能让它长出腿来。妈妈说话的语气像她切的土豆丝，细细的，神秘，欲擒故纵，而且就如同平静的水面突然蹦出的鱼儿那样，会让你感到惊讶。

妈妈的记性似乎不太好，说过的事情往往隔不了多长时间又会灌进我们的耳朵里。好像有东西把她迷住了似的，她不得不依靠重复来解渴，打破沉寂，激活交流的版图。比如说，"你的名字比你跑得快"这件事妈妈已经重复很多遍了，但她依然经常提起。仿佛她不把这件事从嘴皮子底下拖出来，它就会在她的脑子里像冰块那样化掉。

要把一个人从废话里捞出来就像把水井里的月亮捞出来一样，难度颇大。废话，我指的是妈妈跟我说的那些。好歹我是从她的肚子里钻出来的，因此，对妈妈，我实在不忍心拒绝她的唠叨。于是只好近乎白痴般地不断问她"为什么"，然后装作好奇的样子耐心听她解释。如果这能使她变得轻松，或者不那么孤单，我想，忍一会儿又不会死人。

你的名字在你还没呱呱坠地的时候就有了。妈妈告诉我。

每次在妈妈跟前，我都会用恍然大悟的样子配合妈妈。

名字跑在了我的前面。下雨还要先打雷呢，所以这没啥好奇怪的。可惜，名字不是文物古董，图个历史悠久啊源远流长啊什么的。在断裂带，名字不只是名字，它也是深夜亮着的灯泡，皮肤之外的另一层皮肤，影子之外的另一块影子，让我们知道自己是谁。

于是，妈妈继续往下说，直到真相在她的话语中整个儿地浮起来。

其实，我早就知道我的名字怎么来的。关于名字的来历问题让回忆变成了一件特别艰苦的事情。我不喜欢我的名字。名字没有重量、形状、颜色、味道，但它的确是一件礼物。我的名字，是爸爸给我的礼物。那时候，当然现在也一样，断裂带的儿女们素来把尊严看得比命还要宝贵，自尊心泛滥，几乎大多数人有这样的毛病：不喜欢请教问题。谁都无法虚心接受"木头脑袋"或者诸如此类的揶揄。翻翻嘴皮子能解决的事情，他们也不愿打搅别人。他们觉得他人的聪明是自己的愚笨"照"出来的，所以，每个人都把各自的自卑埋得很深。

对爸爸来说，给我取名字这事儿难度不亚于在岸上教鱼儿走路。伺候庄稼、打猎是他的强项，取名字这事，他只能算是门外汉。断裂带上，和爸爸年纪不差上下的人几乎都不识字。爸爸给我取名字，费了不少心思。他没念过书，翻字典取名这道儿完全就是逆水行舟。以他打肿脸也要充胖子的性格，找人支招那还不如把他的脸扔地上算了。

没有捷径，办法却总是有的。为取名字，爱逞强要面子的爸爸，决定独自出门转转，向断裂带取经。心诚则灵嘛。为了找灵感。那个遥远得就像星星的刚刚翻过夜晚的深秋的黎明，爸爸特地换了身在乡下人看来已经足够体面的衣服：一件背后掉了几块皮的咖啡色皮夹克，里面则套的是无领T恤，T恤上有条没了尾巴的飞龙，深灰色的纯棉裤子，绿闪闪的胶鞋。用妈妈的话来形容就是"穿得跟过年似的"。爸爸揣了两包硬盒红塔山，背着手，昂首挺胸地在断裂带整整转了一天，才划着一截暮色闪进家门。一天下来，烟盒里的烟抽光了，绿闪闪的胶鞋裹满了泥巴和草屑。回到家里的爸爸满脸喜气，汗水与身上的垢夹在他的脖颈上织了好几根黑色项链。爸爸顾不得这些，他眉飞色舞地跟他在厨房里切土豆的媳妇说，咱儿子的名字想好了，干脆叫"兰天"吧！为表示这个名字不至于像是路上捡来的那么简单，爸爸耐心地跟妈妈做了一番解释工作，他说，这个名字好，好记，还有，这个名字没有女孩子气，一听就知道是男孩。

没有女孩子气。爸爸就是这么说的，十拿九稳，一个白白胖胖的儿子好像真能跟着这个名字从妈妈肚子里走出来似的。谁都知道，他想儿子都快想疯了。那时候，妈妈不生儿子意味着之前的努力将变成泡沫。肚子里的孩子是男是女还没谱，妈妈肩上的压力可想而知。因此她忐忑地说："我还没生呢，你急得跟猴似的，是男是女你有本事钻进去瞧瞧。"妈妈说完，摸了摸已经胀鼓鼓的肚子，望着院子外面葡萄架上在山风里摇摇欲坠的老南瓜，小心翼翼问爸爸，"这回，方向盘该不会又打歪了吧？"爸爸听罢不高兴了，抡起巴掌就朝妈妈脸上飞过去，留下一座五指山。在断裂带，女人就是男人的出气筒。在家里，妈妈就是爸爸的出气筒。但这次例外，妈妈没哭，她不愿用自己的眼泪去清洗别人的错误。倒是爸爸的眼泪眨眼间别别扭扭地出来了。他一定是觉得自己把还没有出世的儿子也打了，他以为自己还有隔山打牛的本事呢。

断裂带地处偏远。明代，管理本地的土司在上京面圣归来以后，照着故宫的样子，花了二十多年时间，为自己修建了一座官衙。消息很快传到皇帝耳中，皇帝派人下来调查。土司凭着个人的机智以及断裂带独特的地理环境逃过了制裁。历史渐远，山高皇帝远的心态却活到了民间，活到了断裂带的角角落落。我出生那会儿，国家搞计划生育，禁止生二胎。一旦发现，绝对没好果子吃。不过，幸好是断裂带，山高皇帝远给想要延续香火的爸爸再赌一把的机会，这才有了我，有了兰天。

自我出生以后，家里的重心全部转移到我身上来了。在家里，我享受着救星般的待遇，父母对我疼爱有加，我姐兰花也对我特别好。我走路的时候爸爸就是我的脚，我吃饭的时候妈妈就是我的手，我不高兴的时候姐姐就是我的开心果。

那时候，爸爸妈妈对姐姐不怎么好。他们总是背着姐姐给我买水果糖吃，我还以为姐姐不是他们亲生的呢。懂事起我便心疼姐姐。有次我在屋后的樱桃树下面把刚刚得到的糖分了几颗给姐姐，姐姐一边吃一边哭。后来，她开心地宣布她终于知道甜长什么样子啦，我听得心里酸溜溜的。

在断裂带，姐姐算是长得特别好看的那种女孩儿。她个子高挑，皮肤很白，眼神干净得像是清晨还没有睡醒的露水，瓜子脸，黑而密的秀发像瀑布一样垂落至腰间。兰花，美如其名。就算这样，姐姐在爸爸妈妈心目中的地位也远远逊色于我。在他们心目中，姐姐早晚都要嫁人，一盆泼出去的水。而我作为他们唯一的儿子，也是将来传宗接代延续兰家香火的保障，意义非凡。他们认为，把所有的爱存在我头上，把所有的心思用在我身上，天经地义——和着魔了没什么区别！

那时候，不光是爸爸，几乎断裂带上所有的爸爸们，骨子里都重男轻女。要把这些思想从他们身上挖出来，比登天还难。这种腐朽的思想似乎并不会因为岁月的消逝而得到解放。或许，他们也搞不清楚那究竟是怎么回事。为什么自己喜欢男孩，而不是女孩？每逢孩子刚刚出世，爸爸们首先注意的是自家孩子的下半身。那是问题的焦点，那是能够给他们的生活画龙点睛的地方。遇到带鸡鸡的，他们便如释重负眉开眼笑，仿佛在大雾茫茫中找到了生活的路标，又好像扔进水塘里的鱼儿能继续活下去了……

　　我时常在想，姐姐后面，如果我仍然是个女孩儿，爸爸妈妈还得折腾到什么时候？可以肯定的是，如果不是爸爸妈妈重男轻女，姐姐当年不会离家出走。我见证了姐姐的不幸，在我看来，离家出走并不是因为她想要反抗什么，而是因为她不想再在那封建的浓荫下生活，任凭那些所谓的传统观念填充她的生命。那阵子，姐姐刚刚初中毕业，她以优异的成绩被县里的高中录取。收到通知书那天，姐姐在家里扬着鲜艳的通知书手舞足蹈。不过，爸爸很快把那张通知书抢了过去，粗暴地塞进正在烧水的灶孔，转眼化作灰烬。姐姐蒙了，我也蒙了，家里的气氛瞬间凉得人直打喷嚏。"就此止步"，我相信那就是爸爸想要表达的意思，他不想姐姐再读书了，他要把自己的烦恼一起烧掉，毕竟供两个孩子读书对我们那样普通的家庭来说简直就是一场灾难。眼泪很快从姐姐脸上的那两扇窗子里爬了出来，绝望已经将她推到了愤怒的边缘，但是姐姐却没有说一句话，她紧闭着嘴唇，脸涨得通红，好像在等着灶孔里熊熊的火苗也把她正在经历的不幸烧成灰烬。那天晚上，断裂带的月亮又大又圆，姐姐坐在白白的月光里哭着，就是不说话。姐姐在哭，猫头鹰的叫声是白的，屋顶的瓦片是白的，树梢上的寂静是白的，缠在断裂带上的月光就更白了。

　　那天晚上，已经过去很多年了。但姐姐不会忘记，她的命运和大好前途，在那个晚上被爸爸无情地烧掉了。那天晚上，姐姐和她的梦想从此分道扬镳。

日子水一般流去。大概回忆往事的时候，你的舌头才会告诉你——你的过去是什么味道，你的眼睛才会让你看清时间长什么样子。日子一天天老去，人也一天天老去。命运其实很难改变，有时候，我心想这辈子也就这样了，独自一人，生活平淡无奇，没有浪花，甚至没有涟漪，那就水涨到哪儿算哪儿路走到哪儿算哪儿，快快乐乐活人吧。

想是可以那么想，但是如果兰家的风筝飞到我这里线就断了，我该怎么跟父母的在天之灵交代？兰家的风筝飞到我这里线就断了，我的脸可没地方搁啊！

说起来，我也是快满四十的人。在断裂带，像我这样的年纪还没有娶妻生子，几乎是纯粹的悲剧。其实我长得不错，身体没啥缺陷，能吃能喝能睡。可能吧，缘分还没到，像糖纸里包着的糖，还隔着点东西，还差点火候。缘分这个东西，最不好说。但是我信。

我现在是断裂带唯一一家废品收购站的老板。在这之前，我也做过别的生意。我给断裂带的学生娃卖过风筝，那些学生娃像是从花果山出来的，比猴还精，买个风筝都要试飞；我在山里收过核桃、土豆、菜籽，但活太重，一个人根本吃不消；有段时间，我从城里拿了一批自行车卖，但断裂带的路实在太烂了，应接不暇的售后服务和保养搞得我焦头烂额，索性不干了。总之，生意都不太顺利，投进去的钱不是打水漂了，就是缩水。所有生意的下面都有一个断裂带，那种没有安全感，随时可能遭遇到的厄运实际比地震可怕得多。有时候，我真的很怀疑自己根本不是做生意那块料。不过，在断裂带开了家废品收购站以后，我就没那么操心和焦虑了。

地震前，断裂带还有三四家我这样的废品收购站，实力雄厚，远在我之上。我出门收废品用的是自行车，后座上吊着两个专门请人定做的竹筐；人家用的是电三轮，脚下油门一踩，便可在幸福的道路上狂奔，拉风死了。地震后，断裂带兴起在城里买房的热潮。于是，这些挣了钱的家伙纷纷在城里买了房，搬城里躲地震去了。我不会像我的竞争对手们那样离开断裂带，我待不惯城里。

收废品算不上大生意，我也不图能赚多少钱，够花就行了。断裂带很多人嫌弃这个看似脏兮兮的、毫无前途的职业，收废品能捞到多少油水呢？不过，我热爱这个职业，就像作家喜欢写书，演员喜欢演戏一样。我热爱我的职业，因为它养活了我。不但养活了我，还让我有了尊严，一点渺小却至关重要的尊严。

两年前，我在收废品的时候结识了一位老人。她皱纹丛生的脸上有道长长的疤痕，从耳垂一直延伸到下巴，像只蜈蚣。那是2008年5月12日地震时留给她的纪念，一块砖头在她逃命的时候砸在她的脸上——苦难、不幸的一个吻。

这位老人和我妈妈年纪不相上下，更为重要的是，她和我一样"举目无亲"。平时她客气地叫我兰老板，我则礼貌地喊她陈阿姨。陈阿姨也是地震后从山上搬下来的。她住的那座山的山脚就在船头河附近。船头河，在断裂带算是风水宝地了，古代的时候那儿有个渡口，旁边还立着一座镇山碑，很多本地人就此推测出古时候我们这儿就发生过地震。这在船头河算不得什么稀奇事，船头河最稀奇的是那儿流行生双胞胎，一个不到百户人家的自然村，有二十多家养的是双胞胎。从船头河顺着山路一直往上走，就能走到陈阿姨曾经住过的地方。几年前我去过一次，陪朋友去那儿收核桃，然后倒手卖到城里。

陈阿姨的女儿们或许是觉得她独自在山上待着太孤独了，在山下给她租了房。断裂带的老人通常闲不住，见镇上有人拾破烂卖钱，陈阿姨便也跟着拾起了破烂。

我和陈阿姨谈得拢，她告诉我女儿们给她租的房子比较小，只有一室一厅，而且除了几面墙房里没有家具。"只有巴掌那么大"，她笑眯眯地说，好像也在同时表达女儿们对她的有限照顾。她不得不在房子外面做饭，煤气罐，燃气灶，柴米油盐，都是自掏腰包。

"锅碗瓢盆说没就没了，他们该不会弄去当药吃了吧？！"陈阿姨时常抱怨那些顺手牵羊的人，那些东西租房里完全没地方摆，好像摆进去就得把她挤出来似的。然后，她用怀念的语气跟我说道："还是山上好，地方宽。"

我说："山下也不错，吃啥喝啥用啥到哪里去都很方便。"

"有啥好的？没啥好的！"陈阿姨坚定地摇头否定，"没想到，地震都把我这个老太婆震到老鼠窝里来啦！"

老鼠窝。陈阿姨逗得我哈哈大笑。

陈阿姨甚至怀疑她的那些锅碗瓢盆被老鼠拖到我这里来了，我表示绝无可能。我的废品收购站可不是老鼠窝！

我喜欢和陈阿姨打交道，是因为她比某些卖废品的人有良心。至少她不会往矿泉水瓶里掺水和沙子，也不会把石头混杂在报纸堆里卖给我。

还有一个原因。陈阿姨告诉我，她的老伴走了十多年了，打核桃从树上摔下来，摔死的，当场就死了。一场毫无征兆的悲剧。陈阿姨说她眼睁睁看着自己的男人从树上摔下来却毫无办法，她说话的嗓音很低，好像是为了不惊扰心里那块痛。要是她的老伴能在落地之前变成了一只鸟儿重新飞回树上，该有多好。偶尔，祈祷在我的叹息里浮现，又黯然沉没。陈阿姨的几个女儿都嫁出去了，她不想连累她们。

一碗饭，一袋盐巴，一瓶酱油，一颗药，都是老人从破烂身上挤出来的。我同情陈阿姨，有时候我恨不得她就是我的妈妈，但我终究不是她的儿子。她没有儿子。

"嫁出去的女儿们也还有一大家人呢！我不能拖累她们。"陈阿姨又说，"寄人篱下，还不如一个人过着舒服。"老人细腻的爱在平淡的言辞间闪烁，不难看出，陈阿姨心疼她的女儿们。陈阿姨说她以前不爱她们，白天想儿子，晚上想儿子，她还说自己以前当着一堆女儿怪自己肚子不争气，表情惭愧得像是犯了错的孩子。陈阿姨总让我想起地震中罹难的爸爸和妈妈，尤其是妈妈，还有远在外省的姐姐。我意识到，事实上，我们在经历一个共同的悲剧。这个悲剧就是重男轻女。

凭良心说，我对陈阿姨不错。生意上从不缺斤短两。有时候，陈阿姨卖的钱少了，我也会主动多给几块。只是不敢多给，我害怕把老太太胃口养大了，更害怕老太太高兴得路都走不稳。陈阿姨高兴的时候，走路像踩着波浪。

今年夏天，断裂带似乎没能热得起来，断裂带卖西瓜和扇子的地方也少了。我买的电风扇成了摆设，前几天我还专门用抹布沾了水抹了下它身上的灰尘。如果不是想不起自己把买电风扇的发票放在哪里，我可能就把它退了。退货没问题，关键是得有发票。卖电风扇的老板是我小学同学。在断裂带，"找熟人好办事"和荨麻内在的毒性，几乎是常识。

最近陈阿姨上我这来处理废品的频率直线下降。她病了？

陈阿姨上周星期二来过一次。街上电管站的黄麻子女儿考上大学，在一品香请客吃饭，当然是高价饭。我准备关门出去送温暖的时候，陈阿姨来了，跟以往一样，背上趴着个背篓，迈着永远大不了的步子。她卖了半蛇皮口袋矿泉水瓶子，有十块钱收入，准确点说，是七块五毛。"老了，捡不动了。"陈阿姨坐在我搬给她的椅子上，一边说一边咳嗽。有只苍蝇在她脸上待了十多分钟，自始至终，我没有去拍那只肚子绿绿的苍蝇，我担心一巴掌下去陈阿姨的脸就碎了，我担不起责。陈阿姨也没有拍那只苍蝇，好像她对这事不在乎。

那天，陈阿姨问我："跟艾红处得咋样了？"

旁观者清，当局者迷，说实话，我也不清楚我跟艾红现在处得咋样。"还行吧！"说完，我的脸红了。

"亲嘴儿没有？"老太太咧着嘴笑，没有揶揄，笑里面都是些真诚的东西，让我感到温暖。只是老太太问得太直接了，让人想要含蓄的余地都没有。我再次面红耳赤，恨不得地上裂条缝钻进去。记得读书那会儿，作文里我写过类似的句子。

艾红，我的对象，嗯，可以这么说。陈阿姨介绍的，我们上个月才开始接触。她在断裂带小学旁边开了家面馆，据说生意不错。艾红年纪和我不差上下，也是陈阿姨那座山上的。艾红我了解不多，只知道她的丈夫在地震中罹难，有个聪明懂事的女儿，目前在省城某个大学念大三，新闻系。平时我嘴巴就像是抹了油似的，能言善辩，可是在艾红面前，我就啥也不会说，仿佛那些甜言蜜语都回老家过年去了。我们单独相处过几次，我也不是没有机会，可事情一到关键时候就起了变化。前几天在断裂带的河堤上跟艾红约会，我刚要对着滔滔河水跟艾红说我想去她家过夜的时候，手机响了，掏出来一看，祝胖子打过来的。

我接通电话张口就是一句："你还舍得给我打电话啊！"

祝胖子的确很久没给我打过电话了。于是，我们激情澎湃、天马行空地聊了近一个小时。祝胖子在电话里说他最近无聊得很，问我能不能帮他找几本《知音》看看，他还表示，《故事会》也行。他说的这些书断裂带上的订户特别多，多半看完就当垃圾处理了。别说，我那儿还真有，而且数量惊人，至少上百本吧，我想，以祝胖子的口味，他也不会不喜欢《妇女之友》。等挂了电话，我差不多已经把跟艾红过夜的事情忘了。此外，本来我和艾红是想沿着河堤转转的，但是一直在旁边等着的她突然说她不去了，她说她得回家睡觉了。我想也好，各回各家各找各妈，我回家也能把祝胖子的事儿办了，他说过几天上门来取。我跟艾红说了再见，她就转身走了。晚上，等忙完快要睡觉的时候我才想起自己原来是想到艾红家过夜的，结果肠子都悔青了，一夜都没睡好。瞧我这猪脑了！

断裂带不是一个容易有安全感的地方，戒备把根扎在每个人的骨子里，以免陷入不必要的麻烦。所以，我不会跟陈阿姨说这些事。我不能让一个老人嘲笑我在男女之事方面的笨拙。我得保护自己，每时每刻。

平时，我喜欢读我收废品时收到的旧书，尤其是小说。这个爱好为我打发了不少时间。到目前为止，我最喜欢的两部小说分别是西安一个叫贾平凹的作家写的《废都》，小说里面庄之蝶用嘴巴吮吸奶牛奶头的情节堪称伟大；另一部小说就是秘鲁结构写实主义大师马里奥·巴尔加斯·略萨的《潘达雷昂上尉与劳军女郎》，小说题记引用法国批判现实主义作家福楼拜的那段名言精彩至极，原文如下：

　　有些人是专门为别人搭桥的，但人家过了桥就扬长而去了。

　　这段话出自福楼拜的长篇小说《情感教育》。我好像读过他的《包法利夫人》，还有一本名字叫《萨朗波》的历史小说，写到过用来关野兽的深坑，我觉得很有意思。

　　"过了桥就扬长而去"，我做不到。我感谢陈阿姨为我搭桥把艾红介绍给我。有几回我想把买的电风扇送给她。但当我发现我和周围其他人穿着短衣短裤，而陈阿姨依然穿得里三层外三层跟过冬似的时候，我打消了这个主意，她用不上。再说这个夏天不太热。穿短衣短裤，纯粹是因为人对季节保持着某方面的惯性和顾虑，你得随机应变。

　　傍晚，我正在废品收购站将一堆刚买来的报纸往仓库里挪，断裂带突然狂风大作。狂风吹亮了我的想象。我突然冒出个念头：一颗蓝色的水球，在冰冷幽暗的宇宙里突然加快了移动的步伐。怎么说呢，我相信那是世界上最大的风了。风中夹杂着怪异的嘶嘶响声，仿佛空气本来是有肉的。我躲在仓库里，透过玻璃观察着外面的动静，只见瓦片像树叶一样乱飞，树木像枯草一样无力摇摆。狂风持续了五六分钟。如此壮丽的狂风，我还是头一回遇到。狂风过后，断裂带就一下子陷入了平静，几只麻雀哆哆嗦嗦地在屋顶上飞来飞去，好像在检验自己身上的零件是否完好。我走到屋外，外面一片狼藉，地上的落叶、树枝、瓦砾随处可见，许多孩子的脑袋上插着参差不齐的羽毛，龇牙咧嘴地打闹着，感觉像是狂风把断裂带吹到某个原始部落来了。不过我很快弄明白了，这些羽毛是从天上掉下来的。

出于担心，我决定去艾红家看看。实际上，担心这种东西如同地震一样，很少在我的生命里出现。地震带来恐惧，而担心似乎能够说明我身上并不是没有爱的能力和基因。艾红家离我住的地方不远，不过我走得很慢，如果碰到熟人，我也好解释自己是在散步，而不是要去干别的事情。远远地，我望见艾红家那个造型像古代官帽的屋顶了，屋后是一片绿闪闪的竹林，几根电线从竹林里钻出来，上面密密麻麻地站着很多燕子，一直延伸到门前的电线杆。艾红在她的院子里忙碌着。看到艾红，我忽然感到眼睛酸酸的，仿佛内心的爱都要从那两道缝里溢出来了。

我的到来让艾红吃惊不小。

"风怎么把你也吹来了？"艾红理了理额前有些凌乱的头发，问我。

"我来看看。"我说，然后点了支烟堵在嘴上，脑子里空荡荡的。

"没见过这么大的风，人都要刮到天上去了。"艾红边说边把水泥地上的几块碎瓦扔进一只锈迹斑斑的油漆桶。看上去是专门装垃圾用的。

"嗯。"我点了点头。

"既然来了，就帮我收拾收拾呗。"艾红跟我指了指一片狼藉的院子。

这句话立刻将我从不知所措里拉了出来。我精神抖擞，忙碌起来。

风把艾红家的晾衣绳吹断了。花花绿绿的衣物落得满地都是，从上半身到下半身的，从外面到里面的，应有尽有。收拾过程中，遇到比较敏感、贴身的衣物，我就主动避开了。我不敢伸手去捡，怕它们像火堆里刚刚烤好的土豆一样烫手。

我姐兰花的电话，就是这个时候打过来的。

"喂，喂，是不是兰天？"电话那头传来姐姐的声音，她操着流利的普通话。

"姐啊，是我。我是兰天。"我看了一眼艾红，以免她误会，故意把那声"姐"喊得比断裂带的野梨儿还脆。

"兰天，刚才你们那儿是不是刮大风了？没啥事吧？"普通话已经切换成四川话了，我姐问我。

"我们这儿的天气怎么像是长在你眼皮子底下似的？"我有些纳闷。

"是啊，我有火眼金睛呢。"说到这里，姐姐的声音一下子变得欢快、活泼起来，她说，"腾讯新闻上说你们那儿的风把人刮到屋顶上去啦！"

"我还没听说这事。"

"是真的。"姐姐肯定地说。

"好吧！"我说，"你最近过得咋样？"

"还是老样子，风平浪静。"接着她告诉我，"过几天，我回来看看你。"

"好啊好啊！"我高兴地说。实际上，我是替在地震中罹难的爸爸妈妈高兴，他们的女儿终于要回来看我们了。

"那就这样吧，先挂了，到时候电话联系。"姐姐说完，就挂了电话。我还没来得说"拜拜"，她就挂了电话。

"你怎么了，要不要进屋休息一会儿？"艾红问我。

"我姐，我的亲姐，要回来看我了。"

我回答，并摇摇头，谢绝了艾红的好意。

已经有二十多年没有回过断裂带的姐姐，说她要回断裂带看我。我竟然有种恍若隔世的感觉。回来走走，姐姐说得比鸟儿的羽毛还要轻巧，仿佛这对她而言不过是一次可有可无的旅行。我担心事情没这么简单。姐姐是要回断裂带挖她的苦难，看看她的恨，究竟长成什么样子了吧？

夜里躺在床上，我辗转反侧，烟灰缸很快塞满了烟屁股。

这事，该不该让祝胖子知道？

"悲剧，是你长胖的时候发现自己永远下不来了。"每次聊天，祝胖子都会有意识地抹去那个让他恨之入骨而又深奥的字眼。祝胖子的痛楚不在他永远闲不住的嘴，在他的肉里面。瘦，永远是胖子的纪念碑和墓志铭。祝胖子，是我的好朋友，营养过剩使他走路的样子看上去像个皮球在努力让自己运转起来。年轻那会儿，我们总是凑在一块儿探讨人生，当然，最主要的话题还是女人，尤其是断裂带的女人。有一阵子，这几乎是我们友谊日渐深厚的肥料。我们在话语中暴晒和宣泄本该激烈、汹涌的荷尔蒙，让种种美好的感受在那些女人身上粗野地生长、随心所欲。老实说，断裂带我也就这么个像样的朋友。祝胖子那会儿愿意跟我做朋友最大的可能是因为我没有拿他的弱点开玩笑，伤他自尊。虽然我像别人一样叫他祝胖子。我从来不知道他的真名，仿佛他的真名已经被他身上的那堆脂肪融掉了。祝胖子也从来不曾叫我的真名，他爸爸名字的尾巴上同样长了"天"字，虽然半毛钱关系也没有，但他总感觉在喊自己的爸爸似的。于是他给我取了个绰号：灯泡。因为我的眼睛很大，鼓得跟灯泡似的。

祝胖子和我姐姐年纪不相上下，他暗恋过我姐。我姐离家出走那年，我姐以字条的方式告诉我们她再也不愿卷进我们的生活那年，祝胖子也伤心不浅，我知道这事。找我姐那段时间，祝胖子还差点跟我爸爸打架。因为我爸爸对我姐兰花离家出走的事并未放在心上，他甚至还公开跟那些诚心看笑话的人说："有找人的工夫，还不如到街上搓麻将。"实际并不是这么回事，爸爸的心没有那么狠。那几年，在家里，我曾几次撞见爸爸躲在卧室里对着姐姐的照片抹眼泪。他在想姐姐呢。妈妈也是，只要跟人说到姐姐，就哭得跟水龙头似的。祝胖子说我爸爸是个吝啬鬼，是断裂带的严监生。那时候，为了省电，爸爸从来不许我和姐姐开灯写作业。他说，电就像人身上的血液，没有多余的。他还说，灯就像一个巨大的磁铁，会把周围的飞虫通通引到屋里来。我们家的窗户没有玻璃。写作业，我和姐姐兰花只能用蜡烛。在我姐离家出走之前，祝胖子给我姐送了多少蜡烛恐怕连他自己都没数。所以看在那些蜡烛的分上，我也该跟祝胖子打电话说说这事。

于是我掏出手机，给祝胖子打起了电话。

祝胖子显然已经睡着了，他在迷迷糊糊中接了电话："喂？"

"是我，兰天。祝胖子，我要跟你说个事。"我说。

"啥事啊？大半夜的。"祝胖子嘟囔着。

"我姐，要回来了。"我故作平静地说。

"哦？"祝胖子在电话那头迟疑了一下，说，"好的，好的，我知道了。谢谢啊，明天，明天我就过来拿书。"

祝胖子说完，便挂了电话，仿佛再说下去他的婚姻就要出现裂缝了。

我推测他老婆肯定就睡在他旁边，不然他不会如此谨慎。这种事祝胖子肯定不愿意让他老婆知道。我有些后悔给祝胖子打这个电话。我觉得自己的脑壳真是长包了。也许我真应该做一个福楼拜大叔所刻画的那种人，一个过了桥就扬长而去的人。毕竟祝胖子也是有家室的人，老婆、孩子，他一样不缺。

躺在床上，我的脑海有些奇怪的念头在闪：最初每个人周围都是空洞的、模糊的，然后他们在时间的荒原上把老婆、孩子凿了出来，给予光热，然后垂垂老矣。所有的努力无疑是为了加深生命在它所处位置的浓度、存在的意义，以此界定自身，并与他人区分开来。我想，这就是断裂带所有人的基本写照。每个人都是一个过了桥就扬长而去的人，当然，扬长而去并不是件容易的事情，因为人还要时不时地停下来，面对自己的内心，清理和缓冲那些凝固在记忆深处的疤痕。

祝胖子肯定没有料到我会跟他把姐姐要回断裂带的事情抖出来，想到他躺在床上辗转反侧而且旁边还睡着跟他生儿育女的人，我的心头涌出一丝惬意。当然，我并不是想利用姐姐威胁他的幸福，也不想他因为这事在家庭方面有任何闪失。我这么做，是因为我觉得我和祝胖子之间的友谊就像断裂带四五月份的樱桃那样甘美。同时，我的举动里隐藏着炫耀和铁树开花般的激动，我的姐姐要回来了。

第二天清晨，祝胖子的声音站在门外的时候，我还躺在床上呼呼大睡。

"灯泡，起来给老子开门！"

祝胖子的嗓门大得能把死人吓活，还透着一股希特勒似的阴冷，那种只有死亡能够带来的阴冷。这种预感很快得到了证明。

我开了门，祝胖子便冲着我抱怨起来："真他娘的晦气，出门就遇到死人。"

"咋了？"我睡眼惺忪地问。

"这年头人的良心都掉到灰里去了啊！"祝胖子往地上吐了口痰，紧接着他问我，"那个捡破烂的陈老婆子是你熟人？"

我点了点头。现在只要说到陈阿姨，我就能马上想起艾红，她们身上跟拴着引线似的。祝胖子这么一说，把我脑子里的那根引线又点燃了。不过等我反应过来，心里立刻凉了半截，我抓住祝胖子的肩膀问："你说的是陈阿姨？她怎么了？"

"人死了。"祝胖子淡定地告诉我。然后，两颗眼珠子在我的屋子里扫来扫去，好像我姐兰花已经回来了似的。他问我："你姐啥时候回来？"

我激动地说："你他娘的别废话，快告诉我陈阿姨咋回事？！"

"昨晚我听你说你姐要回来心里就一阵酸苦啊，不，简直是酸苦到骨头里去了。你说她这一走就是多少年？我对她好其实她心里就亮得跟灯泡似的。天一亮我就决定赶过来问问情况，当然，我可不敢跟我媳妇明说，在家里她可就是玉皇大帝啊，她要是知道了，那比2008年大地震可怕多了。我跟她简单扯了个谎，说我到你这儿拿书。玉皇大帝点了头我才来的。我来的路上虽然走得急，但是周围还是看得清的。没想到竟然看出了问题，在菜市场旁边的一个角落里，我看见一个老太婆趴在地上，一动不动。我觉得不对，立马走过去把人翻过来，仔细看了看才知道是那个经常捡破烂的陈老太婆，没多久以前她还在街上逢人便说自己被地震震到老鼠窝里了，我有印象。遗憾的是，我用手指在她的鼻孔前站了一会岗，已经没气了。于是我立即打电话报了警。"说到这里，祝胖子的语气突然愤怒起来，"这事应该出了有一阵子了，街上那么多人，那么多双眼睛啊，却没有一个愿意伸出根手指头的，以前，断裂带可不是这样的啊……"

"以前，断裂带可不是这样的啊！"祝胖子又重复了一遍，好像这句话能够止疼似的。说完，他深深叹了口气。

如果这个噩耗不是从祝胖子的嘴巴里长出来的，我真的无法相信被地震震到老鼠窝里了的陈阿姨走了，跟我介绍艾红的陈阿姨走了。听完祝胖子关于陈阿姨的死亡陈述，我恨不得立马生出一对翅膀飞到事故现场。我一动不动站在原地，时间凝固了，肉身凝固了，空气凝固了，强烈来袭的悲痛笼罩着我的每一寸肌肤，我倍感压抑，却无法动弹。"灯泡，灯泡！"我感到祝胖子在大声叫我。祝胖子就在我旁边，但是我感觉他的声音远远的、软绵绵的，够不到我的灵魂。我瘫坐在地，嘴里说不出一个字，感觉像是有块布塞到喉咙里了。

在祝胖子的带领下我来到陈阿姨出事的地方。四周密密麻麻围满了人，陈阿姨的死把他们吸到一块儿来了。我真切地感到他们投向死者的目光充满了孤独，一种硕果仅存的沾沾自喜，还有一种无趣的新鲜感。几个警察同志，或许还有陈阿姨的家人们，正在那儿准备将陈阿姨的尸体带走。他们给她裹上了一层白布，脸也被不幸地遮住了，印象中这对死者并不礼貌，死者的脸应该体面地露出来，或者用草纸盖住。而不是如此笼统、粗暴地卷起来，看上去，陈阿姨的家属们表情出奇淡定，毕竟在场的人不是少数，她们不会因为她的离去放下某种在她们看来十分重要的自尊而失声痛哭。

我想穿过厚厚的人墙为善良厚道的陈阿姨做点什么，但是我没能做到，脑袋削尖了也过不去，多少人啊，一个缝都没有。艾红也在场。看到艾红，我一直紧绷着的情绪才慢慢松弛下来，她脸色苍白，明显是在抽泣。我们彼此勉强地挥了挥手，算是打了招呼。断裂带淅淅沥沥下起雨来，铅灰色的半空，一群乌鸦难过地飞来飞去，好像在为陈阿姨送行，好像在为她哭丧，好像它们才是一群真正的孝子。

陈阿姨真的走了，呼吸，这个与生俱来、秘密的死结现在算是解开了。有那么一瞬间，我竟然莫名其妙地为陈阿姨感到欣慰，因为我认为她再也不用靠捡破烂让自己卑贱地活着，她的灵魂终于可以从她历经苦难的肉身爬出来，去永远地享有她或许从未有过的轻盈、自在与辽阔了。我不确信陈阿姨养了多少女儿，她没有告诉过我，也许说过，我没有在意罢了，数量上的优势并不能让她们对自己的亲生妈妈的冷漠减少一厘米。我为她们感到惋惜，她们已经变得和我一样可悲，再也没有机会跟把她们带到世上的亲人相依为命了。老年人就是家里的宝啊，但显然她们并不乐意接受陈阿姨，接受这个麻烦，仿佛多了一双筷子、一个碗、一张床家里就会出人命似的。陈阿姨就是对她们再不好，也是她们的妈妈，她们却因为一滴仇恨把妈妈所有的爱都滤掉了。这可是现实版的《情感教育》！此时此刻，我又一次想起大作家福楼拜那句至理名言："有些人是专门为别人搭桥的，但人家过了桥就扬长而去了！"

陈阿姨，可怜的老人啊！

陈阿姨，你若有灵，就再睁开眼睛看看你不孝的女儿们吧，看看这些过了桥就扬长而去的人！

陈阿姨的女儿女婿们在等一辆面包车将她接走。

漫长的等待之后，一辆破旧的白色面包车缓缓开进人群，在陈阿姨旁边停了下来。几个人七手八脚将被白布裹着的陈阿姨从后门抬进面包车，然后关好门。一阵噼里啪啦的鞭炮声过后，陈阿姨算是跟在场的热心观众们挥手作别了，面包车疾驰而去，其余的人坐上几辆早就停靠在路边的小轿车上，也一溜烟似的退出了人们的视线。看完这些，在场看热闹的人才恋恋不舍、意犹未尽地散了伙。直到散伙的时候，祝胖子才发现他的老婆也在现场，而且她也看见他了。祝胖子拍了拍我的肩膀，便被她那长得肥滚滚的娘子拽着胳膊亲密地消失在了断裂带的蒙蒙细雨中。

陈阿姨去世后的第三个清晨，是她入土为安的日子。她的女儿们在地震过后由河北省援建的纪念广场举行了一场隆重的悼念仪式，听说，没有一个女儿愿意为陈阿姨在家里办丧事，所以辗转反侧就把灵堂设到这儿来了。葬礼的主要目的不是为了让陈阿姨走得风风光光，而是为了收礼。当然，这只是我个人的判断，仅供参考。

参加陈阿姨的葬礼是我自愿来的，艾红因为临时有事来不了。人没来，心意却跟着我一起来了，她给我拿了两百块钱让我帮她赶个人情。是呀，人走了，情还在，至于钱最后钻进谁的腰包，倒也无所谓的。只是，本该庄重肃穆的葬礼被陈阿姨的七个女儿们搞得如此庸俗不堪，令我大跌眼镜。陈阿姨的七个女儿像七只螃蟹站在进入悼念场地的过道上迎客，见我来，她们也不招呼，只冷冷打量着我，像是要把我看穿似的。也没什么，我平时就不怎么爱收拾自己，一个废品收购站的老板，不是企业老总，还能体面到沟里去？见七仙女们似乎对我不太感冒，金口难开，我只好将自己介绍了一遍，我说我是废品收购站老板，名叫兰天，以前和陈阿姨关系不错，是专门来给陈阿姨送行的。"专门"，我故意将这两个字说得很重，毕竟我不是来蹭饭的。说话的工夫，我仔细扫了一眼七仙女，有几个都很眼熟，她们也应该认识我才对。我介绍完自己，还是没人跟我搭腔。我只好将手伸进荷包。大概是见了我要掏钱的样子，一个年纪稍大点的立马闪到我面前来了。她将盘子里的天子烟取了一支恭恭敬敬递到我手上，问我："大哥，你是要赶礼吧？"

我燃了烟，告诉她："我就是来赶礼的。"

"那你跟我来。"她说。

尽管心里挺别扭的，但是我还是跟着她去了。路过另外几位仙女的时候，我才发现她们每个人搁在盘子里的烟都不一样，有十几二十几块钱的黄鹤楼、软玉溪，有四五十块钱的硬盒中华、软天子，还有好像是一百块钱一包的大重九。我有些纳闷，不过很快就明白这究竟是怎么回事了。等我明白了怎么一回事，人也就跟着整个儿地凉了半截。

这个在我前面给我带路穿着职业装的女人似乎在政府里面工作，但我脑子短路，一时想不起是哪个部门了。她把我领到一张桌子前面，我数了一下，两边还有六张桌子，都是赶礼的。

"你赶多少情？"她问我。我感觉她把这个"情"字说得有点重。

"两百，名字写'艾红'。"说完，我从裤子右边的荷包里掏出艾红的心意，递上。我的钱放在左边的荷包里。男左女右，我害怕弄乱了。其实也不会弄乱，我荷包里揣着很多钱，两百，不过是起步价，多给少给，看我心情。

"你是陈阿姨的几女儿？"趁着赶礼的工夫，我跟这个我还叫不上名字来的女儿套起了近乎。

"我是老三。"她说。

"哦，老三。"我点点头，表示已经知道了。

艾红的礼赶了。还没等我摸出我自己的"心意"，陈阿姨的三女儿就给我泼了一盆冷水，她用提醒的语气告诉我："你进去站在后面就行了，前面是'贵宾席'。"

我的肺都要气炸了。狗屁的贵宾席！但这是陈阿姨的葬礼，我理性地将就要山崩地裂的愤怒压了下去，压在心底。我的手从荷包里缩了出来。我白了陈阿姨三女儿一眼，转身回到刚才迎客的位置。陈阿姨的三女儿也回到她迎宾的位置。不得不说，她刚才那番话让我心情坏透了。坏透了。人活一张脸树活一张皮，某方面来说，我继承了我爸爸的衣钵，无论如何，今天我兰天要为自己的面子出了这口气！作家用作品说话，要消气，还得用钱说话。

所以，我走到那个盘子里放着大重九的女士面前，内心迫不及待却又故作优雅地将裤子左边的钱一股脑儿掏了出来。有时候，钱就是脸；有时候，脸，就是从钱身上长出来的。当着陈阿姨三女儿的面，我哗啦哗啦数了十张百元大钞，然后递到这个不知是她姐姐还是妹妹的女士手中。

"名字写'兰天'。"说完，我主动从盘子里抓了一把大重九，装进荷包，又拿了一支点上。当然，我还不忘告诉烟的主人："我烟瘾大，出门的时候烟忘带了！"自然的，我被殷勤地带到贵宾席，有座位。我相信整个过程都被陈阿姨的三女儿看到了，现在她一定后悔死了，那霜打过一样的脸色，还没有黑白照片上的陈阿姨脸色好看。其实我也后悔死了，一千块钱，都是我好不容易做生意赚来的。死要面子活受罪，这下，我至少得起早贪黑一个月才能把它们赚回来了。不过，想到躺在寿棺里的陈阿姨，我忽然释怀了，人走了钱能有屁用，活着，它多少还有点用处。

来参加陈阿姨追悼会的人越来越多。我想，最主要的，还是来为陈阿姨的女儿们送钱，当然也是人情，不过跟陈阿姨没多大关系，她们的女儿只是想借助这个机会捞他们一笔。说是追悼会，也没有一点追悼的气氛，灵堂之内除了陈阿姨的寿棺，没有一块地方不是闹哄哄的。摆在灵堂边上的豪华音响没有放哀乐，放的是1990年12月在中央电视台播出的50集电视连续剧《渴望》同名歌曲，毛阿敏唱的，她唱得很好。好多年没有听过这首歌了，当毛阿敏熟悉的声音再次踏上耳膜，我感到自己仿佛回到了过去的美好时光。

追悼会开始了。

我回到了残酷的、冷冰冰的现实当中。人生，其实就是一次旅行。望着灵堂内陈阿姨那张巴掌大的照片，我再次感到了生命的有限、脆弱与苦闷。不管是搭桥的人，还是过路的人，最终都会扬长而去。死亡是没有门票的。陈阿姨，搭桥的人就要扬长而去了，我想，我和艾红是不会忘记她的……

我姐是陈阿姨下葬后的第二天下午回到断裂带的，不是一个人。上午的时候，断裂带降起了暴雨。弹珠大小的雨点，是乌云的儿女。雨点机关枪似的落在屋顶上，每户人家门前屋后都挂起了水帘。公路边的堡坎上戳了许多排水的小孔，也开始吐水。河里涨大水了，平日清晰可辨的河床被洪水完全淹没了，咆哮的水声充满了惊心动魄的狂野与空旷。直到中午，暴雨也根本没有停下来缓口气的意思。我已经给我姐打了不少个电话，提醒她路上注意安全。我知道她不是走路回来的。

　　为了欢迎姐姐回老家，我做了许多准备工作，不可能万无一失，但也是竭尽全力了。我可不想让她感觉我在敷衍，或者看到我的不欢迎。怕认错人，我甚至翻箱倒柜把姐姐原来寄回家的照片温习了好几遍。总之，这次不管她待多长时间我都要精心伺候，而且必须把浑身上下的热情都鼓起来。昨天参加完陈阿姨的葬礼，我回家第一件事就是给我姐布置房间。我把妈妈留给我说结婚时才能用的床上用品拿了出来，从来没用过，都是新崭崭的。被套和床单上都绣着开得异常火爆的牡丹花，我把它们晾在外面，竟然有许多蝴蝶飞过来，翩翩起舞。第二件事，我给祝胖子打了个电话。电话是我姐让我打的。她想让祝胖子跟我们一起回山上老家看看。地震过后，我再也没有回去过。我觉得山上草都已经长到屋顶上去了，就是废墟，没啥看头，但既然姐姐决定要回去看，那就依她。祝胖子同意了。

　　在断裂带的临时停车点等了三个小时五十九分钟过后，我姐兰花终于从大巴车上下来了。她拉着一个小女孩的手下了车。我立马拿着雨伞走了过去。

　　"姐！"我喊了一声。

　　"弟！"我姐兰花招呼我。

　　此时此刻，我感到我的喉咙又像是被什么堵住了一般，再也说不出话来了。真是血浓于水，眼泪，成了亲人相聚这一美好时刻的见证。我竟然失声痛哭起来。我姐也哭了，她一边哭，一边用手帮我擦掉脸上的泪水。我还没哭好，姐姐忽然拉着身边的女孩，拍了拍她的梳着许多小麻花辫的脑袋，指着我说："宝贝儿，快叫舅舅！这是你舅舅。"

"舅舅！"女孩甜甜地叫了一声。

我高兴地点着头，尽管"下一代"对我来说是一个遥远而又生疏的概念。姐姐告诉我侄女儿叫"晶晶"，也姓兰。突然空降个侄女儿到我头上是我没有预料的，也许姐姐是为了给我一个惊喜吧。这么多年，准确点说，是从恢复联系的这七八年，姐姐从来没有告诉我她和她家庭有关的任何事，每次问到，她也总是迅速转移话题，守口如瓶。我想，姐姐不说，肯定有她的难处。

临时停车点到家有半小时的路要走。

暴雨带来了滋润，整个断裂带变得亮闪闪的，闪烁着一种史诗般的美感和孤独。我一手抱着晶晶，一手提着姐姐的行李箱，姐姐打伞，我们边说话边沿着公路外面的防护栏，缓缓朝家里走去。断裂带的风景像个万花筒，一路上，晶晶都在"点赞"，一会儿是为了从公路堡坎上的排水孔里射出来的喷泉，一会儿是为了那高耸入云的大山，一会儿又是为了那仿佛正在搬运苍茫的奔腾、汹涌的洪水。姐姐怕我不明白，解释说"点赞"就是叫好的意思。城里人真会绕圈子。第二天中午，暴雨才开始减弱。傍晚的时候，它终于疲倦了，慢悠悠地、不慌不忙地停了下来。断裂带上，一片片明亮的水洼随处可见。天边挂着的像是久违了的晚霞，把所有的高积云都烤红了。暮色中，我带着姐姐和晶晶在断裂带的大街上转了一圈。路过超市的时候，我给晶晶买了许多零食，巧克力、棒棒糖、夹心饼干还有薯片。姐姐买了牙刷、黑人牙膏，还有防晒霜，防晒霜是为明天爬山准备的。

这两天回到断裂带，其实我也没怎么和姐姐说话，沉默是我们免于应对生活的某些不幸的最好方式，这样能把情绪控制在我们能够接受的范围之内，不至于让人黯然神伤。好在给她们弄吃的总要花不少时间。她们不是躺在沙发上看电视就是泡在书里，这么多年过去了，姐姐还是那么喜欢看书，这种爱好甚至遗传给了我的侄女儿。不错的教养。

晚上，还没吃饭之前，姐姐告诉我，侄女儿喜欢笛福，《鲁滨孙漂流记》，我有这本书。姐姐读的是2013年诺贝尔文学奖得主，加拿大作家爱丽丝·门罗的短篇小说集《幸福过了头》，她说她买了她全部的书，不过还没有读完。这本书是我在一个老教师家里买来的，他原来是断裂带小学的图书馆管理员，鬼知道这些书是从哪里来的，他卖了很多书，那些书有的盖着学校的公章，有的没有。我不管这些。我留着姐姐在读的这本书是因为我喜欢这本书的名字：幸福过了头。阴阳怪气，悲怆。我还没有读过这本书。姐姐背书似的说爱丽丝·门罗三十七岁才出版第一本书，书名是《快乐影子之舞》。真是大器晚成啊，我感叹。你也会的，姐姐说，不过最好不要太晚。读书人说的话就是不一样，我知道姐姐在说我到现在还没有结婚为兰家繁衍生息这事。我想她不该关心这事。她还没有问过任何关于爸爸妈妈的问题，也许，他们真的是她的伤口，稍微碰一下，就疼得钻心。我自然也不好说起，在姐姐看来，他们把爱和幸福都栽在我身上，就像收拢了一切的茫茫黑夜，她不过是个局外人。姐姐身上携带着和陈阿姨俗气的女儿们一样的愤怒，对一种近乎病态的观念的愤怒、耿耿于怀，一种本能的、难以熄灭的报复。姐姐的冷漠情有可原，因为她是受害者，爸爸把她的录取通知书烧掉是个重大而又不幸的转折。不过，我内心也确实怀有憧憬，我希望姐姐能够冰释前嫌，原谅两个已经被地震抛上天堂的人，毕竟她不是从石头里钻出来的。读书人应该明白这个浅显的道理。

　　吃饭的时候姐姐一直在谈论她刚读过的小说，《孩子的游戏》。她说这个小说写得真是太好了，文笔引人入胜，读完心里有股子沉重，比往身体里填了一大卡车石头还沉重。我没有搭腔。炒的回锅肉盐放多了，拌的折耳根要是再放点醋，可能更合口味。我在想祝胖子明天会不会跟我们一起上山。他最好能来，也似乎只有他能改善这趟沉闷的跋涉，无趣的沉默。

　　早上，快要出门了，姐姐问我能不能找个背篓什么的带上。她的意思是在山上还可以带着晶晶到林子里采蘑菇。表情兴奋，像是真能把从前的她捡起来似的。天气不错，阳光普照的断裂带有种迷人的却又不可言说的苍茫，能够平息内心的烦恼和感伤。我在背篓里放了一些香蜡纸烛，到时候可以去看看爸爸妈妈。他们就埋在离老家不太远的那块坟地里。地震后的这几年，我也没上去看过他们，不过清明节、中秋节还有过年，我都会在外面找块地朝着山上烧些东西问候他们。刚出门的时候我又转身回了一趟屋里，得多带点香蜡纸烛，那块坟地里不止有爸爸妈妈，还有好多兰家的人，我这样去担心他们怪我不懂事，过后说爸爸妈妈闲话。

　　我们三个人走到半山腰的时候，祝胖子终于从屁股后面追上来了。他先和我打了招呼，然后才和姐姐说话。有点不正常，他从来没有对我这么客气过，又好像他和姐姐有种不为人知的默契，那种默契反而让我倒像是外人了。祝胖子、姐姐走在前面不冷不热地聊天，我和晶晶慢吞吞跟在后面。侄女儿喜欢花，开始她还以为采花要赔钱呢，不过在我的帮助下，她很快就开始主动出击了。晶晶一路采，一路扔，手上抱着一大堆，脑袋上也插了几朵，快乐得像个童话世界里的小公主。

地震过后，山上的人都搬到山下来了。路被雨水冲刷得面目全非，只剩下轮廓。没什么人走，渐渐荒了，杂草丛生，不动声色地替我们封锁了有过的记忆和时光。多年没爬山了，我累得汗流浃背，姐姐也不停擦汗，晶晶和祝胖子倒是显得游刃有余。我想，他们心里都有花，有心灵的滋润，当然不累。我们走一阵歇一阵，直到山下的房子小得只有一块滤帕那么大，马路、河流细成了一根线，我们才停下来，总算到了。

在老屋的废墟面前，姐姐哭了。我的眼睛也红了。

杂草丛生的老屋还维持着地震过后的样子，就是一堆瓦砾，几截残墙，以及还能勉强辨认的简易门槛。斑驳、摇摇欲坠的墙隙，几株草倔强地向上攀缘，征服的欲望，绝望的火花。然后是一种持续的悲凉、勇气深深地冲击着我们的视线和心灵。粗糙的水泥院子，让我想起小时候的冬天，雪把一切都吃掉了，只剩下雪，厚厚的雪，白茫茫的雪。我们在院子里比赛堆雪人，然后用最快的速度把它们扑倒。天很冷，我们的手却总是热乎乎的。嘴馋的时候，我和姐姐就找来麻绳、玉米、筛子和一小截木棍捉麻雀，可以说得心应手，每次都不会落空。

一切都成了废墟。

人心都是肉长的，这句老话让我以为姐姐会原谅爸爸妈妈的偏心，从前的不快会就此绾上句号。哪怕看在我的分上。但是，自始至终姐姐没有问过爸爸妈妈的事。铁板一块。有些错误，你把它看作大海，那么它可能永远不会枯竭；你把它看成露水，那么它很容易就蒸发了。

姐姐还在恨爸爸妈妈。姐姐心里有一堆的恨。

爸爸妈妈是在地震时遇难的，或许还坚持了那么一会儿。2008年5月12日下午，我是把回家的路走了两遍才赶回家的。我下山卖完土豆，快到家的时候，地震了，脚下跟摇船似的动了起来，根本站不稳，土地老爷生气了。强烈的地震造成山体大面积滑坡，我当场就被滑到山下去了，幸运的是，我毫发未损。几乎是眨眼的工夫，整个断裂带已经面目全非，烟尘滚滚，沦为废墟，到处都有人在痛哭、惨叫、呼救、骂娘。突如其来的灾难吓得我身上没有丁点力气，但想到爸爸妈妈的安危，我身上的力气又长出来了，飞快地朝山上奔去。迎着源源不断的塌方、滚石，像一条逆流而上的鱼。余震不断，路也毁了，我只能用我的命为自己开道，当时就是这种感觉，无畏，无所谓，我都不知道自己是不是还活着。等我气喘吁吁赶回家，眼前的情形让我傻了眼，哪里还有房子，地震把房子全都震垮了。我疯狂地喊着爸爸妈妈。废墟里，我忽然看到一只手，是爸爸的，我摸着爸爸的手，冷冰冰的，死神已经把他带走了。等我挖开废墟的时候才发现，妈妈也在，和爸爸手拉手，呼吸没了。他们没来得及逃到屋外。那天爸爸让我在街上给他买的老白干，他没喝上，我倒是喝上了，一瓶白酒，我几口便吞到肚子里了。总之，事情就是这样。一场刻骨铭心的灾难。我从来没跟姐姐说他们遇难的情形，她也没问。幸好没问。我可不想被那种撕心裂肺的感觉再次唤醒、掏空，被那种肝肠寸断的绝望猛舔。

人永远去不了的地方就是过去。我想了想，还是觉得没必要把姐姐扔进这个旋涡。到此为止，夜晚总会翻过去的。所以，结束了。

我们离开老屋，缓缓朝墓地方向走去。姐姐和祝胖子远远走在前面，我和晶晶在后面跟着。太阳已经升得老高了，永远是那么大，那么刺眼，让人莫名地骄傲。

路过一棵老核桃树的时候，晶晶突然停下来，手指着太阳跟我说："舅舅，舅舅，太阳好像个'超级灯泡'！"

不愧是城里的孩子，说的话，透着似乎没办法用时间来弥补的智慧和想象力。诗意，我的脑海突然冒出这个我像是永远挨不上边的词汇。但是诗意很快就变得尖锐起来，我望着前面的祝胖子和姐姐有说有笑的背影，感慨油然而生，我们两个才是"超级灯泡"。

几年没来扫墓，墓地也长变样了。爸妈坟头的草长得比人还高。我腿肚子发软，强烈的内疚让我恨不得扑倒在爸妈坟前痛哭一场，不过我忍住了。我不想坐在别人的眼睛里面哭。姐姐先是和祝胖子站在墓地外的桑树下面聊天。见我带着晶晶给爸妈烧纸，姐姐来了，祝胖子也来了。有点勉强，像是被风挤过来的，并非心甘情愿。他们没像我一样跪在地上，蹲在那儿也不说话，往火堆里扔了几张冥币就走了。

姐姐说她和祝胖子去墓地那边的林子里采蘑菇，前两天都是暴雨，林子里肯定长了很多蘑菇。我说，除了采蘑菇，你们还可以去白云洞。白云洞，就是条暗河，里面有水，水不是很大，却很清很甜，以前我和姐姐在里面捉到过鱼。姐姐说那我们先去看看白云洞，再采蘑菇。说完，姐姐、祝胖子背着背篓，两人一前一后出发了。晶晶也想去，不过我说林子里有蚂蟥，她就懂事地留下了。我拿了很多香蜡纸烛，还没烧完，当然，不是全部给爸妈的，他们用不完。怕他们误会，我主动交代我给其他亲戚长辈也带了一些。

接下来，我和晶晶，两个超级灯泡，一边聊天，一边给其余的亲戚长辈送温暖。我挨个儿向他们介绍晶晶，并祈祷他们保佑晶晶健康、平安。中间出了点岔子，晶晶的胳膊被荨麻叶子咬了一口。很意外的一课。晶晶没哭，她似乎被大自然的神秘力量吸引了，表情像是忽然意识到生活隐蔽在诗意之外的疼痛、苦难。

扫墓是个体力活。一圈下来，我和晶晶热得满头大汗。我告诉晶晶，我们得走了，以后有空再来。有空，长得什么样子呢，也许是很多年以后，也许是永远不会来了。我有些感伤。乖巧懂事的侄女儿，在离开墓地的那一刻，突然转身，认真、庄严地跟已经长眠地下的长辈们挥了挥手，说了"再见"。

去找我姐和祝胖子的路上，晶晶起了雅兴，居然背起了诗，她背的是台湾诗人郑愁予写的《错误》。太熟悉了，久违的不幸，我化成灰也记得这首诗。记得读初中那会儿，我满怀期待地把这首诗抄了九十九遍送给班上的某个女生。不过，人家并不买账。还把我的礼物送给了学校里素有"灭绝师太"美誉的教导主任。

晶晶背完了。她问我："'美丽的错误'，什么意思？"

我卡壳了。我跟晶晶说她可以看看周围的树丛里有没有野兔子。小时候，我经常在这附近碰见野兔子。有时候是一只，有时候是两只，三只的情形比较少，我告诉晶晶，野兔子全家出动的时间比较少，除非它们笨到家了。

我达达的马蹄是个美丽的错误

我不是归人，是个过客……

我反复回味着诗的最后两节，像鱼儿沉浸在水中。有那么一会儿，我感觉我的生命顺着"美丽的错误"的指引慢慢飞了回去。美丽的错误。错误是美丽的吗？姐姐会怎么看？

姐姐和祝胖子在白云洞。背篓老老实实待在洞口，没有蘑菇，却提供了一个谁都可以猜到的答案，里面有人，而且是孤男寡女。冒险，激情，身体的对撞，美丽的错误？我和晶晶站在洞口，一股凉意扑面而来，但是我们都不敢进去，晶晶怕黑，我怕里面有不黑的地方，比如姐姐和祝胖子雪亮的身体。扫墓大概用了一个小时，也就是说，这段时间姐姐和祝胖子可能都在洞里面。

我正准备带着晶晶远离一场可能会无比尴尬的邂逅，姐姐和祝胖子出来了。姐姐满脸红霞飞，祝胖子汗流浃背。有差不多一分钟时间，我们都站在洞口，沉默。

"妈妈，洞深不？"晶晶问。

"不深，我们也是刚进去就出来了。"

姐姐如此回答。画蛇添足，空气都知道她在撒谎。深不深，啥时候进去啥时候出来的，姐姐清楚，祝胖子清楚，只有他们清楚。现在，他们终于扯平了。

我和祝胖子没有搭腔，我们各自点了支烟，把自己的嘴巴堵上了。然后我们去树林采蘑菇。姐姐和祝胖子采蘑菇，晶晶骑在我的脖子上。树林还是那样繁茂、潮湿，给人以绝望的寂静、广阔与深邃，像奇妙、荒谬的人生，没有答卷，也没有标准答案，却总是在你的生命里涌现出惊人的灰暗、冷漠。

我们下山的时候，断裂带的太阳还是那么大，那么刺眼，像个超级灯泡。

两天后，姐姐和晶晶就要离开断裂带回她们的家。

晚上，我做了很多拿手菜为姐姐送别。兴许是喝了一点梅子酒，姐姐的话渐渐多了起来。她告诉我，接下来她要全力以赴筹备二胎，她说她必须生个儿子。只有儿子，能够拴住她早已心猿意马的丈夫。或许还会失去别的，财富、地位、尊严，等等。

说完，姐姐伤伤心心哭了起来。

这个晚上，我感觉断裂带从来没有如此冷过。人，永远去不了的地方就是过去。但是姐姐做到了，或者说，那些病态的观念一直都野蛮地生长在她的潜意识里，在她的生命附近。那些苦难、伤口、疼痛、古老的秩序，犹如地震的阴影将永远活在断裂带的角角落落，在我们的生命附近，阴魂不散，没法摆脱。